HASTA QUE LA MUERTE NOS SEPARE

Amor y Aventura

Hasta que la muerte nos separe

Nos separe

Amanda Quick

Traducción de Irene Saslavsky

VERGARA

GRUPO ZETA

Barcelona • Bogotá • Buenos Aires • Caracas • Madrid • México D.F. • Miami • Montevideo • Santiago de Chile

Título original: *Til' death do us part*
Traducción: Irene Saslavsky
1.ª edición: abril de 2017

© 2016 by Jayne Ann Krentz
© Ediciones B, S. A., 2017
   para el sello Vergara
   Consell de Cent 425-427 - 08009 Barcelona (España)
   www.edicionesb.com

Printed in Spain
ISBN: 978-84-16076-10-9
DL B 4539-2017

Impreso por Unigraf, S. L.
Avda. Cámara de la Industria, 38
Pol. Ind. Arroyomolinos n.º 1,
28938 - Móstoles (Madrid)

Para Frank, siempre y eternamente

1

—Debo deshacerme de ella, Birch. —Nestor Kettering cogió la botella de brandy y se sirvió otra copa—. Ya no soporto a mi mujer. No tienes ni idea de lo que supone vivir con ella en la misma casa.

Dolan Birch se removió en la silla y estiró las piernas, acercándolas a las llamas de la chimenea.

—No eres el primer hombre que se casa por dinero y descubre que el trato no lo satisface; la mayoría de personas que se encuentran en tu situación hallarían la manera de cohabitar. Es bastante común que las parejas de la buena sociedad lleven vidas separadas.

Nestor contempló las llamas. Dolan lo había invitado a tomar un último brandy tras otra velada jugando a las cartas en el club del que ambos eran miembros, y de resultas los dos estaban sentados en la pequeña pero elegante biblioteca de la casa de Dolan.

«Haría cualquier cosa para no tener que regresar al número cinco de Lark Street», pensó Nestor. Habían considerado la idea de visitar un burdel, pero ello no despertó el entusiasmo de Nestor: en realidad, los burdeles le disgustaban; le preocupaba que las mujeres pudieran transmitirle una enfermedad y, además, no era ningún secreto que las prostitutas a menudo les robaban relojes, alfileres de corbata y dinero a los clientes.

Prefería que las mujeres fueran respetables, virginales y, sobre todo, carentes de familiares cercanos: lo último que quería era enfrentarse a un padre o a un hermano furibundos. Escogía sus amantes entre las solteronas de Londres: mujeres inocentes, educadas y corteses, y agradecidas por las atenciones de un caballero.

Durante el año pasado y gracias a Dolan Birch, había tenido acceso a una serie de institutrices jóvenes y atractivas que cumplían con sus requisitos. Una vez hecha la conquista perdía el interés, pero eso no suponía un problema: resultaba sencillo deshacerse de esas mujeres. Nadie se preocupaba por su destino.

«La residencia urbana de Dolan no es tan grande como la mía —pensó Nestor—, pero es bastante más confortable porque no hay ninguna esposa dando vueltas por ahí.» Dolan había heredado la casa tras la muerte de su mujer, una viuda acaudalada. Esta había fallecido mientras dormía, poco después de la boda... y al poco tiempo de haber modificado su testamento y dejado la casa y su considerable fortuna a su nuevo marido.

«Algunos hombres son muy afortunados», pensó Nestor.

—No sé cuánto tiempo más seré capaz de soportar la presencia de Anna —dijo, bebiendo un sorbo de brandy y dejando la copa en la mesa—. Juro que deambula por la casa como un pálido fantasma. Cree en los espíritus, ¿sabes? Asiste a una sesión espiritista al menos una vez a la semana, con la puntualidad de un reloj. Casi todos los meses busca una nueva médium.

—¿Con quién intenta entrar en contacto?

—Con su padre —contestó Nestor, haciendo una mueca—. El cabrón que me tendió una trampa con las condiciones de su testamento.

—¿Por qué quiere entrar en contacto con él?

—No tengo ni idea y me importa un condenado comino. —Nestor dejó la copa de brandy en la mesa—. Al principio creí que todo sería tan sencillo... Una novia hermosa y, además, una fortuna.

Dolan contemplaba las llamas.

—Siempre hay una pega.

—Tal como acabé por descubrir.

—Tu mujer es muy hermosa, casi todos los hombres dirían que eres muy afortunado por compartir la cama con semejante belleza.

—¡Bah! En la cama Anna guarda un extraordinario parecido con un cadáver. No me he acostado con ella desde que interrumpí nuestra luna de miel.

—A veces las primerizas son bastante frías. Hay que seducirlas.

—Anna no era virgen cuando nos casamos —gruñó Nestor, resoplando—. Supongo que era un motivo más para que su padre estuviese tan ansioso por colocarla.

Dolan dejó la copa a un lado, apoyó los codos en los reposabrazos de su sillón y unió las puntas de los dedos.

—Hay un viejo dicho que afirma que si te casas por dinero tendrás que ganarte cada penique.

—No puedo escapar de ella. Si muere, el dinero irá a parar a unos parientes lejanos de Canadá y, créeme, estarán impacientes por hacerse con la herencia.

—Hay quien en tu misma situación la ingresaría en un manicomio —comentó Dolan—. Si la declaran loca, perderá el control sobre su fortuna.

Nestor soltó un gemido.

—Su padre tuvo en cuenta dicha posibilidad, por desgracia. Si la ingreso en un manicomio el resultado es el mismo que si falleciera: el dinero irá a parar a Canadá.

—¿Has considerado la posibilidad de alquilar una casa en el campo y enviarla a vivir allí?

—Por supuesto —contestó Nestor—. El problema es que se niega a obedecerme y no hay modo de obligarla a trasladarse. Dice que no quiere vivir en el campo.

—Pero ella no asiste a reuniones de la buena sociedad, ¿verdad?

—No, pero la mayoría de las médiums se encuentran en Londres.

—Puede que una buena paliza la haga cambiar de parecer.

—Lo dudo —gruñó Nestor, apretando los puños—. Tal como te he dicho, ella controla su propia herencia; si me abandona, puede llevarse su fortuna. ¡Tiene que haber una solución, maldita sea!

Dolan guardó silencio durante un buen rato.

—Tal vez la haya —dijo por fin.

Nestor se quedó inmóvil.

—¿Se te ocurre algo?

—Sí, pero hay un precio.

—El dinero no supone un problema —dijo Nestor.

Dolan bebió unos sorbos de brandy y bajó la copa.

—Resulta que lo que exijo a cambio de mis servicios no es dinero.

Inquieto, Nestor se estremeció.

—¿Qué es lo que quieres?

—Como sabes, soy un hombre de negocios. Quiero ampliar una de mis empresas y tú estás en una situación única con la que podrás ayudarme.

—No puedo imaginarme cómo —replicó Nestor—. Los negocios no son lo mío.

—Pero sí lo mío, afortunadamente, así que no te necesito en ese sentido. Lo que quiero aprovechar es tu otro talento.

—¿Cuál?

—El de encantar y seducir —aclaró Dolan—. En ese aspecto eres realmente extraordinario.

Nestor rechazó las palabras con un gesto. Era verdad: seducir se le daba muy bien.

—¿Qué quieres de mí? —preguntó.

Dolan se lo explicó.

Nestor se relajó y sonrió.

—No debería suponer un problema —dijo—. ¿Y ese es el único pago que exiges para eliminar a Anna de mi vida?

—Sí. Si tienes éxito consideraré que has saldado la cuenta.

—Entonces trato hecho —concluyó Nestor.

Por primera vez desde su noche de bodas vislumbró una chispa de esperanza.

2

Ella le pertenecía.

Él estaba encerrado en una jaula del tamaño y la forma de un ataúd. Una oscura emoción le calentaba la sangre, como una droga poderosa y embriagadora.

Cuando llegara el momento indicado purificaría a la mujer y se lavaría con su sangre, pero esa noche no era el momento adecuado; el ritual debía ser realizado correctamente. Tenía que obligar a la mujer a comprender y reconocer el enorme daño que había causado. Y el temor era el mejor de los maestros.

Permaneció acurrucado dentro del ascensor oculto, escuchando el sonido de los movimientos en la habitación al otro lado de la pared. Había una estrecha rendija en el panel de madera y, cuando logró echarle un vistazo a la mujer, la excitación se apoderó de él. Estaba sentada ante su tocador, sujetando sus cabellos castaños con horquillas: era como si supiera que él la observaba y se burlara adrede.

Su aspecto era aceptable, pero él la había visto en la calle y su belleza no lo había impresionado. Era demasiado alta y tenía su carácter violento grabado en el rostro. Era peligrosa: su inquietante mirada lo revelaba.

No era de extrañar que lo hubiesen enviado para purificarla. Él la salvaría de sí misma... y de paso él también lo haría.

No era la primera mujer que había salvado. A lo mejor con esta quedaría limpio al fin.

Habían instalado el montacargas en el interior de las gruesas paredes de la vieja mansión con el fin de trasladar a una anciana inválida de una planta a otra, pero la mujer había muerto hacía unos años y les dejó la gran casa a su nieta y a su nieto. Le habían dicho que ninguno de los dos utilizaba el montacargas y, tras permanecer encerrado en la jaula durante lo que le pareció una eternidad, pudo comprender el motivo. El aire era irrespirable y la oscuridad casi tan absoluta como en el interior de una tumba. Casi.

Él podía descender en el montacargas en cualquier momento. Funcionaba mediante una serie de cuerdas, cables y poleas, manipulables tanto desde el interior como del exterior del compartimento. Sabía cómo funcionaba, porque había mantenido una conversación provechosa con uno de los numerosos tenderos que entraban y salían de la mansión en la época en que la mujer celebraba las extravagantes fiestas que a ella le agradaba denominar «reuniones». Pero la verdad es que la única diferencia entre su negocio y un burdel era la pretendida respetabilidad que ella lograba otorgarle a sus reuniones sociales.

El tendero le había informado acerca de lo útil que resultaba el montacargas para transportar objetos pesados de una planta a otra. El hombre también había mencionado que la mujer jamás lo usaba: era evidente que temía quedar atrapada dentro.

La mujer abandonó el tocador y él la perdió de vista. Un momento después oyó el ruido apagado de la puerta de la habitación al cerrarse.

Silencio.

Deslizó la puerta de la jaula a un lado y abrió el panel de madera. La llama del aplique de pared era baja, pero distinguió la cama, el tocador y el ropero.

Abandonó el montacargas. La embriagadora euforia que

siempre experimentaba en esos momentos se apoderó de él. Cada paso del ritual significaba que su propia purificación estaba más próxima.

Durante unos segundos preciosos se preguntó dónde depositar su regalo: ¿en la cama o en el tocador?

Optó por la cama: era un tanto más íntimo...

Cruzó la habitación, el sonido apagado de sus pasos no lo inquietó. Los huéspedes habían comenzado a llegar. Había bastante tráfico en el largo camino de entrada que conducía hasta la escalinata de Cranleigh Hall. El traqueteo de las ruedas de los carruajes y el golpe de los cascos de los caballos generaban un estruendo considerable.

Cuando alcanzó la cama extrajo el bolso de terciopelo y el sobre con bordes negros del bolsillo de su abrigo. Del bolso sacó el anillo de marcasita y cristal. En la piedra, un objeto popular de la joyería dedicada a los *memento mori*, aparecía la imagen de una calavera dorada. Las iniciales de la mujer: C. L. estaban grabadas en oro en la superficie negra y lacada. Cuando llegara el momento introduciría un pequeño mechón de su cabello en el relicario oculto bajo la piedra de la calavera. Lo añadiría a su colección.

Admiró el anillo durante unos momentos y luego volvió a deslizarlo dentro del bolso. Depositó el regalo en la almohada, donde ella no dejaría de notar su presencia.

Satisfecho, permaneció inmóvil unos minutos, saboreando aquella intensa intimidad. Se encontraba en el espacio más privado y personal de ella, la habitación donde dormía... la habitación en la cual se creía a solas, esa en la que indudablemente se sentía a salvo.

Pronto terminaría esa tranquilidad. Ella le pertenecía. Solo que no lo sabía... todavía no.

Empezó a dirigirse al montacargas oculto, pero se detuvo cuando vio la fotografía enmarcada colgada de la pared. En la imagen aparecía ella unos diez años más joven, debía de tener dieciséis o diecisiete. Estaba a punto de convertirse en mujer, aún era inocente e ingenua, pero su mirada ya resultaba inquietante.

Su hermano aparecía junto a ella. Debía de tener unos diez años. No cabía duda de que los dos adultos de la fotografía eran los padres de los muchachos. El niño guardaba cierto parecido con el padre.

Descolgó la fotografía de la pared y se apresuró a dirigirse al montacargas, montó en él, cerró el panel y después la puerta de la jaula. Lo envolvió una oscuridad tan profunda como la negrura del anillo de marcasita. No osó encender una vela.

Tanteó en busca de las cuerdas y los cables y soltó un suspiro de alivio cuando el elevador se puso en movimiento y descendió hasta la planta baja.

Cuando emergió volvió a encontrarse en la pequeña antecámara situada detrás de la escalera trasera. El lugar estaba desierto. La vieja ama de llaves y su marido, el mayordomo, tan viejo como ella, estaban ocupados atendiendo a los invitados en la biblioteca.

Antaño, cuando la mansión había albergado a una familia numerosa y a más de una docena de criados, hubiera resultado prácticamente imposible deslizarse dentro y fuera de la casa sin ser visto, pero actualmente los únicos residentes eran la mujer, su hermano, la vieja ama de llaves y el mayordomo.

Se abrió paso hasta la entrada de servicio y salió a los jardines sin que nadie notara su presencia. No habían echado la llave: la puerta seguía abierta, tal como él la había dejado.

Unos minutos después desapareció entre la niebla. Aferraba el marco de la fotografía con la mano enguantada. El peso del cuchillo envainado bajo su abrigo resultaba tranquilizador.

El ritual estaba casi completo.

La mujer de mirada inquietante no tardaría en comprender que le pertenecía a él. Estaba destinada a ser la que lo purificara, estaba convencido de ello. La conexión entre ambos era un vínculo que solo la muerte podía romper.

3

—No estarás hablando en serio, ¿verdad? —dijo Nestor Kettering con la fría arrogancia de un hombre acostumbrado a obtener cuanto deseaba—. Sé que en el fondo aún me amas. No puedes haber olvidado la pasión que nos embargaba a ambos. Las emociones tan intensas no mueren.

Calista lo observaba parapetada detrás de su escritorio de caoba, invadida por una mezcla de ira e incredulidad.

—Te equivocas. Destrozaste lo que sentía por ti hace más de un año, cuando pusiste fin a nuestra relación.

—Me vi obligado a romper cuando descubrí que me habías engañado.

—Nunca te mentí, Nestor. Creíste que era una rica heredera y cuando te desengañaste desapareciste de la noche a la mañana.

—Me hiciste creer que gozabas de una situación acomodada. —Nestor hizo un gesto abarcando la gran casa y los jardines que la rodeaban—. No solo me engañaste, sigues engañando a la buena sociedad y a tus clientes. La verdad es que te dedicas al comercio, Calista. No puedes negarlo.

—No es cierto. Y tú tampoco puedes negar que ahora estás casado. Encontraste a tu heredera. Vete a casa con ella, no tengo el menor interés en convertirme en tu amante.

«Haber consentido en hablar con Nestor en privado ha supuesto un error», pensó. Hacía tres semanas le había enviado un ramo de flores y una nota donde le pedía que se encontrara con él. El regalo y la solicitud la desconcertaron, porque hacía casi un año que no se comunicaban. Inmediatamente, ordenó a la señora Sykes que se deshiciera de las flores: agradecer el obsequio floral no se le pasó por la cabeza siquiera un instante.

El segundo ramo llegó unos días después y una vez más le dijo al ama de llaves que lo arrojara a la basura. No había esperado que Nestor apareciera en su casa porque no le había dado ningún motivo para hacerlo. Ya se había convertido en un hombre rico: si lo que quería era una amante, en Londres no escaseaban.

Hacía unos momentos, cuando llegó sin anunciarse, el señor Sykes lo confundió con un cliente en potencia. «La culpa no es solo suya», pensó Calista. Nestor poseía un gran talento: era capaz de hacer creer a los demás lo que él quería que creyeran.

Era un hombre muy apuesto, de perfil elegante, cabello rubio plateado y ojos tan azules y cálidos como el cielo estival. Cuando sonreía era casi imposible desviar la mirada, pero no era su gallardo atractivo lo que lo volvía peligroso: era su talento para mostrarse encantador y para engañar.

«De hecho, es una especie de mago especializado en romper corazones y destrozar los sueños de los demás», pensó Calista.

Sin embargo, el problema con los magos era que una vez que uno descubría el secreto oculto tras sus trucos, el espectáculo jamás volvía a resultar fascinante. Al ver a Nestor después de poco más de un año de su separación, solo podía sentirse agradecida por haber escapado por los pelos. «Pensar que antaño había considerado la posibilidad de casarme con él...»

De momento, debía encontrar el modo de deshacerse de él. Un auténtico cliente en potencia llegaría dentro de unos minutos y Calista no quería que Trent Hastings escuchara la discusión que se desarrollaba en su despacho. Le constaba que el autor era un ermitaño a quien semejante escena podía disgustarle.

Nestor se dio cuenta de que no lograría que se sintiera culpable por la separación y cambió de táctica.

—Separarme de ti es la cosa más difícil que jamás he hecho, Calista —dijo, se pasó la mano por los cabellos y comenzó a recorrer el pequeño despacho con pasos lánguidos y felinos—. Debes comprender mi situación, tuve que casarme con una rica heredera por el bien de mi familia. No tenía elección.

Antaño creía que los gestos dramáticos y los intensos estados de ánimo de Nestor evidenciaban un alma romántica. Pensaba que era un hombre muy apasionado, que ansiaba establecer un auténtico vínculo con ella, tanto metafísico como intelectual, pero ahora estaba claro que lo que en aquel entonces confundió con la pasión y los sentimientos profundos era un mero melodrama superficial. Había mejores actores que él en los teatros de la ciudad.

«¿Qué le habré visto? —se preguntó— ... aparte de su mirada abrasadora y su apostura poética, desde luego.»

—Claro que comprendo la situación en la que te encontrabas —confirmó ella, echó un vistazo al reloj y comprobó que solo faltaban cinco minutos para que llegara su cita. Debía deshacerse de Nestor de inmediato—. Sé perfectamente por qué querías casarte conmigo: creías que mi abuela nos había dejado una fortuna a mi hermano y a mí. Cuando descubriste que lo único que heredamos fue esta monstruosa mansión, no te alejaste de mí: ¡saliste huyendo!

Nestor se detuvo ante la ventana con las manos en la espalda e inclinó la cabeza.

—Reconocerás que esta magnífica mansión causa una impresión de riqueza.

—Esa impresión me resulta útil para mi negocio —contestó ella en tono abrupto.

Él meneó la cabeza.

—No me digas que no has pensado en mí durante este año. Sueño contigo todas las noches.

—No pienso en ti con frecuencia, Nestor, pero cuando lo hago me siento agradecida de que hubieras puesto fin a nuestra relación. No quiero ni imaginar cómo habría sido mi vida si me hubiera casado contigo.

Él se volvió hacia ella con expresión suplicante.

—Puede que tú te sientas conforme con tu soltería, pero yo estoy casado con una perra sin corazón que cree divertido tener aventuras con mis amigos.

—Quizá porque sospecha que tú tienes aventuras con sus amigas.

Nestor soltó un suspiro prolongado.

—No negaré que de vez en cuando he buscado consuelo donde he podido. Me siento solo, Calista; recuerdo cómo nos reíamos juntos y compartíamos nuestras impresiones sobre los libros, el arte y la poesía. Que yo sepa, el único interés intelectual de mi mujer consiste en ir de compras y asistir a sesiones de espiritismo.

—Como es evidente que posee el dinero para hacer ambas cosas no comprendo cuál es el problema.

—He soportado un año atrapado en un matrimonio infernal —masculló Nestor—. Lo mínimo que puedes hacer es ahorrarme tus comentarios sarcásticos.

Ella se puso de pie.

—Esta reunión se ha acabado. Al parecer, te equivocaste al suponer que estaría deseando reanudar nuestra relación... Pues no es así. Hace más de un año que revelaste tu auténtico carácter y ahora que soy consciente de ello no tengo el menor interés en mantener ninguna relación contigo.

—Creo que eso no es verdad. —Él se detuvo ante el escritorio y apoyó las palmas de las manos en el borde—. Temes volver a confiar en tu corazón, lo entiendo. Pero nunca he olvidado tu espíritu apasionado.

—Sea lo que sea que antaño sentía por ti, Nestor, hace tiempo que se ha evaporado por completo.

—Nada puede apagar esas llamas ardientes. Tú y yo no somos como las demás personas, poseemos un profundo aprecio por lo metafísico. Comprendemos el significado de un auténtico vínculo entre dos almas. No necesitamos símbolos legales. Estamos destinados a permanecer juntos hasta que la muerte nos separe.

—Dadas las circunstancias, preferiría que no recitaras los votos matrimoniales. Estás perdiendo el tiempo, Nestor.

—Dame una oportunidad. Me lo debes.

—No te debo nada —dijo ella—. Vete. Insisto. Dentro de unos minutos tengo una cita.

—No me digas que ya no sientes nada por mí. Me niego a creerlo. Tú y yo tuvimos el privilegio de conocer una clase de amor poco frecuente, uno que una vez más volverá a transportarnos a un plano más elevado en las alas de la pasión. Te prometo que volveré a encender las emociones que antaño desperté en ti.

—Lo siento. Es imposible.

Hacía cierto tiempo que Calista se dedicaba al negocio de las presentaciones y si algo había aprendido era que la amistad —no la pasión— proporcionaba la única base firme para mantener una relación duradera. Lo único que les prometía a sus clientes era la oportunidad de conocer a personas de ideas afines y a lo mejor desarrollar una amistad. Si algunas de esas relaciones se convertían en matrimonios, pues tanto mejor, pero su agencia no ofrecía ninguna garantía, y su clientela, formada por solteras y solteros de cierta edad que estaban solos en el mundo, en general tenía una visión tan clara del asunto como ella.

Aunque no estaba dispuesta a decírselo a Nestor, la verdad era que en ese momento, tranquilamente instalada en su soltería, esa que antaño había temido, albergaba serias dudas acerca del valor del matrimonio, al menos en el caso de las mujeres: Calista consideraba que era jugar con una baraja previamente marcada a favor de los hombres.

La Ley de Bienes de las Mujeres Casadas decretada hacía

unos años había brindado cierto marco legal a las mujeres: a partir de entonces podían poseer y controlar bienes a su nombre después del matrimonio. Pero dado que para una mujer resultaba muy difícil ganar un sustento decente y adquirir inmuebles, en realidad la ley no supuso una gran ayuda; muchas de ellas seguían atrapadas en matrimonios horrendos. Obtener el divorcio era muy difícil y oneroso, y a menudo significaba que una mujer acabara en la calle.

Calista ya no albergaba ilusiones románticas acerca de la institución matrimonial y quien le ayudó a aprender dicha lección fue Nestor, por lo que era incapaz de perdonárselo.

El golpe de cascos y el traqueteo de las ruedas de un carruaje desviaron su atención a la escena que se desarrollaba al otro lado de la ventana del despacho. Un coche de punto avanzaba por el camino de entrada. No cabía duda: se trataba de su cita. Debía deshacerse de Nestor.

El coche se detuvo ante la puerta de entrada de Cranleigh Hall y un hombre envuelto en un largo abrigo gris se apeó. Tenía el alto cuello del abrigo levantado y ocultaba parcialmente su perfil; el ala del sombrero escondía el resto de sus rasgos. Llevaba un elegante bastón de mango curvo en una mano enguantada, pero no se apoyó en él para remontar los peldaños hasta la puerta principal. Avanzaba con pasos largos y firmes. «Un hombre muy decidido», pensó ella.

La expectativa se adueñó de ella: así que ese era Trent Hastings.

Ignoraba qué había esperado, pero no era ese súbito hormigueo de excitación. «Está aquí por negocios», se dijo. Intentó ver su rostro, pero el hombre ya había desaparecido de su campo visual.

—¿Me estás escuchando, Calista? —preguntó Nestor en tono airado e impaciente.

—¿Eh? No, no te estoy escuchando. Hazme el favor de marcharte. Hoy estoy muy ocupada.

—¡Maldita sea! —exclamó Nestor, visiblemente furioso—.

No estoy aquí para convertirme en uno de tus clientes. He venido porque no puedo vivir sin ti.

—Al parecer, te las estás arreglando muy bien sin mí y no tengo el menor deseo de ser tu amante.

—Ahora tengo dinero. Cuidaré de ti. Nos amaremos.

—Lo siento, de momento estoy ocupada en otra cosa. No me amas, jamás lo has hecho, creo que la única persona a la cual eres capaz de amar es a ti mismo. Reconócelo: estás aquí porque te has aburrido de tu matrimonio.

—Tienes razón, lo estoy.

—Ese es tu problema, no el mío. Márchate, Nestor. Ahora mismo.

—¡Eres demasiado vieja para interpretar el papel de una virgen tonta e ingenua, maldita sea! —siseó él—. ¿Cuántos años tienes ahora? ¿Veintisiete? Seguro que has tenido numerosas aventuras con esos hombres de tu lista de supuestos clientes.

Por primera vez Calista se enfadó.

—¿Cómo te atreves? —espetó.

—Me limito a pronunciar lo obvio —dijo Nestor con una sonrisa irónica, satisfecho de haberse apuntado un tanto—. No es necesario que tu negocio parezca respetable. Una agencia de presentaciones... —añadió, resoplando—. He de confesar que admiro tu ingenio. Has demostrado ser una notable mujer de negocios, Calista, pero seamos sinceros: solo eres la madama de un burdel de primera clase.

La ira y cierto pánico se adueñaron de ella. Manejaba su negocio con mucha precaución. Solo aceptaba clientes con referencias; se aseguraba de que Andrew, su hermano, investigara a todos sus clientes potenciales antes de aceptarlos. Las reuniones y los tés que organizaba eran elegantes y sumamente decorosos.

Pero también tenía muy presente el chismorreo malicioso. Nestor no era el primer hombre que llegaba a la conclusión de que su agencia ofrecía algo más que respetables presentaciones.

—No tengo ganas de escuchar tus insultos —dijo, cogiendo la campanilla—. Márchate ahora mismo o llamaré a mi mayordomo para que te acompañe a la salida.

—¿Ese viejo senil que me abrió la puerta? Apenas es capaz de sostener el sombrero y los guantes de una visita. Si le exiges que me eche a la fuerza, se desmayará del susto.

Ella se recogió las faldas, pasó al otro lado del escritorio, cruzó el despacho y abrió la puerta con gesto violento.

—Lárgate o gritaré.

—¿Te has vuelto loca?

—Pues es muy posible. Últimamente estoy muy nerviosa.

Y eso era nada menos que la verdad. La noche anterior había encontrado el segundo *memento mori* en su almohada. Tras descubrirlo, ella, Andrew y el señor Sykes habían registrado todas las habitaciones de la mansión y comprobado las cerraduras de puertas y ventanas. Apenas había pegado ojo en toda la noche.

—Debes escucharme, Calista —gruñó Nestor.

—No —contestó ella—. Lo último que necesito es un cazafortunas profesional que intenta convencerme de que aún está enamorado de mí tras abandonarme para casarse con otra mujer. Debo recordarte que no estoy sola en esta casa. Puede que mi ama de llaves y mi mayordomo sean viejos, pero te aseguro que son muy capaces de llamar a un agente de policía si fuese necesario. Sí, Nestor: gritaré como una loca si así logro que te marches.

Al notar la expresión sorprendida del rostro de él se dio cuenta de que ya no estaban solos.

—¿Puedo ayudarla?

La voz profunda y masculina surgía directamente a sus espaldas. Las palabras fueron pronunciadas en un tono gélidamente cortés que uno podría haber confundido con el desinterés si no fuera por el matiz acerado que lo acompañaba.

Calista se volvió y vio que la señora Sykes —con los ojos desorbitados por el susto— se encontraba en el vestíbulo, acompañada por el hombre que acababa de bajar del coche de punto. Descorazonada, pensó que ese no era el inicio auspicioso de lo que había esperado para una excelente relación comercial.

Lo primero que se le ocurrió fue que, aparte de las ropas elegantes, el visitante se parecía a la clase de individuo con el cual uno podría toparse en una oscura callejuela en una noche sin luna.

Lo que le daba un aspecto peligroso no eran las cicatrices que atravesaban su mejilla izquierda, eran sus ojos de un sorprendente color verde y dorado que expresaban una voluntad férrea.

Por fin Nestor guardó silencio.

Quien interrumpió la tensa atmósfera fue la señora Sykes, sin duda recurriendo a años de formación profesional.

—Su cita de las diez se encuentra aquí, señorita Langley —indicó—. Es el señor Hastings. —Y entonces estropeó el efecto de inmediato susurrando—: El autor, señorita.

—Sí, por supuesto. —Calista recuperó el control y ofreció su mejor sonrisa a Trent—. Usted debe de ser el hermano de Eudora Hastings. Encantada de conocerlo, señor.

—Me disculpo por la interrupción —dijo Trent y continuó observando a Nestor con una curiosidad indiferente que resultaba mucho más amenazadora que cualquier cosa que pudiera haber dicho—. Espero que mi visita no suponga un problema para usted.

—En absoluto. —Calista dio un paso atrás y lo invitó a pasar a su despacho con un gesto—. Pase, por favor, el señor Kettering estaba a punto de marcharse, ¿verdad, señor Kettering?

Nestor le lanzó una mirada furibunda, pero todos se dieron cuenta de que estaba atrapado. No obstante, se dispuso a dar un último golpe.

—¿Usted es Trent Hastings, el autor de las novelas policiales protagonizadas por el detective Clive Stone? —preguntó en tono engañosamente perezoso.

—Así es —contestó Trent.

—¡Qué pena que tenga esas cicatrices! No me extraña que sienta la necesidad de recurrir a los servicios de una agencia de presentaciones. Debe de ser bastante difícil conocer damas respetables con ese rostro.

—¡Nestor! —exclamó Calista, horrorizada.

La señora Sykes lo contemplaba con expresión aterrada. Satisfecho, Nestor le lanzó una media sonrisa a Calista.

—Discúlpame, Calista. Soy un hombre ocupado.

Pasó a su lado y entró en el vestíbulo, donde hizo una pausa y un gesto dramático, y se volvió hacia Trent.

—Leí el último capítulo de su nuevo libro en el *Flying Intelligencer*, Hastings. No parece ser una de sus mejores obras, ¿verdad? La trama deja bastante que desear. Ya conozco la identidad del villano y usted solo ha narrado la mitad de la historia. Confío que matará a Wilhelmina Preston. No soporto a ese personaje.

Nestor no aguardó una respuesta, recorrió el vestíbulo y sus pasos resonaron contra el suelo de madera.

—Lo acompañaré a la puerta —dijo la señora Sykes y corrió tras él.

Con ademán muy pausado, Trent se quitó los guantes de cuero, revelando más cicatrices en el dorso de su mano izquierda.

—Lo siento muchísimo —se disculpó Calista.

—No tiene importancia —contestó Trent—. Ya hace varios años que soy escritor y hace tiempo que descubrí que todo el mundo es un crítico.

4

—Todos tenemos cicatrices, señor Hastings. —Calista alzó la vista de su bloc de notas y le lanzó una sonrisa tranquilizadora a Trent—. Unas son más visibles que otras, pero eso no tiene por qué suponer un problema.

Para su gran alivio, Trent no intentó inmiscuirse en su vida privada y no hizo preguntas acerca de la presencia de Nestor. En cambio, contempló su despacho con la misma curiosidad indiferente con la que había observado a Nestor, luego aceptó su invitación de tomar asiento.

Aliviada de que la lamentable escena hubiera llegado a su fin, se apresuró a sentarse detrás del escritorio y abrió su bloc, dispuesta a hacerle una entrevista estándar a un cliente, pero quien hizo la primera pregunta fue Trent y la cogió desprevenida:

—¿Cree que mis cicatrices supondrán un problema?

Trent se inclinó hacia atrás y la contempló con expresión pensativa.

—¿Así que no cree que mi rostro impedirá que encuentre una esposa?

—Me parece que usted se equivoca respecto a los objetivos de mi agencia —dijo ella—. No prometo que el resultado de mis presentaciones sea el matrimonio, señor. Procuro fomentar relaciones entre individuos de ideas afines que por un motivo u otro están solteros... personas respetables de ideas similares. No todos quieren casarse, algunos buscan amistad y compañía.

—¿Por qué tengo la sensación de que usted es una de las que no intentan encontrar un marido?

«El día no mejora», pensó ella. Primero Nestor había vuelto a irrumpir en su vida intentando que reanudaran su relación anterior y después el excelente futuro cliente que confió en atraer resultaba ser un hombre complicado.

Se dijo que debía tener paciencia. Trent Hastings no era el primer individuo desconfiado con el que había tratado. Pese a que Calista basaba su empresa en recomendaciones y referencias confidenciales de una forma estricta, más de uno había pisado su despacho con cierta inquietud. Pocos llegaban sabiendo exactamente qué podían esperar de una agencia de presentaciones.

Sin embargo, ninguno había hecho referencia, ni siquiera de un modo tangencial, al hecho de que ella no estaba casada. A su edad, su estatus resultaba obvio para todos: era una solterona.

—Le ruego que regresemos al asunto en cuestión —dijo—. Puedo asegurarle que entre mis clientas cuento con una serie de damas muy respetables que son lo bastante rigurosas e inteligentes como para permitirle ver más allá de lo superficial. Lo primero y lo más importante que exigen de un amigo —o de un marido, dado el caso— es entereza y firmeza de carácter.

—¿Y cómo se las arregla usted para determinar el carácter de un cliente?

Ella golpeó la página en blanco del bloc con la punta del lápiz; se suponía que ella era quien dirigía la entrevista, pero el que hacía las preguntas era Trent.

Antes, esa misma mañana, la perspectiva de conocerlo le había causado placer; había reconocido el nombre que la señora Sykes apuntó en el libro de citas por dos motivos. El primero era que Eudora Hastings, la hermana de Trent, era una clienta. El segundo, que, hasta apenas cinco minutos antes, se había considerado una gran aficionada de sus novelas de misterio.

La perspectiva de añadir a un autor muy exitoso pero también notablemente ermitaño a su lista de clientes satisfechos la había animado, pero entonces comenzó a albergar dudas... y no debido a las cicatrices que afeaban su atractivo rostro.

—He descubierto que es posible determinar el carácter de una persona realizando entrevistas prolongadas —dijo—. Mi padre era ingeniero, y mi madre, botánica. Aprendí de ellos las técnicas de la investigación.

Trent volvió a echar un vistazo a sus estanterías llenas de libros.

—Sí, puedo ver su influencia. Me siento honrado: observo que mis libros se encuentran entre *Botánica para damas*, el libro de la señora Loudon, y la *Revista de Arquitectura e Ingeniería*.

Calista carraspeó.

—Sí, bien, soy una gran aficionada de sus novelas, señor, al igual que mi hermano, mi ama de llaves y mi mayordomo. De hecho, usted goza de una gran popularidad en esta casa —dijo, e hizo una pausa—. En realidad, ahora que lo pienso, quisiera hacerle unas preguntas acerca de la historia que sale por capítulos en el *Flying Intelligencer*.

—Me lo temía —exclamó Trent, suspirando.

Ella hizo caso omiso del comentario.

—Mi pregunta es sobre la introducción de la señorita Wilhelmina Preston. Es un personaje muy interesante, en parte debido a sus numerosos intereses científicos. Veo que podría resultarle bastante útil a Clive Stone en sus investigaciones y me pregunto si usted va a incluir una relación romántica entre Clive y Wilhelmina.

—Nunca hablo de una historia que estoy escribiendo.

—Comprendo. —Disgustada, Calista clavó la mirada en el bloc—. En ese caso...

—Mi hermana dice que usted ha intentado adaptar métodos científicos a su empresa matrimonial —dijo Trent.

—Es verdad. —Aferró el lápiz con más fuerza: era hora de tomar el control de la entrevista—. Hoy pienso hacerle unas cuantas preguntas generales y también le explicaré el método que utilizo para emparejar a mis clientes. Si esta primera conversación resulta satisfactoria para ambos, programaré otra cita más prolongada durante la cual prepararemos una amplia lista de los atributos que usted busca en una relación, ya sea de compañía o matrimonial, y haremos otra de lo que usted ofrece.

—Dinero —dijo Trent.

Calista se detuvo, sin apoyar el lápiz en la página en blanco.

—¿Perdón?

—Mi único y más importante atributo es que gozo de unos ingresos considerables. He salido muy bien parado al invertir el dinero obtenido de la venta de mis libros en bienes inmuebles. La cuestión es la siguiente: ¿dispongo de suficiente dinero como para que una de esas inteligentes y exigentes clientas que usted mencionó pasen por alto mis cicatrices?

Otro hombre podría haber intentado dejarse crecer la barba o el bigote para camuflar las cicatrices, pero Trent Hastings no había hecho ningún esfuerzo por ocultar las heridas de la mejilla izquierda.

Las marcas parecían estar grabadas en la piel con ácido o un hierro candente. Le recorrían la mandíbula y desaparecían por debajo del cuello de su camisa blanca. Ella no tenía idea de dónde procedían esas marcas, pero estaba convencida de que las heridas debieron de ser muy dolorosas. Por suerte no le habían afectado los ojos.

«Puede que algunos se compadezcan de él o aparten la mirada —pensó—, pero no cabe duda de que una persona de cierta perspicacia llegaría a la conclusión de que un hombre que ha sobrevivido a la experiencia que le causaron las cicatrices —y que ha aprendido a enfrentarse al efecto que provocaban en los demás— debe de poseer un carácter muy firme».

Un hombre semejante se convertiría en un excelente amigo o en un enemigo muy peligroso y también pensó que sería muy difícil de emparejar, que no eran las cicatrices las que complicarían el asunto, sino que el desafío consistiría en hallar una dama capaz de hacerle frente a un individuo de carácter tan duro.

—Cuando se trata del matrimonio, el dinero es algo que ambas partes deben de tener en cuenta, desde luego —aseguró Calista.

—Según lo que he observado, suele ser la cuestión principal.

—Disculpe, señor, pero comienzo a tener la impresión de que usted es un tanto cínico cuando se trata del matrimonio.

—Soy realista, señorita Langley.

Ella dejó el lápiz, cerró el bloc y juntó las manos en el escritorio.

—No niego que cuando se trata del matrimonio existe un aspecto práctico imposible de obviar —dijo—, pero si sé que un cliente desea casarse, tomo la precaución de comprobar las finanzas de ambos individuos.

Por primera vez, Trent demostró interés en su método de emparejar a las personas.

—¿Cómo diablos hace eso? —preguntó.

—Empleo a un asistente que lleva a cabo una investigación muy discreta con el fin de determinar si los clientes dicen la verdad sobre el estado de sus finanzas. No todos son sinceros acerca de ese aspecto de su vida personal.

—Vaya, qué interesante. ¿Y quién es ese asistente?

—Mi hermano.

—Comprendo. Su interés por los temas económicos despierta mi curiosidad.

—Es usted quien mencionó el tema —indicó ella.

—Quizá porque concerté la cita con el fin de descubrir si usted intentaba estafar a mi hermana.

—¡¿Qué?!

—Eudora es una de sus clientas. Es normal que albergue cierta preocupación.

Durante unos segundos Calista se quedó sin habla. Finalmente logró recuperar el control.

—Sí, la señorita Hastings es una clienta. Pero puedo asegurarle, señor, que yo no supongo un peligro para ella. De hecho, parece disfrutar asistiendo a mis reuniones semanales, es una dama muy inteligente y culta.

—Puede que mi hermana sea inteligente y culta, pero es una solterona de cierta edad cuya experiencia con los hombres es muy escasa y que también disfruta de una posición económica bastante acomodada.

—¿Gracias a la fortuna de usted?

—Sí. Ello la vuelve vulnerable frente a esa clase de hombres inescrupulosos que se aprovechan de las mujeres solteras con ingresos o una buena herencia.

Por primera vez Calista percibió que, bajo la superficie, una intensa emoción embargaba a ese hombre y se estremeció. Él no estaba enfadado con ella —al menos no de momento, se limitaba a ser suspicaz—, pero podía apostar que en algún momento del pasado se había topado con un cazafortunas que se aprovechó de alguien a quien Trent apreciaba.

—Creo que he dejado claro —dijo ella, tratando de hablar en tono tranquilizador— que tengo muy presente que existe el tipo de persona que podría intentar aprovecharse de mis clientas. No se me ocurriría ni en sueños presentarle a su hermana un caballero que no fuera respetable y también completamente sincero sobre su situación económica.

—Se me ocurre, señorita Langley, que para usted bien podría existir un incentivo económico si les presentara personas acaudaladas o bien conectadas a ciertos clientes.

—¡Esto es el colmo! —exclamó ella. Esa mañana era la segunda vez que se ponía de pie, furiosa—. Insulta tanto a su hermana como a mí, señor. Debo rogarle que se marche de inmediato.

Durante un instante angustioso temió que él no permitiría que lo echaran a patadas de su despacho y cogió la campanilla, dispuesta a hacerla sonar, pero sintió un profundo alivio cuando Trent se puso de pie y se dirigió a la puerta sin pronunciar palabra. Ella soltó la campanilla, se aferró al respaldo de la silla y sostuvo el aliento.

Trent abrió la puerta, se detuvo y se volvió hacia ella.

—Una pregunta más antes de marcharme, señorita Langley.

Calista tragó saliva.

—No estoy de humor para contestar a sus preguntas, señor.

—Comprendo, pero mi curiosidad me obliga a insistir. ¿De verdad cree que podría haber encontrado una esposa adecuada para mí?

—Lo dudo mucho, señor Hastings. Me temo que acaba de fracasar en la entrevista.

Él inclinó la cabeza brevemente.

—Sí, ya lo veo.

Entonces salió al vestíbulo y cerró la puerta de un modo deliberado y muy elocuente.

No tenía intención de regresar.

«Pues tanto mejor», pensó Calista. Pero de pronto la atmósfera en la habitación parecía bastante más fría que hacía unos momentos.

5

El resultado de la entrevista con Calista Langley no había sido positivo.

Trent entró en el vestíbulo de la residencia urbana preparado para enfrentarse a un despliegue de sentimientos por parte de su hermana: desilusión, ofensa, resentimiento y unas cuantas lágrimas acusatorias, pero por primera en vez en mucho tiempo Eudora logró sorprenderlo por completo.

Descendió la escalera presa de la indignación y la ira.

—Has ido a ver a la señorita Langley, ¿verdad? —chilló—. ¿Cómo te atreves? Mi relación con ella solo me concierne a mí, a ti no te incumbe en absoluto.

«Eudora tiene veintitantos años, tal vez es uno o dos años menor que Calista —pensó Trent—, pero parece la mayor de ambas.»

Ese día Calista presentaba un aspecto a la moda ataviada con su elegante vestido azul. Sus cabellos castaños recogidos con bonitas horquillas formaban un moño encantador. El peinado realzaba su llamativo perfil y sus ojos castaños de mirada inteligente; tenía un aire vivaz y dinámico que le resultó curiosamente fascinante. Era una mujer interesante y enigmática y Trent estaba totalmente convencido de que sería interesante y enigmática incluso a los setenta u ochenta años. Ciertas características nunca envejecían.

Por otra parte, hasta hacía poco tiempo era como si Eudora no hubiera dejado de apagarse. Empeñada en interpretar el papel de la hermana abnegada y sacrificada que se encargaba de administrar la casa de su hermano, llevaba el cabello rubio con raya al medio y recogido en un severo moño; sus vestidos eran de telas oscuras, apagadas y prácticas.

Eudora se dedicaba con ganas a la carrera que se había adjudicado a sí misma; la casa que ambos compartían funcionaba como un mecanismo bien engrasado; desde la mañana hasta la hora de dormir la vida transcurría serena y cadenciosamente. Los criados cumplían con sus deberes con absoluta precisión y el cuidado de los jardines era detallado y exquisito.

Pero en el transcurso de los años la muchacha fogosa y vivaz que antaño había insistido en aprender a montar en bicicleta y a jugar al cróquet había desaparecido y en su lugar surgió una mujer que parecía guardar un luto permanente. Eudora no vestía de negro ni llevaba un velo pero, según Trent, bien podría haberlo hecho.

No obstante, últimamente parecía haber realizado ciertos cambios que lo complacieron, al menos al principio. Resultaba indudable que prestaba mayor atención a la moda e incluso se había comprado unos pendientes nuevos. Trent sabía que dicha transformación habría supuesto un alivio si no fuera porque estaba vinculada con las reuniones semanales organizadas por Calista Langley.

—Tranquilízate —dijo, le alcanzó su sombrero y sus guantes a Guthrie, el mayordomo, pero no soltó su bastón—. Acordé la cita con la señorita Langley porque ella y sus servicios despertaron mi curiosidad.

—No te creo —exclamó Eudora en tono brusco—. Fuiste a verla para intimidarme. Reconócelo. Como no lograste persuadirme de que era una impostora y una estafadora o bien algo peor, intentaste asustarla para que pusiera fin a nuestra relación.

—Si ese era mi propósito te aseguro que fracasé —admitió Trent—. Al cabo de tres minutos de conversación resultó evidente que para asustar a la señorita Langley haría falta algo más que un mero escritor.

Eudora se detuvo en la escalera, sorprendida. Después adoptó una expresión complacida y un brillo triunfal iluminó su mirada.

—Así que la señorita Langley te pegó un buen rapapolvo, ¿verdad? Estoy encantada de saberlo.

—Comprendo que estés enfadada porque haya ido a verla —dijo Trent—, pero me pareció necesario investigar ese negocio tan curioso de la señorita Langley.

—Organiza reuniones donde personas respetables pueden encontrarse. ¿Qué tiene eso de peligroso?

—Ya hemos hablado de ello —aclaró él, recorrió el vestíbulo y se dirigió a su estudio—. La señorita Langley se dedica a presentar a completos desconocidos entre ellos.

—Desconocidos solteros —soltó Eudora.

—No sería lo mismo si ella conociera muy bien a todas las partes involucradas, pero no es el caso. Las personas que asisten a sus reuniones no son sus amigos personales, son sus clientes. Tú posees una herencia considerable y eso te vuelve vulnerable frente a los peores predadores.

Eudora corrió tras él.

—La señorita Langley insiste en obtener referencias de cada uno de sus clientes —exclamó—. Además, lleva a cabo detalladas entrevistas con cada uno para asegurarse de que no son cazafortunas u hombres casados que confían en aprovecharse de las damas de su lista de invitados.

Trent se detuvo en el umbral de su estudio.

—No son invitados, Eudora. Ella no es una anfitriona de la alta sociedad que recibe amistades y conocidos respetables y les ofrece té o da conciertos: es una mujer de negocios y eso significa que lo que más le importa es el dinero —manifestó y entró en el estudio seguido por su hermana.

—No tienes derecho a inmiscuirte en mis asuntos privados —expresó ella.

—Soy tu hermano. —Colgó el bastón del respaldo de la silla y se acercó a la ventana—. Mi deber es protegerte.

—No necesito que me protejas de la señorita Langley.

Trent contempló el florido jardín y el invernadero de hierro forjado y cristal. En esos días la jardinería y la lectura eran los únicos placeres de Eudora, al menos lo fueron hasta que comenzó a asistir a las reuniones semanales de la señorita Langley. Últimamente regresaba de dichas veladas hablando de las últimas noticias relacionadas con diversos temas: el arte, los viajes, los libros, el teatro...

—Sé que consideras que soy exageradamente cauteloso —declaró él—. Sin embargo...

—¿De verdad crees que corro peligro de creerme las mentiras de un cazafortunas? Te ruego que no me tomes por una insensata.

—No dudo de tu inteligencia ni de tu sensatez, pero tu relación con la señorita Langley me inquieta.

Trent guardó silencio unos momentos.

—¿Qué impresión te ha causado? —preguntó Eudora.

Hablaba en tono sospechosamente neutro y él se dio cuenta de que había intentado ordenar el caos de impresiones que la señorita Langley le había causado desde que abandonó su despampanante mansión.

—¿Qué? —dijo, procurando ganar tiempo para reflexionar.

—Me has oído muy bien. Ahora que la has conocido, ¿qué te ha parecido la señorita Langley?

Trent trató de formular una respuesta pero no halló las palabras adecuadas. «Atractiva», pero no en el sentido habitual de la palabra. «Poco convencional» sería una descripción más precisa... pero por algún motivo la palabra que se le ocurría era «fascinante».

Era un hombre de naturaleza curiosa y de amplios intereses que lo habían impulsado a investigar toda suerte de temas y talentos peculiares. La investigación que suponía cada nueva novela protagonizada por Clive Stone solía conducirlo a lo largo de senderos poco habituales y a veces extravagantes. Pero Calista Langley despertaba su curiosidad de un modo inquietante.

Supo en el acto que Calista era una mujer dispuesta a luchar por lo que quería, una mujer que haría cualquier cosa para proteger lo suyo. «Y si amara, sería de un modo apasionado.» Había algo en ella que insinuaba una gran pasión. Había conocido a algunas mujeres inteligentes, independientes y firmes de carácter —era la clase de mujeres que le resultaban atractivas—, pero el encanto de Calista Langley era único.

—Me ha parecido... interesante —dijo, se volvió y apoyó las manos en el respaldo de la silla—. Reconozco que no era como esperaba.

—¿Interesante? —Eudora parecía desconcertada, luego entrecerró los ojos—. Creo que comprendo: te ha resultado interesante porque no se ha dejado intimidar por ti.

—Dudo de que ni siquiera un pequeño ejército lograría intimidar a la señorita Langley, pero eso solo incrementa mi cautela con respecto a ella y el modo en que se gana la vida.

—No dejaré de asistir a sus reuniones, Trent, no salvo que me borre de su lista de clientas. Y si lo hiciera sé que tú tendrías la culpa.

—¿Es que esas tertulias son tan importantes para ti?

—Sí. Por favor, Trent, intenta comprender. Las reuniones me resultan estimulantes, hay tantas personas nuevas por conocer y las conferencias siempre versan sobre temas fascinantes. La semana pasada el profesor MacPherson dio una charla sobre antigüedades romanas que se hallan aquí, en Gran Bretaña. La semana anterior el señor Harper habló de sus viajes por el oeste de Estados Unidos. En la próxima reunión habrá una conferencia sobre los últimos avances en fotografía.

—¿La señorita Langley te ha presentado algún hombre en particular?

Eudora se puso tensa.

—Una invitada es presentada a todos los asistentes a la reunión. Ese es el propósito de dichas veladas.

—Seré más específico: ¿alguno de los clientes masculinos de la señorita Langley ha intentado profundizar su relación contigo?

Eudora apretó las mandíbulas.

—Ninguno de los caballeros a quienes he sido presentada se ha comportado de un modo que pudiese ser considerado inadecuado u ofensivo, pero veo que nada de lo que te diga te convencerá de ello. ¿Por qué no asistes a una de las reuniones y lo compruebas por ti mismo?

—Eso era precisamente lo que intentaba hacer hoy, ¿recuerdas?

—No me refiero a tu intento fracasado de intimidar a la señorita Langley —dijo Eudora con una sonrisa forzada—. Sugiero que solicites convertirte en uno de sus clientes.

—No seas ridícula.

—Comprendo que después de hoy tal vez no esté dispuesta a incluirte en su lista de invitados, pero quizá yo logre convencerla de que te acepte a prueba. Al fin y al cabo es una gran aficionada a tus novelas. A lo mejor consigo que te permita asistir a un par de reuniones y así podrás formar tus propias conclusiones sobre su empresa.

—¿Hablas en serio?

—Piénsatelo, querido hermano. —Eudora se volvió y se dirigió a la puerta del estudio—. Porque te aseguro que tengo toda la intención de continuar aceptando sus invitaciones.

Salió al vestíbulo y cerró la puerta con bastante más violencia de la necesaria.

Trent tomó asiento y durante unos momentos contempló su ámbito privado. Su estudio era el único lugar donde podía asegurarse la soledad que precisaba y de que nadie lo interrumpiría. Todos los miembros del servicio sabían que, cuando la puerta estaba cerrada, no debían molestarlo a excepción de que hubiera un incendio o se acabara el mundo.

«Retomaré mi escritura», pensó. La visita a Calista Langley había sido un desastre, por no hablar de una pérdida de tiempo. En todo caso, debía entregarle el próximo capítulo de *Clive Stone y el asunto de la novia desaparecida* al editor del *Flying Intelligencer.*

Pero no despegó la vista de la puerta cerrada durante un buen rato. Estaba convencido de que uno de los clientes de Calista había demostrado un interés especial por Eudora y no resultaba necesaria la taimada mente de un autor de novelas de misterio para deducir que Eudora también se interesaba por él.

Siempre había confiado que su hermana encontrara un hombre bondadoso a quien pudiera amar, uno que apreciara su inteligencia y su talento organizativo. Un hombre que pudiera ofrecerle lo que ella más necesitaba: un hogar y una casa propia para administrar.

En los últimos años se había vuelto cada vez más evidente que tal vez eso no ocurriría.

Su hermanita inteligente y encantadora se había convertido en una solterona y ello no habría supuesto un mal destino si con eso fuera feliz, pero él estaba muy seguro de que no era así. Durante cierto tiempo la había envuelto un aire nostálgico que le llegaba al corazón. Quería protegerla, pero no tenía el poder de hacerla feliz.

Y entonces las cosas parecían haber empezado a cambiar para ella gracias a la misteriosa Calista Langley, que le brindaba a Eudora lo único que él no podía ofrecerle.

Debía estar agradecido porque que su hermanita por fin emergiera de su martirio autoimpuesto. Sin embargo, no dejaba de estar preocupado. Calista Langley suponía una incógnita; su intuición le decía que tenía la capacidad de trastocar su vida tranquila, ordenada y sumamente previsible.

No estaba seguro de la sensación que le provocaba, pero sí sabía una cosa: sentía algo... y era una sensación notablemente intensa. Calista era la primera mujer en mucho tiempo que ejercía una mayor fascinación sobre él que los personajes de sus novelas.

6

—Esta noche saldré después de cenar —anunció Andrew—. No me esperes despierta, me reuniré con unos amigos y no regresaré hasta muy tarde —añadió, en su acostumbrado tono desafiante.

Calista cogió un trozo de pollo hervido con el tenedor mientras pensaba cómo enfrentarse al anuncio de su hermano; la verdad es que poco podía hacer o decir para impedir que saliera y lo último que quería era pelear. «Hay que elegir qué batallas has de librar», pensó.

Andrew estaba sentado en el otro extremo de la larga mesa de comedor, apresurándose a tomar los últimos bocados para poder marchar y reunirse con sus amigos. Tal vez hubiese resultado más fácil hablar en la salita más íntima, pero la señora Sykes insistía en servir la cena en el sombrío comedor revestido de madera oscura.

Hacía ya varias décadas que el ama de llaves y su marido vivían y trabajaban en Cranleigh Hall, primero como criada y lacayo. Habían envejecido junto con Roberta Langley, su adusta y deprimida patrona. Roberta les había dejado la mansión a sus nietos, pero Calista consideraba que los Sykes tenían más derecho a poseer el desmoronado montón de maderas y piedras que ella y Andrew.

Sabía que ella y su hermano debían estar agradecidos por poder cobijarse bajo un techo tan distinguido; era innegable que Cranleigh Hall había resultado muy útil para su empresa. La imponente residencia y la elegante dirección en Cranleigh Square tranquilizaban e impresionaban a los posibles clientes, pero Calista consideraba que la gran mansión nunca sería un hogar cálido y acogedor para ella y Andrew.

La nueva costumbre de Andrew de salir hasta altas horas de la noche la preocupaba y uno de los motivos era personal y bastante egoísta: no le gustaba quedarse a solas en la mansión. Es verdad que los Sykes siempre estaban presentes, pero se retiraban a sus habitaciones a las nueve de la noche en punto. Una vez que estaban acostados, la soledad que parecía impregnar las paredes de la mansión emergía y la rondaba.

La angustia que la invadía desde que dos semanas atrás alguien había depositado ese pequeño y horrendo lacrimatorio en el buzón se había intensificado tras la visita de Nestor Kettering esa mañana. Hacía días que le parecía que alguien observaba cada uno de sus movimientos... y entonces se enfrentaba a pasar otra noche a solas.

Se dijo que debía acostumbrarse a esa sensación. Andrew no tardaría en anunciar que deseaba trasladarse a un alojamiento propio. Era inevitable: todos los jóvenes debían disfrutar de la libertad de descubrir su propio sendero en la vida. Ella no tenía derecho a hacerlo sentir culpable por abandonarla.

—¿Irás al teatro? —preguntó, procurando hablar en tono agradable y demostrar interés.

—Quizás. —Andrew devoró un bocado de judías verdes—. Y después tal vez juegue a las cartas.

Calista aferró el tenedor e intentó disimular su inquietud. Entre todos los miles de vicios disponibles para un joven en Londres el que más temía era el que ofrecían las casas de juego: eran las que más rápidamente conducían a la perdición.

Habían invertido la pequeña suma de dinero que heredaron junto con Cranleigh Hall en montar su agencia de presentaciones. Mostrar una imagen elegante y refinada a los clientes supuso comprar un mobiliario a la moda para las habitaciones de la primera planta. Desde el principio, Calista supo que alcanzar la respetabilidad suponía hacer equilibrio en la cuerda floja: en su negocio, guardar las apariencias resultaba fundamental.

Y afortunadamente el negocio funcionaba a buen ritmo. Las ganancias que la agencia de presentaciones proporcionaba eran considerables, pero ella y Andrew no podían darse el lujo de correr riesgos.

Calista depositó el tenedor en el plato.

—No estarás en dificultades, ¿verdad, Andrew? Económicas, quiero decir.

—¿Por qué todas las conversaciones entre ambos durante la cena siempre han de acabar con tus insinuaciones de que soy incapaz de cuidar de mí mismo? Ya no soy un niño y no necesito que mi hermana mayor vigile cada paso que doy.

«Es indudable que Andrew ya no es un niño —pensó—. Ya no.» Tenía diecinueve años, era delgado, estaba en forma y rebosante de vitalidad: estaba en la flor de la vida. Además, poseía el mismo perfil distinguido de su padre y los mismos ojos castaños de mirada inteligente.

Ya no era el pequeño y temeroso niño de nueve años al que tuvo que explicarle que el mar se había llevado a sus padres y que jamás volverían a casa. Ya no la necesitaba para que lo protegiera de los lúgubres estados de ánimo de una abuela consumida por la amargura. Estaba preparado para salir al mundo.

No obstante, la idea de perder a Andrew en las oscuras calles de Londres le producía un pánico especial. Era obvio que regañarlo resultaría inútil, porque solo lo alejaría de ella con mayor rapidez y entonces no tardaría en estar realmente sola.

«Será mejor que cambie de tema», pensó.

—Hoy mantuve una entrevista bastante inquietante con un caballero que había esperado que se convirtiera en un excelente cliente —dijo.

Durante un momento Andrew pareció desconfiar, pero después una expresión de preocupación atravesó su rostro.

—¿Guarda alguna relación con esos desagradables *memento mori* que has estado recibiendo?

—No. Se trata de un asunto completamente diferente. Mi visitante era Trent Hastings.

—¿Trent Hastings, el autor? —exclamó Andrew, arqueando las cejas.

—Sí, el mismo.

—Pero esa es una buena noticia, ¿no? —El entusiasmo iluminó su mirada—. Limítate a pensar lo que significaría para tu negocio hacerte con un cliente tan famoso como el señor Hastings.

—Sabes muy bien que no revelo los nombres de mis clientes. Muchos se sentirían abochornados.

—Sí, lo sé. Pero dependes del boca a boca y unas palabras adecuadas del señor Hastings te traerían un montón de excelentes clientes.

—Por desgracia no creo que el señor Hastings haga recomendaciones útiles. Al parecer, cree que mi negocio consiste en aprovecharme de algunas de mis clientas que disponen de buenas entradas... como su hermana, por ejemplo.

—Eso es una tontería. ¿Cómo osa insultarte e impugnar tu reputación? —Andrew arrugó la servilleta y la arrojó en la mesa—. Hablaré con él.

—No, no lo harás. —La idea de Andrew enfrentándose a un hombre tan intimidante como Hastings la atemorizó. «Nunca debí mencionarle esa entrevista», pensó y se apresuró a buscar el modo de evitar el desastre—. No es necesario que hables con él, de verdad. Le dejé las cosas muy claras, te lo aseguro. Todo fue un malentendido y punto. Ten presente que su hermana es una clienta excelente. No queremos hacer nada que anule su relación con mi agencia, ¿verdad?

—¿Hastings se disculpó?

—No exactamente, sin embargo...

—Es un cabrón. ¿Tienes su dirección? No importa, lo encontraré.

—Por favor, Andrew, escúchame. Todo fue un error —dijo, procurando sonreír—. Solo estaba un poco desconcertado, eso es todo.

—Te debe una disculpa.

—Creo que con el tiempo lo comprenderá. —«Es improbable que ello ocurra», pensó, pero no manifestó su opinión en voz alta—. Mientras tanto no quiero hacer nada que obligue a Eudora Hastings a tomar partido, por así decir. Si ella pusiera fin a nuestra relación comercial solo daría pie a rumores desafortunados.

Andrew soltó un gruñido; aún estaba enfadado, pero el sentido común llevaba las de ganar.

—No pasa nada —aseguró ella en voz baja—. Te prometo que el señor Hastings no supondrá un problema. Su hermana es una dama de voluntad muy firme y disfruta asistiendo a mis reuniones. Me dijo que lo había pasado muy bien durante el evento de la semana pasada y aceptó mi invitación de asistir al próximo. Dudo de que su hermano logre impedir que vuelva.

Andrew no parecía muy convencido, pero la curiosidad lo superó.

—¿Qué clase de hombre es?

—¿El señor Hastings? Es bastante... —Calista hizo una pausa, procurando hallar la palabra idónea—. Impresionante.

—¿Qué aspecto tiene? Eso es lo quise decir.

—Ah —respondió y evocó su imagen mental de Trent—. Bien, en lo que a eso se refiere tiene un cuerpo muy viril, cabellos oscuros y ojos llamativos.

—¿Un cuerpo muy viril? —comentó Andrew, frunciendo el ceño.

—Eh... sí, creo que esa es la manera de describirlo.

Andrew le lanzó una mirada interrogativa.

—¿Dirías que es la clase de hombre que las mujeres considerarían apuesto?

—No exactamente, pero contemplarlo resulta gratificante, si sabes a qué me refiero.

—No, no lo sé.

Calista ignoró la interrupción.

—Parece creer que las cicatrices supondrán un problema si asistiera a mis reuniones como cliente, pero le aseguré que estaba equivocado.

—¿Cicatrices?

—En la mandíbula izquierda; resultan más bien impresionantes, me temo. También tiene unas cuantas en las manos. Debe de haber sufrido un accidente en el pasado.

—Pero ¿las cicatrices no te asustaron?

—En absoluto —contestó Calista—. Hastings es un tanto irritante, pero no me sentí amenazada.

Andrew se puso muy tenso.

—¿Crees que tal vez sea el responsable de enviar los *memento mori*?

—¿Qué? Dios mío, claro que no. ¿De dónde has sacado semejante idea? Estoy segura de que el señor Hastings no es quien me dejó esos horrendos objetos.

—¿Por qué estás tan segura de su inocencia?

Ella reflexionó unos segundos, procurando poner en palabras su certeza intuitiva.

—A juzgar por lo que hoy he observado, el señor Hastings es ante todo una persona muy directa —dijo—. No atormentaría a una mujer ocultándose entre las sombras.

—¿Cómo puedes estar segura?

Ella consideró la pregunta durante un momento y después la apartó con un gesto.

—No lo sé. Supongo que por su manera de mirar a las personas.

—Eso no indica gran cosa.

—No, pero tú sabes muy bien que mi intuición no suele fallar cuando se trata de juzgar a alguien.

—Pero te falló cuando ese cabrón te dejó sola ante el altar.

«Menos mal que no mencioné la visita de Nestor», pensó Calista.

—El señor Kettering y yo estábamos a punto de comprometernos —dijo en tono paciente—. No estaba ante el altar.

—Fue casi lo mismo.

Una parte de la vieja cólera que se adueñó de ella por haberse dejado engañar por Nestor volvió a surgir. Había sido una estúpida tan ingenua... Hizo un esfuerzo por no alzar la voz, no quería alarmar a la señora y al señor Sykes, que estaban cenando en la cocina.

—Confía en mí: no fue lo mismo.

—Lo siento —se disculpó Andrew en tono brusco—. No quise sacar a relucir el tema de Kettering.

—Estos días estoy un tanto nerviosa. —«Por decirlo en términos moderados», pensó.

—Lo sé —afirmó Andrew, apretando los labios—. Maldita sea, no puedo creer que la persona que te envía los *memento mori* lograra acceder a esta casa sin ser vista. Estuvo en tu habitación, Calista.

—No es necesario que me lo recuerdes. Ya hemos hablado de esto varias veces. Ayer por la tarde un gran número de personas entró y salió de la casa debido a las preparaciones de la próxima reunión. Los tenderos y los recaderos estuvieron entrando y saliendo todo el día.

—Debe de haber entrado disfrazado de recadero. Pero la cuestión es la siguiente: ¿quién podría conocer la existencia del viejo montacargas?

—Para empezar, cualquiera que alguna vez trabajó en esta casa o en los jardines —contestó Calista.

—Ninguno de ellos tiene motivos para querer asustarte.

—Sea como sea, estoy muy segura de que no fue el señor Hastings quien me envió ese lacrimatorio y dejó el anillo en mi cama. Te ruego que me creas cuando te digo que hoy no vino a verme con ánimo de venganza. Según él, solo intentaba proteger a su hermana. Sin duda, tú hubieses hecho lo mismo en su lugar.

—Debe de ser un hombre de naturaleza suspicaz.

—Eso resulta lógico. Escribe novelas que giran en torno a oscuros secretos y asesinatos. Imagino que alguien que pasa el día centrado en tales asuntos tiene una opinión especial acerca del género humano.

—Pues me he formado una opinión bastante negativa sobre Trent Hastings, ahora que me has descrito tu reunión con él.

—He de reconocer que no me apresuraré a comprar su próximo libro —dijo Calista—. Es una pena. Disfruté mucho leyendo su última novela.

—Una trama muy inteligente y las escenas finales con el villano eran fascinantes —comentó Andrew, frunciendo el entrecejo—. Sin embargo, no creo que el personaje de la señorita Wilhelmina Preston que aparece en su nueva novela me guste demasiado.

—¿Por qué no? A mí me cae bastante bien.

—De acuerdo: puedes introducir una mujer en la trama, pero Clive Stone no debe distraerse iniciando una aventura romántica. Estropearía la serie.

—Eso es cuestión de opinión.

7

Su marido era un hombre muy peligroso. La aterraba.

Anna Kettering era muy consciente de su pulso acelerado, el corazón le palpitaba como un caballo desbocado y era como si no pudiera respirar; estaba convencida de que el único motivo por el cual aún seguía con vida era su herencia.

Las condiciones que su padre había insistido en incorporar a su testamento eran estrictas y muy claras: si algo le ocurría a Anna —si caía por la escalera, si una fiebre acababa con ella, si le ocurría cualquier cosa—, el dinero iría a parar a unos parientes remotos de Canadá.

«Papá debía de haber albergado ciertas sospechas acerca de Nestor», pensó. Este parecía un marido ideal y su padre debía de haber temido que Nestor era demasiado perfecto.

El temblor de sus manos era tan intenso que a duras apenas logró introducir la llave en la cerradura; por fin logró abrir la puerta. Echó un último vistazo a lo largo del pasillo y comprobó que nadie la observaba. Los criados tenían la tarde libre y se suponía que Nestor asistía a un acontecimiento deportivo, pero Anna sabía que debía tener mucho cuidado.

Una vez que comprobó que se encontraba a solas en la gran residencia urbana entró en la pequeña y penumbrosa habitación, cerró la puerta con llave, encendió una vela y miró en derredor.

En la pequeña habitación reinaban los tonos sombríos del

luto, un ramo de blancas flores marchitas reposaba en un soporte de hierro forjado y su aroma era abrumador. Fiel a la costumbre, un paño de terciopelo negro cubría el espejo de marco dorado. Que fuese mal fario que los dolientes vieran su propio reflejo en el espejo en la casa de alguien recientemente fallecido era una tontería, pero algunas de las viejas supersticiones aún formaban parte de los rituales relacionados con la muerte.

El reloj apoyado en la repisa de la chimenea marcaba cinco minutos antes de la medianoche: la hora de la muerte.

Recorrió el reducido espacio y contempló la bandeja de plata forrada de terciopelo blanco. El lacrimatorio y el anillo de marcasita habían desaparecido, el único objeto que aún quedaba era una campanilla negra lacada con las iniciales C. L. grabadas. La campanilla estaba fijada a una cadena de metal en cuya punta había un anillo. Una fotografía de los difuntos colgaba de la pared. Mediante una tijera alguien había eliminado de la escena a todos, a excepción de la difunta. El marco estaba envuelto en encaje negro.

Por debajo de la fotografía había una esquela; el nombre de la difunta estaba escrito con letras elegantes: Calista Langley. La línea donde debía figurar la fecha de la muerte aún no había sido rellenada.

Calista Langley no era la primera mujer cuyo retrato había colgado en la habitación.

Anna la cruzó aprisa, salió al pasillo y volvió a cerrar la puerta con llave. No soltó un suspiro de alivio hasta después de descender la escalera.

No cabía duda: su marido estaba obsesionado casi hasta la locura. Tenía que encontrar el modo de escapar de ese pesadillesco matrimonio, pero ¿quién la creería?

Que un marido lograra convencer a las autoridades de que su mujer estaba loca resultaba muy fácil, pero sería casi imposible que una esposa lograra hacer encerrar a su marido en un manicomio.

8

Calista entró en la librería Masterson's con una sensación de alivio. Las campanillas colgadas por encima de la puerta le dieron la bienvenida con un alegre tintineo; algo de la atmósfera del lugar sosegaba su nerviosismo; la calma que reinaba en la acogedora librería estaba impregnada del aroma de los volúmenes, tanto los nuevos como los viejos, apoyados en los estantes.

Era como si hubiera entrado en otra dimensión. Fuera, la niebla envolvía la calle y el traqueteo de los cascos y las ruedas de los carruajes resonaba de manera fantasmagórica; los desconocidos aparecían y desaparecían en el paisaje gris y con cada paso que daba tenía la desagradable sensación de que cualquiera de los transeúntes podría ser el intruso que había dejado el *memento mori* en su habitación.

Pero en el interior de Masterson's reinaba la paz y la serenidad, y solo tras inspirar profundamente un par de veces se dio cuenta de cuán nerviosa había estado durante los últimos días.

La mujer de mediana edad de pie detrás del mostrador estaba atendiendo a un cliente, pero le lanzó una sonrisa cordial.

—Señorita Langley —dijo—, me alegro de verla. Estaré con usted dentro de un momento.

—Buenos días, señora Masterson —la saludó Calista—. No tenga prisa, siempre disfruto curioseando en su tienda.

—Muy bien, tómese su tiempo.

Martha Masterson se dirigió a su cliente, un joven que parecía tener la misma edad que Andrew.

—Aquí tiene su libro, señor. Espero que disfrute de *Clive Stone y el asunto de la máquina asesina.* Desde que salió publicada en forma de libro, la novela ha gozado de una gran popularidad.

—La leía cuando apareció en forma de serie en el *Flying Intelligencer,* por supuesto, pero quería un ejemplar para mi biblioteca personal —dijo el cliente—. Ahora estoy leyendo la última novela del señor Hastings en el periódico, pero el personaje de Wilhelmina Preston no acaba de convencerme. No comprendo por qué el autor ha de incluir una dama que parece dedicarse a algo bastante similar a lo que hace Clive Stone.

—La señorita Preston es científica —dijo Martha—, no detective.

—Pero Stone le pide ayuda en su nuevo caso —protestó el cliente.

—No se preocupe —dijo Martha y le guiñó un ojo—. A lo mejor Wilhelmina Preston resultará ser la villana. Usted sabe que en sus historias al señor Hastings le gusta ocultar al criminal a plena vista.

—La villana. —Era evidente que esa noticia alegró al cliente—. Pues ese sería un giro muy ingenioso. Que tenga un buen día, señora Masterson.

—Buenos días, señor.

Martha aguardó hasta que la puerta se cerró a espaldas del joven y entonces chasqueó la lengua.

—Espero que el señor Hastings no haya cometido un grave error con el personaje de Wilhelmina Preston —dijo—. Mis clientas están encantadas con su presencia pero mis clientes masculinos están un poco alarmados, cuando menos.

—Hablando del señor Hastings —dijo Calista—, él es el motivo por el que estoy aquí. En primer lugar, quisiera agradecerle por enviar a su hermana a mi agencia.

Una mirada de satisfacción brilló en los ojos de Martha. Era una mujer regordeta de carácter cordial y extrovertido.

—Así que Eudora Hastings aceptó mi consejo, ¿verdad? Realmente confío en que usted encontrará una pareja para ella; esa pobre mujer está envejeciendo antes de tiempo. Es una pena.

—Ha asistido a algunas de mis reuniones y parece disfrutarlas. —Calista titubeó y escogió sus palabras con cuidado—. Me pregunto si últimamente usted o la señorita Ripley han recomendado mis servicios a algún caballero...

—No —respondió Martha, sorprendida—. ¿Por qué lo pregunta?

—Por curiosidad, eso es todo —contestó Calista, aunque no era del todo verdad—. Gracias otra vez.

Hasta ese momento no se había dado cuenta de lo mucho que había confiado en hallar una conexión entre Martha Masterson y quienquiera que le estaba enviando los *memento mori*. Se dijo a sí misma que la posibilidad de identificar a la persona que parecía empeñada en asustarla e inquietarla era remota; no obstante, le había parecido vagamente posible que, sin querer, la propietaria de la librería y su amiga hubiesen enviado a un individuo de mente trastornada a la agencia. Martha era la única ex clienta que entraba en contacto con diversas personas debido a su profesión.

Bien, ya podía descartar esa idea. Debía volver a revisar los archivos de sus clientes y buscar a alguno que quizás hubiese cometido una indiscreción con la persona equivocada.

Cuando estaba a punto de inventar una excusa por abandonar la librería sin comprar nada, una voz resonó desde el fondo de la tienda.

—¿Es usted, señorita Langley?

Entonces apareció una mujer de aproximadamente la misma edad de Martha. El físico de Arabella Ripley —era alta, delgada y angulosa— era el opuesto al de la dueña de la librería. Al ver a Calista una sonrisa iluminó su fino rostro.

—Me pareció oír su voz, querida —dijo Arabella—. Estaba desempacando un nuevo envío de libros. Encantada de volver verla. ¿Qué fue eso que le preguntó a Martha?

—La señorita Langley quería saber si habíamos enviado algunos caballeros a su agencia —comentó Martha.

—Pues no, solo a esa agradable señorita Hastings. ¿Eso era todo lo que quería saber?

—Sí, gracias —contestó Calista; entonces se le ocurrió una idea. Era un palo de ciego pero estaba desesperada—. Pensándolo bien, ¿por casualidad han mencionado mi agencia a otras damas, además de a la señorita Hastings? —quiso saber.

Martha y Arabella intercambiaron una mirada inquisitiva y después negaron con la cabeza.

—No, a nadie más —dijo Martha—. Somos muy discretas con respecto a su agencia.

—Gracias. Se lo agradezco.

—¿Necesita más clientes, querida? —preguntó Arabella, arqueando las cejas—. Podemos revisar nuestra lista de clientes habituales y comprobar si incluye nuevos candidatos para usted.

—No, no —se apresuró a decir Calista—. El negocio va bien. Solo me lo preguntaba. Estoy, eh..., estoy intentando encontrar el modo más práctico de atraer clientes nuevos y respetables. Como ustedes saben, solo acepto clientes con referencias, así que mi capacidad de promocionar la agencia es un tanto limitada.

—Sí, lo comprendemos, querida, desde luego —dijo Martha—. Usted no puede poner un anuncio en los periódicos, ¿verdad? Porque puede recibir a cualquiera que se plante ante su puerta exigiendo que le presenten a otras personas. La clave de su negocio es la discreción.

—Somos muy cuidadosas al comentar los servicios que usted ofrece. —Arabella le sonrió a Martha y luego se volvió hacia Calista—. El año pasado, cuando usted nos presentó, cambió nuestras vidas. No quiero ni pensar cuán solitarias estaríamos si no fuera por su agencia y no queremos que su negocio se vea estropeado debido a rumores malintencionados.

Calista inspiró profundamente.

—Lo dicho: solo estoy realizando ciertas averiguaciones. Deben perdonarme, he de ponerme en marcha.

La puerta de la librería se abrió con bastante violencia y la campanilla soltó un tintineo desagradable. Nestor estaba en el umbral y Calista dejó de respirar.

—Me pareció verte entrar aquí, Calista —dijo él.

Le lanzó lo que él seguramente consideraba su sonrisa más seductora, pero su mirada era dura y fría. Un escalofrío recorrió la espalda de Calista, pero logró adoptar una expresión que confió que fuera distante y serena.

—Ignoraba que usted fuese un cliente de esta librería, señor Kettering.

—Es la primera vez que la piso —dijo Nestor, sin molestarse en contemplar a Martha y Arabella—. Pero cuando la vi entrar consideré que era una buena oportunidad de encontrarme con usted. Permita que la invite a una taza de té en el salón de la esquina.

—Lo siento —se disculpó ella, calzándose los guantes y dirigiéndose a la puerta. Confió que Nestor se apartara—. He de acudir a diversas citas —añadió y avanzó con pasos tan decididos que a él no le quedó más remedio que apartarse.

A sus espaldas, Martha habló en un tono desacostumbradamente hostil.

—¿Qué desea, señor?

—Hoy, nada —respondió Nestor en tono brusco y persiguió a Calista hasta la calle—. Debo hablar contigo, Calista. Al menos concédeme un minuto de tu tiempo.

Era una orden, no un pedido. Ella procuró hacer caso omiso de él, pero cuando Nestor se puso a su lado comprendió que no le quedaba más remedio que enfrentarse a él. Se detuvo y se volvió.

—Sea lo que sea que deseas decirme, hazme el favor de

decirlo con rapidez —dijo—. Hoy tengo muchas cosas que hacer.

—¿Cómo resultó tu entrevista de ayer con Hastings? —gruñó.

—Eso no es asunto tuyo.

—¿Lo aceptaste como cliente?

—Me niego a discutir mis asuntos contigo. Si eso es todo lo que querías decirme, has de perdonarme: he de marchar.

Ella se dispuso a seguir caminando, pero Nestor la agarró del brazo. Que osara aferrarla del brazo en una calle concurrida la dejó estupefacta. Bajó la vista, contempló la mano de él aferrada a su antebrazo y luego lo miró a los ojos.

—¿Quieres que llame a un agente de policía? —preguntó en voz baja.

Él la soltó como si hubiese recibido una descarga eléctrica.

—Insisto en que me des la oportunidad de demostrarte que lo que siento por ti no ha cambiado en el transcurso del último año.

—Sucede que me resulta indiferente lo que sientas o dejes de sentir por mí. Daría igual incluso si no estuvieras casado, porque lo que yo sentía por ti acabó hace mucho tiempo. Ahora solo queda un montón de cenizas y el culpable de ello fuiste tú.

—Puedo volver a encender las llamas.

—No, no puedes —concluyó ella.

—Maldita sea, Calista...

Ella se dispuso a marchar, pero entonces se detuvo. Nunca tendría mejor oportunidad de hacerle la única pregunta que la perturbaba desde que Nestor reapareció en su vida.

—¿Por qué decidiste volver a entrar en mi vida precisamente ahora? —preguntó.

—¿Qué?

—Me has oído. Hace casi un año que estás casado. ¿Por qué viniste a verme después de tanto tiempo?

Nestor frunció el ceño, era evidente que la inesperada pregunta lo había sorprendido; entonces se dio cuenta de que poseía algo que ella deseaba: una respuesta.

—Dame otra oportunidad de demostrar el amor que siento por ti y te lo diré.

«Plantear la pregunta de manera directa resulta inútil», pensó. Disgustada, se volvió buscando un coche de punto, pero la niebla era tan densa que solo lograba distinguir un vehículo cuando aparecía justo delante de ella. Desesperada, empezó a caminar, confiando en deshacerse de Nestor entre la niebla... pero él volvió a hablar y esa vez Calista se quedó de piedra.

—Si no me permites que intente reavivar la pasión de antaño, no dudaré en comentar la naturaleza bastante inusual de tu negocio con ciertos miembros de la buena sociedad —dijo en tono amenazador—. Una palabra murmurada al oído de algunos socios de mi club podría causar un daño considerable a tu reputación profesional...

—Eres un auténtico cabrón, ¿verdad? —exclamó Calista y se volvió hacia él temblando de ira—. Es obvio que hace un año escapé por los pelos. Lo siento mucho por tu mujer, pero te aseguro que si intentas afectar mi reputación profesional, te arrastraré conmigo al fango. Me dirigiré directamente a la prensa.

—¿De qué estás hablando?

—Limítate a imaginar el chismorreo en los periódicos si sale a la luz que un antiguo cazafortunas que se casó con una rica heredera ahora intenta hacerse con otra novia rica a través de una agencia de presentaciones. ¿Qué pensaría acerca de este plan la actual señora Kettering? Etcétera, etcétera, etcétera. Supondrá tu ruina, Nestor.

Nestor la contempló, boquiabierto y estupefacto.

—¡Estás loca!

—Ambos sabemos el resultado de semejantes rumores, ¿verdad? —dijo ella—. La gente dudaría de la estabilidad de tu situación económica. No podrás sobrevivir en sociedad envuelto en esa clase de chismorreo. Por lo menos, tu mujer se vería obligada a retirarse al campo. Lo detestarías, Nestor: eres un tiburón que solo prospera en sociedad.

El rostro de él enrojeció.

—Eres una pequeña y estúpida zorra —dijo en voz muy baja.

—¿De verdad creías que no me defendería si intentas chantajearme? No me conoces bien, Nestor. Una de las grandes ventajas de la soltería es que le ofrece a una mujer la oportunidad de aprender a afilar sus garras.

Un coche de punto apareció milagrosamente entre la niebla; ella recogió sus faldas y se dirigió al coche a toda prisa. El cochero bajó y le abrió la portezuela con ademán ostentoso.

—¿Adónde se dirige, señora?

—A Cranleigh Square.

—Sí, señora.

La ayudó a montar en el coche, plegó los peldaños de la escalerilla y cerró la portezuela. Un momento después el coche se puso en marcha.

Ella solo se volvió una vez. Nestor había desaparecido en la niebla. Tomó aire, procuró tranquilizarse y recuperar el control sobre sus tempestuosas emociones.

Solo entonces notó que en el asiento opuesto había una caja envuelta en seda negra, sujetada con un oscuro lazo de satén.

Bien podría haber sido una cobra, porque los latidos de su corazón y su respiración se aceleraron como si la caja contuviera una serpiente venenosa.

El sobre bajo la cinta negra de satén estaba bordeado de negro.

9

Durante unos segundos Calista clavó la mirada en el horrendo paquete, deseando que desapareciera; quizá los acontecimientos de los últimos días habían afectado sus nervios hasta tal punto que comenzaba a tener alucinaciones.

Se deshizo de la sensación de aturdimiento y se preparó para coger la caja. Era sorprendentemente pesada y tuvo que sujetarla con ambas manos.

Deslizó el sobre de debajo de la cinta. Su nombre estaba escrito en letras elegantes. «Señorita Calista Langley.» No había remitente.

Trató de recordar las caras de las personas que estaban en la calle justo antes de montar en el coche, pero había estado tan furiosa que solo se centró en Nestor; le había prestado escasa atención a los transeúntes y el tráfico era denso, como siempre a media tarde. Pero debido a la niebla casi no había visto nada.

Entonces se dio cuenta de que llamar al coche de punto había resultado muy fácil y eso era inusual en un día tan húmedo y neblinoso como ese. Era como si el coche que ocupaba hubiese estado esperándola.

Alzó una mano enguantada y golpeó el techo del vehículo. La trampilla se abrió en el acto y el cochero la contempló, bizqueando un poco.

—¿Sí, señora? —preguntó—. ¿Ha cambiado de idea acerca de su destino?

—No —repuso ella—. Pero parece haber un problema. Su cliente anterior olvidó un paquete en el asiento. Está envuelto en seda negra. Supongo que es un obsequio de condolencia.

—Sí, así es. Es para usted, señora. Mis condolencias por su triste pérdida.

El cochero se llevó la mano al ala del sombrero y empezó a cerrar la trampilla.

—Un momento, por favor. Debe de haber un error. No he perdido a nadie.

—Me dijeron que el paquete era para usted, señora. El caballero me dio una buena propina para asegurarse de que lo recogiera cuando usted saliera de la librería. La describió con gran precisión. Dijo que llevaría un vestido rojo oscuro a la moda y un pequeño sombrero con una pluma roja.

Ella se aferró al único fragmento potencialmente útil.

—¿Un caballero, dice? Debo de conocerlo. ¿No era el hombre con el que estaba hablando justo antes de que usted me ayudara a montar en el coche?

—No, señora.

«Eso hubiera sido demasiado fácil —pensó—, pero puede que Nestor recurriera a otra persona para que depositara la caja en el coche de punto.»

—Dígame qué aspecto tenía el otro hombre, por favor —dijo—. Es muy importante que le agradezca el obsequio.

—No tenía nada de particular. Llevaba un buen abrigo negro y una bufanda. Diría que tendría unos treinta años.

—¿Llevaba una joya? ¿Un alfiler de corbata o tal vez un anillo?

—Ninguna que llamara mi atención, pero sí unos excelentes guantes de piel. Lo siento, señora, pero eso es todo cuanto puedo decirle.

La breve descripción encajaba con el aspecto de diversos caballeros que habían recurrido a sus servicios y con el de algunos que había rechazado.

El cochero cerró la trampilla. Ella contempló la caja apoyada en su regazo. No quería abrirla, no mientras estuviera sola; esperaría hasta llegar a casa, en un entorno familiar y acompañada del señor y la señora Sykes, y de Andrew.

Dejó el obsequio en el asiento opuesto y lo miró, tratando de pensar qué hacer. Necesitaba un plan, decidir qué medidas tomar, pero sus ideas se arremolinaban y su angustia parecía aumentar con cada día que pasaba.

Esa era la coyuntura actual: una vida vivida en el filo de la navaja, presa del temor. La sensación de ser observada todo el tiempo y los horribles regalos estaban dando al traste con sus nervios. No podía seguir ignorando la situación ni decirse a sí misma que quien se dedicaba a atormentarla acabaría por aburrirse de su siniestro juego. Su intuición le advertía a voz en cuello de que quienquiera que le enviaba esos regalos se volvía más obsesionado y más peligroso con cada día que pasaba.

Pero ¿cómo luchar contra un demonio que acechaba en las sombras?

Durante el resto del trayecto hasta Cranleigh Square, Calista permaneció inmóvil, sumida en sus angustiosos pensamientos. De algún modo, estaba segura de que fuera lo que fuese que contuviese la caja resultaría todavía más aterrador que el lacrimatorio y el anillo de marcasita y cristal.

No, no quería estar sola cuando abriera la caja envuelta en seda negra.

10

Trent estaba ante la ventana de la biblioteca observando la niebla que bullía en los jardines de Cranleigh Hall y bebiendo el té que le había servido el ama de llaves después de apearse del coche de punto. Unos pasos resonaron en el vestíbulo y oyó que se abría la puerta principal. El anciano mayordomo había aparecido en la escalinata y se acercó al coche con pasos vacilantes.

El ama de llaves se dirigió a él desde la puerta de la biblioteca.

—Supongo que será la señorita Langley, ya le dije que estaría en casa a la hora de tomar el té. Se sentirá muy complacida de encontrarlo aquí, señor.

Trent no estaba muy convencido de que Calista recibiría la noticia de su presencia con gran entusiasmo. A través de la ventana observó cómo el mayordomo la ayudaba a bajar del coche.

Tenía un aspecto bastante adusto y sombrío; en las manos sostenía un paquete envuelto en tela negra, sujetado por un lazo negro, y cuando el mayordomo quiso hacerse cargo del paquete ella negó con la cabeza.

El mayordomo la acompañó hasta el vestíbulo y el coche se alejó a lo largo del camino de entrada, traqueteando.

Trent oyó los murmullos de una conversación en el vestíbulo.

Un momento después Calista apareció en el umbral; todavía sostenía la caja negra y lo contempló con una mezcla de recelo y angustia apenas disimulada. «A juzgar por su expresión, parece que acaba de recibir malas noticias y sospecha que recibirá aún más», pensó.

—Señor Hastings —exclamó ella—, no lo esperaba hoy.

—Lo cual sería una excelente razón para negarse a recibirme —dijo Trent—. Lo siento. Ignoraba si la encontraría en casa, pero corrí el riesgo porque quería decirle que he decidido no interponerme en el camino de mi hermana.

—Comprendo. ¿Así que le permitirá seguir siendo clienta de mi agencia?

—Tal como ha insistido en recordármelo, ella es adulta y tiene derecho a tomar sus propias decisiones. Noto que disfruta asistiendo a sus reuniones. Solo temo que...

—Teme que se sentirá herida si un caballero sin corazón se aprovecha de ella. Lo comprendo perfectamente: en su lugar, yo también albergaría las mismas dudas y soy la primera en reconocer que no puedo garantizar que Eudora no sufra semejante destino. Es un riesgo al que se enfrentan todas las mujeres.

«Dicho por una mujer que, de hecho, se enfrentó a semejante destino», pensó Trent.

—Soy muy consciente de ello, señorita Langley —aseguró, haciendo una pausa para darle énfasis a sus palabras—. Permítame que añada que los hombres no son inmunes a sufrir la misma clase de desgracia.

—No, desde luego que no, pero en general tienen más opciones si su matrimonio resulta ser un desastre. Lo único que puedo decirle es que le doy mi palabra de que haré todo lo posible por presentarle caballeros idóneos a la señorita Eudora. De hecho, creo que puedo prometerle que ella estará mucho más segura en cualquiera de mis reuniones que en la mayoría de los salones de baile de la alta sociedad.

Él esbozó una sonrisa.

—Perdóneme, señorita Langley, pero usted no está poniendo el listón muy alto.

—Supongo que eso es verdad —dijo, Calista, haciendo una mueca—. Pero le aseguro que hago todo lo posible para cerciorarme de que no acepto sinvergüenzas ni cazafortunas como clientes.

—Se refiere a las investigaciones que hace su hermano, ¿verdad?

—Andrew tiene el don de descubrir la verdad acerca de la situación económica y el estado civil de mis clientes.

Durante unos minutos a Trent no se le ocurrió nada más. Ella lo observaba como si no tuviera idea de qué hacer con él una vez que él le dijo lo que quería decirle. «Debería marcharme», pensó, pero en vez de dirigirse a la puerta descubrió que intentaba hallar un motivo para permanecer junto a ella.

Le echó un vistazo a la caja negra que ella sostenía.

—Tal vez debería ofrecerle mis condolencias. Una vez más, le pido disculpas por la interrupción, no sabía que había sufrido la muerte de un familiar.

Ella se estremeció y tomó aire.

—No —susurró y enderezó los hombros. Un segundo después habló en tono más duro—. Nadie ha muerto —añadió, se acercó a una de las mesas y depositó la caja con violencia considerable—. He de admitir que no tendría el menor inconveniente en ver muerto a cierto individuo.

Era como si Trent hubiese roto un hechizo que la aprisionaba; hacía unos instantes el ambiente en la sala había sido sereno y tranquilo, pero entonces se cargó de la ira y la frustración de Calista.

—¿Le importaría decirme a quién no le importaría ver en un ataúd? —preguntó, intrigado.

—No tengo la menor idea, pero cuando lo averigüe… —Ella se interrumpió, luchando visiblemente por recuperar el control—. Lo siento, señor Hastings. Me ha cogido en un mal momento. Acabo de sufrir una conmoción y estoy un tanto trastornada.

—Es el contenido de esa caja lo que la perturba, ¿verdad?

—Sí.

—¿Qué contiene?

—No lo sé. Aún no la he abierto, pero estoy segura de que será tan desagradable como los dos *memento mori* anteriores.

Un breve temblor de alarma le erizó el vello de la nuca; Trent se acercó a la mesa y contempló el nombre que aparecía en el sobre bordeado de negro.

—¿Alguien le está enviando obsequios relacionados con el luto? —preguntó.

—Supongo que quizás el remitente considera que son bromas crueles —dijo Calista y cerró los puños—. Pero sea quien sea, juro que ha ido demasiado lejos, siento que me observa desde las sombras. Está allí fuera, en alguna parte, rondándome y aguardando el momento de abalanzarse sobre mí.

Él tocó el sobre.

—¿Me permite? —preguntó.

Ella titubeó.

—No tenía intención de abrumarlo con mis problemas personales.

—No lo ha hecho en absoluto. Soy un hombre curioso por naturaleza y usted ha despertado mi curiosidad. —Echó un vistazo a la gota de lacre negro: no presentaba ninguna marca—. Aún no ha roto el sello.

—Estoy segura de que la nota será similar a las demás. Adelante, léala.

Trent rompió el sello y extrajo una tarjeta del sobre. El borde negro era muy ancho, lo que indicaba un luto profundo. Leyó la breve nota en voz alta.

«Solo la muerte puede separarnos.»

Trent alzó la vista.

—No está firmada.

—Tampoco estaban firmadas las otras tarjetas que acompañaban los obsequios anteriores —dijo Calista.

—El papel es de muy buena calidad —observó él—. Su corresponsal es una persona acaudalada.

—No es mi corresponsal —precisó Calista, lanzándole una mirada furibunda.

—Perdóneme. He escogido mal las palabras, y eso que soy escritor. Solo estaba comentando la posición social del individuo que la atormenta.

—Lo sé. Ahora soy yo quien debe disculparse por mi arrebato, señor. Todo este asunto me ha puesto muy nerviosa.

—Es lógico —dijo él, mirando la caja—. ¿Por qué no abre el paquete? A lo mejor las características del objeto que contiene nos proporcionarán más información sobre la persona que lo envió.

—Lo dudo. —Pero empezó a desatar la cinta—. Estoy segura de que será tan horrible como los demás: alguna clase de horrendo objeto destinado a alguien que está de luto. Y seguramente lleva mis iniciales.

La información volvió a alarmarlo.

—¿Los objetos llevaban sus iniciales? —preguntó, pretendiendo cerciorarse.

—De momento he recibido dos obsequios: un lacrimatorio y un anillo destinado a albergar un mechón de cabello del difunto. Ambos estaban inscritos con las iniciales C. L.

Ella desató el lazo, lo arrojó a un lado, retiró el caro envoltorio de seda y reveló una caja de madera. Trent notó que sostenía el aliento.

Entonces levantó la tapa de la caja como si esperara encontrar una trampa peligrosa en el interior. Durante un momento ambos se limitaron a clavar la vista en el objeto contenido en la caja.

—Una campanilla —manifestó Calista en tono apagado.

Medía unos veinte centímetros de largo, era de alguna clase de metal pesado y estaba cubierta de esmalte negro y brillante. En el exterior de la campanilla aparecían las iniciales C y L en elegantes letras doradas.

Una larga cadena de eslabones metálicos estaba fijada al badajo, rematada por un anillo. Trent cogió el obsequio para examinarlo más minuciosamente. Calista lo contemplaba con una mirada donde se combinaban el horror y el asco.

—¡Dios mío! —exclamó y retrocedió un paso.

«Negar lo evidente para mitigar sus temores no tiene sentido», pensó Trent.

—Es la campanilla de un ataúd de seguridad —informó él—. He visto anuncios en la prensa de objetos similares. Durante el entierro la campana se instala por encima de la tumba y la cadena está fijada al interior del ataúd; el anillo se coloca en un dedo del difunto. La idea es que si un muerto es enterrado vivo por error y despierta dentro del ataúd, puede hacer sonar la campanilla pidiendo ayuda.

Calista se volvió, cruzó los brazos bajo el pecho y empezó a caminar de un lado a otro de la sala de estar.

—Amenaza con enterrarme, quizá mientras aún estoy viva. No comprendo. ¿Quién podría aborrecerme de un modo tan apasionado?

Una cólera oscura se adueñó de Trent, hacía mucho tiempo que no había sentido una emoción tan profunda y lo cogió por sorpresa, quería arrojar la campanilla contra la pared. Pero semejante pérdida de control no ayudaría a Calista; reprimió la ira y se concentró en examinar el objeto.

—¿Qué intenta encontrar? —preguntó ella.

—Cualquiera que se toma la molestia de diseñar una campanilla tan cara, por no hablar de la cadena y del anillo, seguramente la ha patentado y es muy probable que se haya asegurado de que cada artilugio lleve una marca que lo identifique.

—No había pensado en ello —dijo Calista, descruzando los brazos—. Pero por otra parte hace tiempo que soy incapaz de pensar con claridad.

Él volvió la campanilla del revés y examinó el interior... y casi sonrió satisfecho cuando vio la marca: ponía *J. P. Fulton, Londres.*

Calista tendió las manos.

—Déjeme ver eso.

Él le entregó la campanilla y observó cómo examinaba el interior, maravillado por su capacidad de cambiar de humor: hacía un momento era presa de la desesperación, pero entonces esta dio paso al ánimo.

—¿Cree que si logro localizar a ese J. P. Fulton tal vez logre averiguar quién le compró la campanilla? —preguntó.

—Lo que creo —dijo Trent en tono cauteloso, porque no quería alimentar sus esperanzas en exceso— es que encontrar a J. P. Fulton sería ideal para iniciar nuestras investigaciones.

—¿Nuestras investigaciones? —preguntó Calista, desconcertada.

—No creerá que permitiré que usted investigue este asunto a solas, ¿verdad? Quienquiera que le envió esta campanilla prácticamente ha amenazado su vida y dudo mucho de que a estas alturas la policía sea de gran ayuda.

—Así es —replicó ella, apretando las mandíbulas—. Mi hermano y yo consideramos la posibilidad de ir a la policía, pero ¿de qué serviría eso? No hay nada que hacer a menos que la persona que me ronda cometa un acto de violencia.

—Para entonces podría ser demasiado tarde.

Ella lo miró, muda y espantada.

—Lo siento —dijo Trent—. He hablado con demasiada contundencia, pero su situación es nefasta y las palabras corteses están de más.

—Soy muy consciente de ello —adujo Calista, tragando saliva—. Le ruego que me comprenda: aprecio su ayuda pero este no es su problema, señor —añadió, depositando la campanilla en el escritorio—. Dada la horrenda naturaleza de este nuevo obsequio temo que cualquiera que intente ayudarme corra un peligro considerable.

—No soy el protagonista de mis novelas, ciertamente, pero me han dicho que tengo talento para pensar de manera lógica. Además, gracias a las investigaciones que llevé a cabo para varios de mis libros he adquirido unas cuantas habilidades prácticas y unas conexiones en ciertos lugares que podrían resultar útiles.

—No comprendo.

—Eso ahora no tiene importancia. Regresemos a su situación actual. ¿Qué precauciones ha tomado?

—Tras la llegada del lacrimatorio todos supusimos que se trataba de un error y que había sido enviado a la dirección equivocada, pero cuando el relicario y el anillo de marcasita y cristal aparecieron en mi cama...

—¿Su cama? —exclamó Trent, acentuando la última palabra—. Esto es peor de lo que creía. Eso significa que quienquiera que esté haciéndole esto tuvo acceso a su habitación.

—Sí. —Ella volvió a cruzar los brazos como si hubiese notado una corriente de aire frío—. Tal como le estaba diciendo, a partir de ese incidente todas las noches el señor Sykes y Andrew han comprobado que todas las ventanas y las puertas de la casa estén bien cerradas. He comenzado a hacer lo mismo.

—¿Cómo es posible que alguien lograra entrar en su habitación sin ser visto?

—Creemos que acudió disfrazado de tendero cuando estos trajeron las provisiones para la reunión semanal —dijo Calista—. Sospechamos que utilizó el viejo montacargas oculto en la pared para acceder a mi habitación.

Trent reflexionó.

—El intruso, ¿se llevó algo?

—Sí, de hecho —contestó ella; la pregunta pareció sorprenderla—. Una fotografía que tenía en mi habitación. Era una imagen de mí misma y de Andrew con nuestros padres. ¿Cómo lo supo?

—Solo me pareció probable que hubiera querido hacerse

con una prenda que indicara su osadía tras irrumpir en su cuarto. No cabe duda de que en aquel momento lo consumía una excitación malsana, pues al fin y al cabo había corrido un gran riesgo.

—Eso no se me había ocurrido —expresó Calista meneando la cabeza, asqueada—. Una idea muy perspicaz, señor. Su teoría es muy lógica.

—Lo que me cuenta, señorita Langley, es mucho más que inquietante. Con razón está nerviosa. ¿Tiene idea de cómo el intruso podría haber descubierto la existencia del montacargas oculto?

—Ni la menor, pero no es un gran secreto, la verdad. El señor y la señora Sykes conocen su existencia, por supuesto, y también cualquier persona que alguna vez trabajó en Cranleigh Hall. A lo largo de los años hubo una serie de criadas y tenderos que utilizaron el montacargas para transportar objetos pesados a las diversas plantas.

—Y usted, ¿utiliza el montacargas?

—No, nunca. —Calista se estremeció—. Detesto ese chisme. El interior es asfixiante y oscuro y le aseguro que la idea de quedar atrapada en él basta para evitar que lo use. Guarda un notable parecido con un ataúd.

—Supongo que ha tomado medidas para evitar que alguien pueda acceder al montacargas, ¿no?

—Sí, desde luego. La pequeña cámara en la que se encuentra la puerta del montacargas siempre está cerrada con llave.

Trent se acercó a la ventana con las manos a la espalda y examinó los elegantes jardines que rodeaban la gran casa.

—Si reflexionamos sobre el asunto minuciosamente —dijo después de unos momentos—, disponemos de cierta información acerca de esa persona que se ha fijado en usted. Si obtuviéramos algunos detalles más, podríamos hacernos con una lista de sospechosos que pueden ser investigados de manera individual.

A sus espaldas se produjo un breve y tenso silencio, luego

71

oyó el suave frufrú de las faldas y las enaguas de Calista. Se volvió y comprobó que ella se había acercado a él.

—¿De verdad lo cree?

—Sí —respondió Trent.

Se dijo a sí mismo que no debería hacer promesas si no estaba seguro de poder cumplirlas, pero no soportaba la idea de destruir la esperanza que vio brillar en la mirada de ella.

—Una de las numerosas cosas que me preocupan es qué hacer con el villano en caso de que logre descubrir su identidad —dijo ella—. Enviar *memento mori* como obsequios difícilmente puede ser considerado un delito y no hay manera de demostrar que alguien irrumpió en mi habitación, por no hablar de robar una fotografía.

—Nos enfrentaremos a ese problema después de encontrar al individuo que está jugando este juego malvado.

—Pues tengo una teoría —reconoció Calista tras titubear un instante.

—¿Cuál es?

—He empezado a preguntarme si uno de los caballeros a quienes he rechazado como cliente podría haber decidido vengarse.

Trent reflexionó un momento y asintió con la cabeza.

—Es una posibilidad que debemos tener presente.

—La caja que contenía la campanilla estaba en un coche de punto que llamé esta tarde. Resulta que el cochero recibió una buena propina para recogerme.

—¿El cochero vio al hombre que dejó la caja en el coche?

—Sí, pero apenas logró ver su rostro. Exigí una descripción, créame, pero la única información que obtuve es que el individuo parecía tener poco más de treinta años, estaba bien vestido y llevaba guantes caros.

—Pero ¿el cochero estaba seguro de que era un hombre?

—Muy seguro —contestó Calista—. Tengo la intención de revisar mis archivos de los caballeros rechazados como clientes. Debo examinar las anotaciones de Andrew y las mías propias y luego haré una lista de los hombres que quizá quieran vengarse.

Trent reflexionó al respecto durante un momento.

—¿A cuántos hombres ha rechazado?

—No será una lista larga. Siempre he sido muy cuidadosa cuando se trata de los clientes y por eso no me he visto obligada a rechazar a muchos, pero hubo unos cuantos. Puede que logre cribar a algunos, ahora que dispongo de la descripción del cochero.

Trent contempló la campanilla.

—Su plan es bueno, pero creo que el primer paso consiste en encontrar la tienda donde compraron la campanilla.

Ella lo observó con una mezcla de esperanza e incerteza.

—¿Está decidido a ayudarme a descubrir la identidad de la persona que está haciendo esto?

—Si usted me lo permite —contestó Trent.

—He de reconocer que estoy desesperada. Estoy a punto de perder los nervios y le agradecería mucho su ayuda.

—Quiero ayudarla, señorita Langley. Pero hablaré claro: no quiero su gratitud.

Ella sonrió por primera vez desde que entró en la sala de estar, una sonrisa bastante trémula, pero cálida y genuina.

—Entonces le devolveré el favor, señor.

—¿El favor?

—Su hermana mencionó al pasar que usted es un poco ermitaño.

—¿Eudora le dijo eso? —preguntó Trent.

Hablaría con ella en cuanto llegara a casa.

—Comprendo que como escritor usted debe de pasar muchas horas a solas y debido a dicha circunstancia le resultará difícil conocer gente.

—Le aseguro que no tengo ganas de conocer a un montón de personas.

Ella hizo caso omiso de sus palabras.

—A cambio de su ayuda para identificar a la persona que

me está enviando esos objetos procuraré presentarle una compañera adecuada. Estoy segura de que en mi lista de clientas hay alguna ideal para usted. Percibo que usted apreciaría a una dama capaz de brindar una conversación intelectual interesante. Una que pueda compartir sus intereses.

Él se llevó la mano a las cicatrices de la mandíbula.

—Prométame que la dama no se sentirá obligada a compartir su opinión sobre mis novelas conmigo.

11

—Ah, sí: esa es una de las campanillas de ataúdes de seguridad patentadas por mi difunto marido —dijo la señora Fulton—. Nadie debería ser enterrado sin una de ellas; sin embargo, solo puedo garantizar que funcionará correctamente si uno también compra el ataúd especial diseñado por el señor Fulton, el que acompaña la campanilla. No puedo recomendar su uso con un ataúd de inferior calidad.

Calista no sabía muy bien con qué se encontraría cuando ella y Trent entraron en el sombrío local de J. P. Fulton, Ataúdes y Artículos de Luto, pero por algún motivo sintió cierto sobresalto al descubrir que J. P. Fulton ya no se encontraba entre los vivos y que su viuda estaba a cargo del negocio.

La señora Fulton parecía tener cuarenta y tantos años, era atractiva de un modo muy digno que encajaba con su profesión. Llevaba un vestido negro a la moda y un alto cuello de encaje negro enmarcaba su garganta. Llevaba los cabellos rubio grisáceos formando un moño severo y coronado por una flor artificial, un detalle que hubiese resultado un tanto frívolo si no fuera porque la flor era de seda negra. En sus dedos brillaban anillos de marcasita y cristal y un prendedor de cristal transparente y esmalte negro adornaba la pechera de su vestido. De sus orejas colgaban pendientes de marcasita.

—¿Vende muchas de estas campanas sin el ataúd correspondiente? —preguntó Trent.

—No —respondió la señora Fulton—. Tal como le he dicho, no resultan muy útiles sin el ataúd especialmente diseñado. Ofrezco una gran variedad de ataúdes de diversos precios. Está el modelo básico: el «Descanse en Paz», destinado a quienes no pueden permitirse el lujo de enterrar a sus seres queridos de un modo más elegante. Pero la mayoría prefiere el diseño denominado «Sueño Eterno» o el modelo más nuevo: el «Pacífico Soñador». El precio varía según los materiales y la decoración, desde luego, pero todos están diseñados para incorporar la campanilla de seguridad. ¿Desean echar un vistazo a nuestra colección? —preguntó, indicando una entrada oscura.

Calista se asomó a la otra habitación y vio varios ataúdes expuestos en la penumbra. Un escalofrío le recorrió la espalda.

—No, gracias —contestó.

—Lo que quisiéramos averiguar es la identidad del cliente que compró esta campanilla en particular —dijo Trent y extrajo unos billetes del bolsillo—. Y no tenemos inconveniente en compensarla por el tiempo que dedique a responder a nuestras preguntas.

La señora Fulton echó un vistazo a la campanilla que Calista había depositado en el mostrador y frunció el ceño.

—¿Cómo llegó a sus manos? —preguntó.

—Me la dieron —explicó Calista—. Las iniciales grabadas en el exterior son las mías.

—Eso es muy extraño —afirmó la señora Fulton, contemplándola—. Usted parece gozar de muy buena salud.

—Así es.

—¿Tal vez se está recuperando milagrosamente de una dolencia casi fatal?

—No —contestó Calista—. Soy de naturaleza notablemente fuerte.

—Ajá. —La señora Fulton volvió a fruncir el entrecejo—. Creo que no comprendo muy bien de qué trata todo esto.

—Creemos que la campanilla fue adquirida hace poco tiempo —dijo Trent—. Usted conservará un registro de la transacción, ¿verdad?

La señora Fulton lo contempló con aire cada vez más suspicaz.

—¿Por qué desea saber la identidad de mi cliente?

Calista percibió la irritación y la impaciencia de Trent, y se apresuró a contestar antes de que él pudiera decir algo que haría que la situación se deteriorara aún más.

—Creemos que hubo un error —expuso, sin vacilar ni un instante—. Tal como usted ha observado, no me encuentro al borde de la muerte. Alguien compró ese excelente y carísimo artilugio para un individuo que presumiblemente está agonizando. Queremos encontrar al cliente que lo compró para que pueda entregárselo al destinatario.

—Es muy extraño. —La señora Fulton golpeteó un dedo en el mostrador y volvió a contemplar la campanilla. Por fin pareció tomar una decisión—. Supongo que proporcionarle el nombre de mi cliente no tiene nada de malo. Espere un momento, comprobaré mis archivos.

Extrajo un pesado libro de ventas encuadernado en cuero negro de debajo del mostrador, lo abrió por la mitad y empezó a revisar las entradas más recientes.

Calista notó que en el libro estaban registradas numerosas ventas. El negocio de los entierros y el luto era una industria amplia y próspera. A juzgar por el local, la clientela de la señora Fulton era elegante.

La tienda albergaba una amplia selección de caros *memento mori*. Un alto exhibidor acristalado estaba dedicado a las joyas de marcasita y cristal. Relicarios, brazaletes, broches y anillos —en su mayoría diseñados para contener un mechón de cabello del difunto— estaban elegantemente expuestos sobre terciopelo rojo. Flores artificiales de encaje negro y seda estaban dispuestas en jarrones embellecidos mediante deprimentes escenas de cipreses y lápidas. Un estante rebosaba de pequeñas y elegantes botellas destinadas a conservar las lágrimas de los dolientes.

También había una extensa selección de papel de cartas y sobres de bordes negros dispuestos según el grado del luto: cuanto más anchos los bordes, tanto más reciente el luto.

De una de las paredes colgaban marcos vacíos decorados con ángeles llorosos, calaveras y esqueletos, destinados a albergar fotografías post mórtem del difunto, a menudo posado junto a los vivos. A Calista le disgustaba la costumbre moderna de llamar a un fotógrafo para que retratara al muerto. No obstante, era una moda popular y más de un fotógrafo se ganaba la vida tomando imágenes de los muertos.

La señora Fulton detuvo el dedo en la mitad de una página.

—Ah, aquí está: una campanilla de seguridad patentada, con las iniciales C. L. grabadas. Encargada por el señor John Smith.

La desilusión se apoderó de Calista; miró a Trent y negó con la cabeza. Ningún John Smith figuraba en su lista de clientes rechazados. No conocía a nadie con ese nombre.

«Sin embargo, es un nombre, un punto de partida», se dijo.

—¿Hay una dirección?

—No, me temo que no. —La señora Fulton cerró el libro de ventas y volvió a guardarlo bajo el mostrador—. El cliente pagó en efectivo, así que una dirección resultó innecesaria.

Trent extrajo una tarjeta de un pequeño estuche y la dejó en el mostrador.

—Si recuerda más información sobre el señor Smith le ruego que me envíe un mensaje a esta dirección. Le prometo que le pagaré una buena suma si me proporciona más detalles.

La señora Fulton recogió la tarjeta y la examinó.

—Por casualidad, ¿es usted el autor de las novelas protagonizadas por Clive Stone?

—Sí, lo soy, de hecho —contestó Trent.

—Estoy leyendo *El asunto de la novia desaparecida* en el

78

Flying Intelligencer y he de decirle que el personaje de Wilhelmina Preston me gusta bastante.

—Gracias —dijo Trent.

—Espero que no acabe con ella al final del libro.

—Si lo hago, le prometo que será enterrada en un ataúd de seguridad J. P. Fulton con su correspondiente campanilla.

La señora Fulton se ruborizó de placer.

—Eso sería excelente para mi negocio.

—Es algo que tendré presente en caso de que usted opte por ayudarnos en nuestras investigaciones —manifestó Trent—. Una cosa más: ¿qué pasó con el ataúd?

La señora Fulton parecía sorprendida, resultaba evidente que la pregunta era absolutamente inesperada.

—¿Perdón?

—Usted dijo que la campanilla que recibió la señorita Langley solo funciona con sus ataúdes de seguridad especialmente diseñados —expuso Trent—. Quisiera saber si ese John Smith también compró uno de ellos.

La señora Fulton le lanzó una sonrisa crispada.

—Si mal no recuerdo, el cliente quería empezar por comprar la campanilla, con el fin de dársela a su prometida moribunda mientras aún seguía con vida. Consideró que la tranquilizaría saber que si la enterraban viva accidentalmente y despertaba en su ataúd, podría hacer sonar la campanilla para pedir ayuda. Las campanillas J. P. Fulton representan un obsequio muy valioso para los agonizantes.

Calista casi no podía respirar.

—¿Smith ha regresado para comprar el ataúd?

—Todavía no, pero lo espero de un día para otro. Me aseguró que no pasaría mucho tiempo antes de que resultara necesario.

12

—La señora Fulton mentía —dijo Trent.

Una estimulante sensación de anticipación le hacía bullir la sangre: algo no encajaba en la tienda de artículos de luto, estaba convencido de ello.

Calista estaba mirando por la ventanilla del coche de punto a medida que este avanzaba a lo largo de la calle, pero al oír sus palabras se volvió hacia él con rapidez y lo contempló fijamente.

—¿De verdad lo cree? —preguntó.

—No estoy seguro —reconoció él—. Intentaba leer las palabras del revés, porque me encontraba al otro lado del mostrador. No pude ver la entrada que ella señalaba con claridad, pero estoy seguro de que la última letra del apellido era una Y o quizá una G. Era una letra que sobresalía por debajo de la línea.

—¿Por qué habría de mentir?

Él reflexionó unos instantes.

—Puede que uno de los motivos fuera que solo quería proteger la identidad de un buen cliente.

—Debo admitir que lo comprendo. En su lugar, yo tendería a hacer lo mismo. Soy muy precavida cuando se trata de los archivos de mis clientes, pero dejamos claro que hubo un error, ¿verdad? Le dijimos que la campanilla había sido enviada a la dirección equivocada. Como mínimo, podría haberse ofrecido a hacerse cargo de la campanilla para devolvérsela al cliente.

—Debemos examinar el libro de ventas de la señora Fulton con mayor atención.

—¿Cómo pretende hacerlo? Estoy segura de que ella jamás estaría de acuerdo en... —Calista se detuvo y, durante un minuto, se quedó boquiabierta—. Un momento, no pretenderá entrar en su tienda por la noche, cuando esté cerrada, ¿verdad?

—Lo único que necesitamos es echarle un breve vistazo al libro de ventas.

—Lo que sugiere es imposible. Podrían arrestarlo.

—Confíe en mí, señorita Langley. Tengo cierta experiencia en esta clase de asuntos.

—¿Experiencia? Usted es escritor, señor. ¿Cómo puede afirmar que tiene experiencia en forzar cerraduras?

Por algún motivo inexplicable Trent se ofendió.

—Realizo muchas investigaciones para mis novelas —replicó en tono sereno—. Tal vez recuerda que Clive Stone es un experto en forzar cerraduras. No pretendo ser tan experto como él, pero creo que lograré forzar la antigua cerradura de la puerta de la tienda de la señora Fulton.

—Esto no es una novela, señor Hastings. Claro que puede enviar a Clive Stone a investigar la guarida de un villano en medio de la noche, pero no puedo permitir que corra semejante riesgo por mí.

—No lo correré por usted, lo correré por mí.

—¿Se ha vuelto loco?

—Considérelo una investigación.

—Tonterías. Permítame que deje algo muy claro, señor Hastings: este es mi problema, mi caso, por así decir. Si usted insiste en llevar a cabo este plan delirante, debo insistir en acompañarlo.

—Eso no ocurrirá, señorita Langley. Quíteselo de la cabeza.

Ella le lanzó una sonrisa dura.

—Necesitará a alguien que monte guardia. Llevaré un silbato conmigo y lo usaré para enviarle una señal si veo que un agente de policía se acerca mientras usted está en la tienda.

—Vaya, esa es una idea bastante astuta.

—Gracias, la saqué de una novela de Clive Stone.

13

Irene Fulton aguardó hasta que el coche de punto desapareció calle abajo antes de volver a coger el libro de ventas de debajo del mostrador.

Con el volumen bajo el brazo cruzó la tienda, volvió el cartel de la puerta del lado que ponía CERRADO y luego remontó la escalera hasta sus habitaciones privadas. Dejó el libro en la mesa mientras calentaba el agua para el té. Tras prepararse una taza, abrió el libro y examinó ciertas ventas que había realizado el año pasado.

No había nada que le gustara más a un tendero que un cliente que regresaba una y otra vez, pero había empezado a hacerse preguntas sobre el individuo que siempre compraba los mismos objetos para diversos parientes de cierta edad, todos ellos moribundos. Y entonces un caballero de aspecto peligroso y una mujer que había recibido los obsequios se habían presentado haciendo preguntas.

La pauta siempre era la misma: primero encargaba un bonito lacrimatorio, después el anillo para guardar el mechón de cabello y a ello le seguía el pedido de una campanilla de seguridad y por fin el de un ataúd. El cliente especificaba que todos esos objetos debían llevar grabadas las iniciales del futuro difunto. Las notas de pedidos siempre iban acompañadas de la totalidad de lo adeudado. El cliente jamás discutía el precio.

A excepción de las primeras compras, los *memento mori* y las campanillas eran enviadas a la dirección del cliente, no al hogar del pariente moribundo, pero los ataúdes se mandaban a diversas funerarias. Todos los difuntos habían sido enterrados por una funeraria diferente.

Irene cerró el libro de ventas y bebió el té al tiempo que consideraba cómo proceder.

Después volvió a bajar y dejó el libro en su lugar habitual debajo del mostrador. Se puso el abrigo, entró en la cámara elegantemente iluminada donde se exhibían los ataúdes y se dirigió a la puerta trasera de la tienda.

Salió a la callejuela y emprendió el camino a la primera funeraria que aparecía en su lista. Conocía a los dueños; tal vez estarían dispuestos a hablar con ella. Confiaban en ella; al fin y al cabo, el negocio de todos ellos era el mismo: el negocio de la muerte.

Primero se detuvo en una pequeña funeraria situada en un barrio poco elegante de la ciudad. Tras recibir una pequeña propina, el propietario de mediana edad estuvo dispuesto a hablar del entierro.

—La difunta no era una anciana —confesó—. En absoluto. Tendría diecinueve o veinte años y no murió de muerte natural. De hecho, fue asesinada.

Irene se puso tensa.

—¿Está seguro?

—Tenía la garganta cercenada, resulta difícil equivocarse con semejante evidencia. El caballero que la trajo a la funeraria me contó la historia. Muy lamentable. Era una institutriz que perdió su puesto después de que su patrona la descubriera en la cama con el dueño de la casa. Se estaba muriendo de hambre y se enfrentaba a una vida en la calle, así que empezó a vender lo único que podía vender a cualquiera dispuesto a pagar por ello.

—¿Se hizo prostituta?

—Una historia bastante habitual. Me dijeron que fue asesinada por uno de sus clientes y, como es natural, la familia evitó que la prensa publicara los detalles.

—Sí, por supuesto —dijo Irene.

—El asesinato siempre resulta incómodo para una familia respetable, sobre todo esa clase de crimen. Ya sabe: debido al escándalo.

14

Calista estaba en su despacho revisando en los archivos los hombres a quienes había rechazado a lo largo de los años cuando la señora Sykes apareció en el umbral.

—Lamento interrumpirla, señora, pero ha venido a verla una clienta.

—¿Una clienta? —Calista echó un vistazo al reloj, eran casi las cinco de la tarde—. Pero si no tengo citas hasta mañana...

—Es la señorita Eudora Hastings, señora. Dice que ha acudido por motivos personales; insiste que es muy urgente que hable con usted de inmediato.

—Sí, por supuesto. —Calista cerró la carpeta que acababa de abrir—. Hágala pasar, por favor.

Unos minutos después la señora Sykes acompañó a Eudora al despacho. Llevaba un atavío discreto, como siempre; el vestido marrón hubiese sido más adecuado para una mujer que le doblara en edad, y no le realzaba sus bonitos ojos.

—Gracias por recibirme sin aviso previo, señorita Langley —dijo.

—No tiene importancia. —Calista le indicó una silla—. Tome asiento, por favor.

—Gracias. —Eudora se sentó en el borde de la silla—. Solo me quedaré unos minutos, le doy mi palabra, pero consideré necesario hablarle de mi hermano.

—No comprendo. ¿Hay algún problema?

—No estoy segura, pero resulta que sé que ha venido a verla en dos ocasiones y también que la primera estaba relacionada conmigo. Después le dejé claro a Trent que tengo la intención de seguir siendo clienta de su agencia y creí que el asunto estaba resuelto.

—Esa también fue mi impresión.

—Pero tengo entendido que hoy volvió a visitarla y después ambos dieron un paseo en coche. —Eudora cerró los ojos un instante—. Dios mío, estoy armando un lío con este asunto.

Resultaba evidente que estaba nerviosa y no sabía cómo iniciar la conversación. No era la primera vez que Calista debía enfrentarse a una clienta inquieta. Apartó la carpeta, plegó las manos en el escritorio y le lanzó una sonrisa tranquilizadora.

—Tómese su tiempo —dijo—. A lo mejor puedo ayudarla. Estoy convencida de que usted sabe que, al principio, su hermano albergaba ciertas reservas acerca de su relación con mi agencia. Pero hoy acudió para decirme que había retirado sus objeciones. Espero que ahora usted se sienta más cómoda con nuestro vínculo.

—Sí, sé que de algún modo usted logró disipar las dudas de Trent. Me alegro mucho porque no tenía la menor intención de cortar la relación con su agencia, pero al mismo tiempo no quería que mi hermano se preocupara por mí.

—Si ahora usted y el señor Hastings se han puesto de acuerdo, he de suponer que lo que la ha impulsado a visitarme es otro asunto.

—Hablaré claro: estoy preocupada por Trent.

—Ya veo. ¿Entonces él ha mencionado que me ayuda en un asunto privado?

—Sí. Lo siento, comprendo que eso no me incumbe. Sin embargo...

—Sin embargo, usted está inquieta por él.

—Sí, exactamente.

—Comprendo. Teme que podrían arrestarlo —dijo Calista—. Yo también estoy preocupada. Créame que intenté disuadirlo de su plan.

Eudora la contempló con expresión atónita.

—¿De qué está hablando? ¿Por qué alguien querría arrestar a Trent?

Calista carraspeó.

—¿Qué es lo que le dijo su hermano, señorita Hastings?

—No se trata de lo que dijo sino de lo que hizo.

—Me temo que no comprendo a qué se refiere.

—Tal como le he dicho, hoy fue a dar un paseo en coche con usted.

—Sí, es cierto. No estará alarmada por el hecho de que estuviésemos solos, ¿verdad? Ambas sabemos que, dada mi edad y mi situación, esa clase de asuntos ya no causan chismorreos. Realmente espero que no quiera decirme que cree que su hermano me ha puesto en peligro a mí y a mi negocio. Eso sería ir demasiado lejos.

—No temo que usted corra peligro, señorita Langley. Mi hermano jamás le haría daño a una mujer. El que me preocupa es él.

—Comprendo. —Calista asintió con la cabeza—. ¿Entonces lo que la preocupa es su seguridad?

—¿Su seguridad? No, claro que no. No estoy preocupada por su seguridad física, lo que me inquieta es su seguridad emocional.

—Estoy completamente desconcertada, señorita Hastings.

—Trent parece haber desarrollado un interés bastante intenso por usted.

Calista empezó a caer en la cuenta.

—Vaya por Dios —dijo Calista—. Temo que se ha producido un malentendido considerable.

—Conozco muy bien a mi hermano. Su estado de ánimo cambió mucho tras su primera visita a Cranleigh Hall, ayer. Eso sí: no parecía especialmente dichoso o complacido.

—Vaya.

—Pero parecía más... no estoy segura de cómo expresarlo; más revitalizado. Excitado sería una palabra más precisa.

—No —se apresuró a decir Calista—, esa no sería una palabra más precisa en absoluto.

Eudora hizo caso omiso de ella.

—En los últimos años se ha retirado cada vez más de la vida cotidiana; siempre ha pasado muchas horas en su estudio, escribiendo, pero últimamente ya casi vive en esa habitación: parece observar el transcurso de su propia vida como si fuese una obra teatral más bien aburrida.

«Conozco esa sensación», pensó Calista.

—El otro día mi hermano Harry sugirió que tal vez Trent se estaba sumiendo en la depresión, pero cuando Trent regresó de la primera entrevista con usted fue como si le hubieran administrado un fuerte tónico —dijo Eudora—. Lo tomé como una buena señal.

—¿De qué?

—Al principio no estaba segura. Era indudable que Trent estaba muy enfadado y nos peleamos bastante. Resultó muy refrescante... para ambos. Hacía años que no discutíamos; sin embargo, he de confesar que estaba perpleja. Pero hoy, cuando inventó un pretexto para volver a visitarla me di cuenta de que, de hecho, algo extraño había ocurrido entre usted y él. Y entonces descubrí que la había invitado a dar un paseo en coche. No recuerdo cuándo fue la última vez que dio un paseo en coche con una dama.

—Eso no fue lo que ocurrió. Bueno, no exactamente.

—Iré directamente al grano —manifestó Eudora—. Mi hermano es un hombre sano. De vez en cuando ha tenido aventuras discretas con alguna que otra viuda, pero verá: de eso se trata, de que él siempre es discreto.

—Ya veo.

—En general, las mujeres con las que mantiene relaciones no esperan que se case con ellas, ni siquiera lo desean. Siempre son damas que disfrutan de su viudedad y su independencia económica.

—Ya veo —repitió Calista.

No se le ocurría un comentario más inteligente. Trató de pensar cómo poner fin a la conversación, pero las palabras de Eudora la fascinaban.

—Durante un tiempo las aventuras amorosas de Trent parecen avanzar a trompicones y después sencillamente se desmoronan —continuó diciendo Eudora—. O la dama empieza a aburrirse o bien Trent pierde interés. Siempre me he dicho a mí misma que estaría encantada si él desarrollara sentimientos intensos por una mujer, pero ahora que eso tal vez esté sucediendo me siento inquieta.

Calista se puso tensa; haciendo un esfuerzo, logró conservar una expresión serena y tranquilizadora.

—Así que de eso se trata —dijo en tono enérgico—. Ha sido sincera conmigo, señorita Hastings, y yo también seré sincera con usted. Cuando era joven soñaba con casarme y formar una familia, al igual que la mayoría de las mujeres, pero no ha sido así y he dedicado mi energía y mi pasión a mi profesión. Ya no tengo edad como para que deba preocuparme por mi reputación personal, he aprendido a disfrutar de mi libertad. No tengo que rendirle cuentas a ningún hombre y le aseguro que lo considero una gran bendición.

Durante un instante Eudora pareció distraerse.

—Lo comprendo, créame. Cuanto más mayor te haces tanto menos estás dispuesta a que un hombre te mangonee.

—No cabe duda de que, en mi caso, eso es verdad. No soy rica ni mucho menos, pero mi negocio me proporciona una seguridad económica considerable. No necesito que un hombre me mantenga. En resumen, señorita Hastings, no tengo intención de seducir a su hermano. No supongo un peligro para él.

«Salvo por su plan de cometer un pequeño robo por mí», añadió para sus adentros.

—Eso es lo que temo, señorita Langley —dijo Eudora con labios trémulos.

—No comprendo.

Pero Eudora ya no le prestaba atención, las lágrimas se derramaban por sus mejillas y buscaba un pañuelo en su bolso.

Calista cogió uno limpio del cajón de su escritorio, se puso de pie, se apresuró a rodearlo y le tendió el pañuelo a Eudora.

—Por el amor de Dios, señorita Hastings, ¿qué ocurre?

Eudora cogió el pañuelo y se secó las lágrimas.

—Perdóneme por comportarme como una tonta —susurró—. No sé qué pretendía lograr al acudir aquí. Solo me sentí obligada a hacer algo, ¿comprende? Porque todo es culpa mía.

Calista dio un paso atrás.

—Ahora sí que me he perdido. ¿Qué es culpa suya?

—Que mi hermano nunca se haya casado y nunca haya formado una familia propia. La vida de Trent está estropeada por mi culpa.

15

Irene regresó a su tienda con la información que necesitaba para confirmar sus sospechas. Ninguna de las tres mujeres enterradas en los patentados ataúdes de seguridad J. P. Fulton eran viejas. Todas habían sido institutrices jóvenes y atractivas casi sin familia, a excepción del hombre bien vestido que depositó sus cuerpos en las funerarias.

Ninguna había muerto de muerte natural. A todas las asesinaron del mismo modo: les cercenaron la garganta. En todos los casos, los cuerpos fueron descubiertos por un pariente varón que les dijo a los directores de las funerarias que no había llamado a la policía por temor al escándalo.

Todos los *memento mori* y las campanillas habían sido encargados por el cliente mientras las mujeres aún seguían con vida. Los ataúdes fueron encargados tras sus respectivas muertes.

La descripción del hombre que había entregado los cadáveres y pagado a los directores de las funerarias por su discreción siempre era la misma: un caballero apuesto de aspecto respetable, culto y elegantemente ataviado. Afirmaba ser un pariente lejano de la víctima dispuesto a pagar muy bien por la discreción del director. Pero había empleado un nombre distinto en cada ocasión.

Irene abrió un cajón y extrajo una hoja de papel bordeada de negro. Ella no estaba de luto: su anciano marido había sucumbido a una apoplejía hacía más de una década y ella no lo echaba de menos en absoluto. Pero siempre utilizaba papel de cartas bordeado de negro por el mismo motivo por el cual llevaba elegantes vestidos negros: aprovechar todas las oportunidades para hacer publicidad de sus artículos se limitaba a ser un buen negocio.

Redactó un breve mensaje e introdujo la nota en un sobre bordeado de negro. Luego se dirigió a la puerta trasera de su tienda y llamó a uno de los muchachos que dormían en un umbral próximo. No quería arriesgarse a enviar su mensaje por correo.

Entregó el sobre y una moneda al golfillo.

—Encárgate de entregar este sobre de inmediato. Espera hasta que te den una respuesta. Cuando regreses te daré otra moneda.

—Sí, señora.

El muchacho, animado ante la perspectiva de poder permitirse una comida esa noche, echó a correr.

Irene regresó a su habitación de la primera planta para aguardar la respuesta a su mensaje. Si algo había aprendido de J. P. Fulton, era que existían unas cuantas maneras de aumentar los ingresos si uno se mantenía ojo avizor ante las oportunidades.

Quienes se dedicaban al negocio de las funerarias y de los artículos de luto a menudo se encontraban en situación de averiguar oscuros secretos de familia. Al fin y al cabo, una muerte era el mayor indicio de la verdad. ¿Una hija soltera que moría durante el parto? ¿Una mujer golpeada hasta morir por un marido brutal? ¿Un marido que sucumbía a una muerte accidental tras ingerir veneno para ratas? Un servicial director de funeraria podía enterrar todos esos secretos junto con el cuerpo, a condición de que alguien estuviese dispuesto a pagar por su silencio.

La discreción era la clave de un negocio exitoso.

16

—En realidad, no sé muy bien qué decir —dijo Calista.

Eudora arrugaba el pañuelo en una mano.

—Ocurrió hace unos años, algo bastante atroz. Mi hermano me salvó, pero le quedaron esas horrendas cicatrices de por vida. Debido a ellas la mujer que amaba puso punto final a su relación.

—¿De veras? —Calista frunció el ceño—. Eso parece más bien improbable.

—Es la verdad. Trent nunca había amado a otra mujer, no como amaba a Althea. Como le he dicho, ha mantenido algunas relaciones discretas durante los últimos años, pero Althea le rompió el corazón y nunca ha vuelto a amar.

—¿Y usted se culpa por ello?

—Sí. Bastará con decirle que las heridas en la cara estaban destinadas a mí.

—¡Dios mío! No tenía ni idea.

Eudora se secó las lágrimas.

—Nunca hablamos de ello, ni siquiera entre los miembros de la familia, pero de algún modo siempre está presente, si es que sabe a qué me refiero.

—Sé que existen los secretos de familia. ¿Puedo preguntarle cuántos años tenía usted en el momento del... incidente?

—Quince. Somos tres hermanos, yo soy la menor. Nuestro padre falleció cuando yo tenía doce años. Madre se volvió a casar cuando cumplí los catorce; nuestro padrastro era un bruto y a su lado mamá era muy desdichada. Cuando se ahogó en el estanque muchos afirmaron que sufría una melancolía persistente, pero no era verdad. Y después se produjo el incidente que le dejó esas cicatrices de por vida a Trent. No la abrumaré con los detalles, bastará con decir que al final él perdió a Althea.

—¿Quién era Althea, exactamente?

—La hija de una familia que vivía en la misma aldea. Althea y Trent se conocían desde niños. Se enamoraron cuando Althea tenía dieciocho años y Trent veintiuno, pero Trent quería ver mundo antes de que se comprometieran. Althea prometió esperarlo y lo hizo, pero el incidente aconteció poco después de su regreso y ella ya no pudo soportar su aspecto. Durante todos estos años Harry y yo nos preocupamos porque Trent parecía incapaz de volver a amar. Pero ahora siento terror porque él ha desarrollado un gran interés por usted.

—¡Por el amor de Dios, su hermano y yo solo compartimos un coche de punto! —exclamó Calista—. Aquí no está floreciendo un gran amor, señorita Hastings.

—Conozco a mi hermano. No habría vuelto a visitarla hoy, por no hablar de ir a dar un paseo con usted, si no estuviera muy interesado... no cuando aún tiene que acabar otro capítulo de su última novela que debe entregar al editor. —Eudora entrecerró los ojos—. ¿Acaso me está diciendo que usted no siente el mismo interés?

—No existe afecto entre nosotros.

—Nunca la hubiera conocido si no fuera por mí. No soporto la idea de volver a ser responsable de que Trent sufra otro desengaño amoroso.

«Es hora de ponerse al mando de la situación», pensó Calista y, presa de la exasperación, regresó al otro lado de su escritorio pero no tomó asiento.

—Le ruego que se calme, señorita Hastings —dijo—. Ha dado rienda suelta a su imaginación respecto de este asunto. Le aseguro que mi relación con su hermano no es de carácter romántico. Ha sido muy amable ofreciéndome su experiencia y sus consejos sobre cierta situación en la que me encuentro. Eso es todo.

—¿Requiere la experiencia y los consejos de un autor de novelas de detectives? —preguntó Eudora, mirándola fijamente.

—Lo que necesito no es su talento como autor, sino su talento como investigador.

—Pero si carece de él... Trent no es un auténtico detective, solo escribe novelas protagonizadas por uno.

—Comprendo, pero me ofreció sus servicios de manera voluntaria y, si he de ser sincera, la verdad es que no tengo muchas otras opciones. En realidad, ninguna. Estoy intentando identificar a una persona que parece haber centrado su atención en mí, pese a que no he hecho nada para alentarla. Me envía pequeños y desagradables objetos y notas que últimamente se han vuelto bastante amenazadoras.

—¡Qué horror! —Eudora hizo una pausa para asimilar la información—. Debe de ser muy inquietante.

—Admito que la situación ha comenzado a afectarme los nervios.

—¿Y no tiene idea de quién está haciendo eso?

—No, ninguna. —Calista echó un vistazo a las carpetas en el escritorio—. Aunque mi teoría es que puede ser uno de los hombres a los que rechacé como cliente.

—¿Quizás alguien que desea vengarse?

—Eso parece bastante posible.

—¿Dice que mi hermano está investigando este asunto para usted?

—Lo estamos investigando juntos —dijo Calista, acentuando la última palabra. Quería dejarlo muy claro—. El señor Hastings cree que puede ayudarme. De hecho, más o menos insistió en ofrecerme las ventajas de su experiencia. Tranquilícese: puede atribuir cualquier mejora del estado de

96

ánimo de su hermano al sencillo hecho de que la perspectiva de llevar a cabo una auténtica investigación lo intriga.

Eudora reflexionó un momento y después su expresión se animó visiblemente.

—Sí, comprendo lo que quiere decir. A lo mejor lo considera una oportunidad de llevar a cabo investigaciones para su próxima novela. Es algo que lo entusiasma muchísimo.

—Precisamente. De hecho, creo que utilizó esa palabra cuando comentamos el asunto: «investigaciones».

—Bueno, en ese caso tal vez debería considerar la situación desde un punto de vista totalmente diferente. El estado de ánimo de Trent revela que su proyecto le está haciendo mucho bien. Al menos hará que salga de casa.

—¿Le complace la idea de que se decida a salir más a menudo para ayudarme a mí?

—Ya le dije que mi hermano se ha convertido en un ermitaño, señorita Langley. No se equivoque: de vez en cuando se relaciona con ciertos individuos a los que se refiere como sus amigos, pero temo que en su mayoría no son la clase de personas que uno puede invitar a tomar el té, si es que comprende a qué me refiero.

—No —dijo Calista—. Me temo que no.

—Pues digamos que disfruta de una serie de relaciones bastante raras. Lo que quiero decir es que cualquier cosa que lo impulse a relacionarse con personas normales y respetables es algo muy positivo. —Eudora hizo una pausa—. A menos que suponga un peligro...

—En lo que a eso se refiere, no lo sé. Yo también soy nueva en el tema de las investigaciones.

—Vaya, ahora no sé qué pensar: ¿es algo positivo o no lo es?

—Ahórrese tiempo y esfuerzos porque es bastante improbable que su opinión haga que su hermano cambie de idea. Créame cuando le digo que traté de convencerlo de que no lo haga.

—Trent puede ser bastante tozudo. —Una chispa de curiosidad brilló en la mirada de Eudora—. ¿Tal vez yo podría ayudarles a ambos en el proyecto?

—Le agradezco el ofrecimiento, pero no sé qué podría hacer usted. —Calista recogió uno de los archivos—. En realidad, no estoy segura de lo que debo hacer yo.

Eudora se puso de pie y se acercó al escritorio.

—¿Son esos los archivos de los clientes en potencia que usted rechazó?

—Sí.

—¿Cuántos son?

—Solo alrededor de una docena. He logrado acortar la lista eliminando a los que son demasiado viejos.

—¿Cuáles fueron los motivos para rechazarlos?

—Los motivos variaban. Algunos intentaban ocultar su estado civil, de otros sospeché que eran cazafortunas. Y después estaban aquellos que sencillamente me inquietaban por ninguna razón en especial. Siempre confío en mi intuición cuando se trata de escoger a mis clientes.

—A lo mejor debería comenzar por ordenar los archivos por categorías específicas.

—¿Qué quiere decir? De un modo u otro, creo que todos los candidatos me mintieron.

—Comprendo —dijo Eudora—, pero al parecer, usted está buscando a alguien que ha desarrollado una obsesión vengativa. Saber exactamente por qué rechazó a cada uno de ellos podría ayudarle a limitar el campo de acción.

—Usted parece muy versada en el tema.

—Pues da la casualidad que mi hermano Harry es médico. Siente un gran interés por la nueva ciencia de la psicología. Habla mucho sobre los trabajos realizados en esa área en Alemania y Estados Unidos. Está convencido de que modificarán el modo en que se ejercen ciertos aspectos de la medicina. —Eudora contempló el montón de anotaciones—. ¿Puedo echarle un vistazo a sus notas?

Calista reflexionó un momento.

—Por casualidad, ¿estaría interesada en aceptar un empleo temporal como mi asistenta?

—Estaría encantada de aceptar un puesto tan interesante —contestó Eudora con los ojos brillando de entusiasmo.

Calista sonrió.

—Como mi asistenta, sería muy correcto que usted me ayude a revisar y organizar mis anotaciones.

Eudora abrió un archivo.

—Son excelentes, muy detallados. Harry lo aprobaría.

—Gracias.

Eudora volvió una página del archivo.

—Este parece haber mentido acerca de su herencia.

—Un problema bastante habitual en mi negocio... —Calista se interrumpió—. ¿Dice que usted tiene ciertos conocimientos de psicología?

—El experto es Harry, pero he aprendido algunas cosas de él.

—Supongo que usted no estaría interesada en darme su opinión sobre algunas de las personas que figuran en esos archivos, ¿verdad?

—Veré qué puedo hacer.

Pero después otra idea se le cruzó por la cabeza a Calista.

—Puede que su hermano se disguste.

—Tomo mis propias decisiones, señorita Langley.

—Si está segura de que se siente cómoda con este asunto...

Eudora aferró el archivo que sostenía en las manos.

—Sí —contestó—. Muy cómoda. De hecho, tengo muchas ganas de hacerlo.

A Calista se le ocurrió que tal vez Trent no era el único miembro de la familia Hastings que había estado vagando sin rumbo por la vida.

17

Trent abrió la portezuela del coche, bajó la escalerilla, se apeó y le tendió la mano a Calista. Era la segunda oportunidad que la tocaba y esta vez ella creyó haberse preparado para el pequeño estremecimiento que la había invadido media hora antes, cuando él la ayudó a montar en el coche.

Estaba equivocada. Cuando la mano fuerte de Trent cogió sus dedos enguantados, experimentó otra intensa sensación que le evocaba la energía flotando en la atmósfera justo antes de una tormenta de verano. La expectativa de que cayera un rayo le aceleró el pulso.

Sus anchos hombros y sus movimientos ágiles y coordenados le revelaron que Trent era un hombre en la flor de la vida, pero al percibir su fuerza viril cuando la ayudó a apearse del coche tomó una conciencia aún mayor de su presencia, una sensación que se abrió paso hasta lo más profundo de su ser.

Ambos fingían controlar sus emociones, pero ella sabía que una tensión expectante también se había apoderado de Trent. «No cabe duda de que ese es el motivo del aumento de mi sensibilidad», pensó.

Se encontraban allí debido a la nota que había enviado la señora Fulton a Trent tres horas antes. Por fin iban a tomar medidas firmes; Calista estaba harta de no poder hacer nada excepto esperar la llegada del siguiente *memento mori*. Entonces, gracias a la deducción de Trent acerca del origen de la campanilla, parecían estar a punto de descubrir algo más. Durante un momento permanecieron de pie en silencio, examinando la neblinosa escena: todas las tiendas, incluso la de J. P. Fulton, ya estaban cerradas y las habitaciones de la primera planta del local estaban a oscuras. Era un barrio tranquilo y respetable donde todos se acostaban temprano. No había tabernas ni teatros de variedades en los alrededores que podrían haber atraído a un público indeseable o bullanguero. No había prostitutas apostadas bajo las farolas y tampoco carteristas o borrachos merodeando en las sombras.

—No debería haber permitido que me acompañe —dijo Trent—. No sé por qué diablos consideré que era una buena idea.

—Lo que lo hizo entrar en razón fue el sentido común —indicó Calista—. La señora Fulton es una viuda que, sin duda, vive sola; además, el negocio que dirige exige un aura de dignidad. Si la vieran recibiendo a un hombre solo en medio de la noche puede que su reputación corriese peligro. Mi presencia la tranquilizará y seguramente la impulsará a ser más comunicativa.

—Me envió la nota a mí, no a usted. Si lo que quiere es dinero, será mejor que sea muy comunicativa.

—Le recuerdo una vez más, señor Hastings, que esta investigación es asunto mío. Aprecio su ayuda pero no permitiré que usted tome el control. Espero que haya quedado claro.

—No debí haberle informado de que recibí la nota.

—Me hubiera enfadado si no lo hubiese hecho.

—Me lo temía.

—¿Temía mi enfado? —Ella sonrió, más bien complacida—. Es bueno saberlo.

Él aferró su bastón con más fuerza.

—Le ruego que no haga que me arrepienta de mi decisión.

Ella lo miró pero él se había levantado el cuello del abrigo ocultando gran parte de su rostro. En las sombras proyectadas por las farolas de gas y en medio de la niebla, su expresión resultaba indescifrable. Pero Trent no siguió argumentando: no había nada más que comentar sobre el asunto y ambos lo sabían. Ella era el motivo por el cual él se había involucrado y ella tenía todo el derecho de acompañarlo.

Trent le dijo al cochero que aguardara y luego cogió a Calista del brazo para conducirla al otro lado de la calle. Se detuvieron ante la entrada de la tienda; las cortinas de todas las ventanas estaban echadas, pero una luz tenue y fantasmagórica iluminaba los bordes. En el interior la llama de las lámparas era muy baja, pero estaban encendidas.

Trent llamó a la puerta con suavidad.

—Ella está allí dentro —dijo Calista—. No me sorprendería si la idea de encontrarse a solas con usted hubiese acabado por asustarla.

—Puede ser.

Trent trató de girar el pomo con la mano enguantada; este no ofreció resistencia y empujó la puerta con el bastón.

—Señora Fulton —llamó, en medio del silencio—, la señorita Langley y yo hemos venido a hablar con usted.

Calista entró en el salón de ventas. La luz tenue provenía de la cámara que albergaba los ataúdes situada en la parte posterior de la tienda.

—¿Señora Fulton? —Calista se dirigió hasta el pie de la estrecha escalera y alzó la voz—. Espero que no le importe que haya acompañado al señor Hastings esta noche. Creí que usted se sentiría más cómoda si había una mujer presente.

En algún lugar una tabla del suelo crujió en la oscuridad.

—Esto no me gusta —indicó Trent en voz baja—. Hemos de marcharnos. Ahora mismo.

—No —se apresuró a decir Calista—. No podemos irnos, todavía no. Debemos averiguar lo que ella quería decirnos.

—Salga de aquí —gruñó Trent, aferró el antebrazo de Calista, la apartó del pie de la escalera y empezó a empujarla hacia la puerta. Ella se recogió las faldas para poder correr.

Una figura alta surgió de entre las sombras detrás del mostrador y se interpuso entre ellos y la puerta de entrada. El cuchillo que sostenía en la mano relumbró bajo la luz espectral de la cámara de los ataúdes.

No vaciló ni un instante y se abalanzó sobre Trent con el arma en la mano, dispuesto a clavársela.

Trent alzó el bastón y trazó un arco breve apuntando al cuchillo que el hombre sostenía en la mano. Sorprendido por el inesperado contraataque, el intruso reaccionó con un rápido movimiento lateral, logró retroceder y ponerse fuera de su alcance.

Calista sabía que era imposible escapar por la puerta de entrada si el hombre del cuchillo no se apartaba, a menos que Trent lograra atacarlo con el bastón, y para hacerlo tenía que acercarse a su adversario y al cuchillo de hoja larga.

Era evidente que Trent había llegado a la misma conclusión. Arrastró a Calista hasta la cámara de los ataúdes; el hombre que los atacaba los siguió, pero esa vez con mayor cautela, receloso del bastón.

El tacón del botín de Calista se enredó en el borde de sus enaguas, ella tironeó de sus faldas con desesperación, pero era demasiado tarde: había perdido el equilibrio.

Trent la soltó abruptamente y se interpuso entre ella y el atacante. Enredada en su vestido, Calista se tambaleó hacia un lado y chocó contra un ataúd de elaborada decoración. La tapa estaba abierta, ella aterrizó sobre las rodillas y se agarró al borde del féretro.

Cuando estaba a punto de enderezarse vio el cuerpo que yacía en él. La señora Fulton la contemplaba con la mirada vacía de los muertos. Una faja sangrienta le rodeaba la garganta y el blanco satén que revestía el interior del ataúd estaba teñido de un horrible color carmín.

Al oír el rugido de ira del atacante, Calista se volvió. Vio que Trent había agarrado una urna apoyada en un pedestal y utilizaba la mano libre para arrojar el pesado objeto contra el agresor.

Constreñido por los ataúdes muy próximos entre sí, el hombre no logró esquivarla. Alzó un brazo para evitar el golpe, pero este fue lo bastante violento como para obligarlo a retroceder unos pasos.

La gran urna golpeó contra el suelo y se hizo añicos. Ambos hombres hicieron caso omiso de ello.

El atacante se recuperó y volvió a lanzarse hacia delante, pero evitó acercarse demasiado al bastón que blandía Trent. «La situación acabará en empate si no hago algo», pensó Calista.

El agresor pareció darse cuenta de lo mismo; cambió de dirección y se lanzó contra ella, pero Calista ya estaba de pie con las faldas y las enaguas alzadas hasta las rodillas. El criminal era veloz y atlético, pero Calista contaba con una ventaja singular: se dio cuenta de que intentaría usarla como rehén unos segundos antes de que a él se le ocurriera.

Se deslizó entre dos féretros y echó a correr a lo largo de un pasillo que formaban ambas filas de ataúdes. Oyó que el atacante la perseguía, echó un vistazo por encima del hombro y vio que estaba a punto de pasar por encima del ataúd que contenía el cuerpo de la señora Fulton. Entonces alzó sus faldas aún más y lo esquivó pasando entre dos ataúdes. A sus espaldas oyó un golpazo tremendo, seguido de un angustiado aullido de rabia y dolor. «Es ese canalla —pensó Calista—, no Trent.»

Alcanzó el final de la hilera de ataúdes y cogió una urna apoyada en un pedestal, similar a la que había agarrado antes Trent. No esperaba que fuera tan pesada, apenas lograba sostenerla con ambas manos.

Se volvió y vio que Trent había abandonado el bastón y había cogido un alto soporte ornamental de hierro diseñado para exhibir una corona de laurel. Era lo bastante largo como

104

para usarlo contra el atacante y evitar el cuchillo que lo amenazaba.

Entonces se dio cuenta de que él acababa de usar el soporte para golpear al hombre situado al otro lado de la hilera de ataúdes.

Un chorro de sangre brotó de la cabeza del intruso y se derramó por su cara. Soltó otro aullido y se llevó una mano enguantada a los ojos al tiempo que procuraba retroceder y ponerse fuera del alcance de Trent, pero los ataúdes se lo impedían.

Trent avanzó entre dos féretros, ya se encontraba en el mismo pasillo que el asaltante e impidió que este se acercara a Calista; se dispuso a asestarle otro golpe con el soporte de hierro.

El intruso esquivó el ataque, pasó por encima del ataúd más próximo y echó a correr hacia la puerta de la cámara donde estos se exhibían, cruzó el salón de ventas y desapareció en la noche, dejando un reguero de sangre tras él.

18

Trent miró a Calista.

—¿Se encuentra bien? —preguntó.

Le pareció que hablaba en tono áspero y duro, la violencia de los últimos momentos aún le bullía en las venas. El corazón le palpitaba con fuerza y jadeaba debido al esfuerzo y a la aterradora conciencia de lo que casi había sucedido. «Es culpa mía —pensó—. No debí permitir que me acompañara esta noche. Se ha salvado por los pelos.»

Un instante más y ese cabrón la hubiera atrapado.

«Estuve a punto de no llegar a tiempo.»

—Sí, sí, me encuentro perfectamente. —Ella se asomó a la puerta de la cámara de los ataúdes y dirigió la mirada hacia la entrada de la tienda—. ¿Cree que regresará?

—No nos quedaremos aquí para averiguarlo. —Trent arrojó el pesado soporte de hierro a un lado y se acercó al siguiente pasillo entre los féretros para recuperar su bastón—. Venga. Hay algo que quiero hacer antes de abandonar este lugar.

—Él mató a la señora Fulton.

—¿Qué?

—Está en ese ataúd. —Calista indicó la caja blanca forrada de satén blanco—. Véalo usted mismo.

—¿Qué diablos...? —Consternado, se acercó al ataúd abierto y bajó la vista, y ahí estaba la señora Fulton. Su sangre había empapado el satén—. Me temo que no necesitará una de las campanillas de seguridad patentadas por su marido.

—El villano que trató de matarlo debe de ser un ladrón que irrumpió en el establecimiento poco antes de que llegáramos. Asesinó a la señora Fulton. Es indudable que lo interrumpimos mientras estaba buscando objetos de valor.

—Es una posibilidad, pero una bastante remota, me parece.

Calista avanzó a lo largo del pasillo, procurando apartar la mirada del ataúd blanco.

—¿Por qué dice eso? —preguntó.

Quería una respuesta lógica, pero por su expresión conmocionada Trent se dio cuenta de que ella sospechaba lo mismo que él.

—No puedo asegurarlo, pero me resulta difícil creer que, por mera coincidencia, alguien asesinara a la propietaria de este establecimiento apenas unas horas después de que yo recibiera la nota que nos trajo aquí.

—Era una trampa —aseguró Calista, respirando entrecortadamente.

—Es la única suposición lógica, dadas las circunstancias. Debemos irnos —dijo, instándola a avanzar con un gesto—. Solo deseo que el coche de punto nos haya esperado, pero me temo que el asesino puede haberlo requisado.

—¿Y qué pasa con la señora Fulton? La han asesinado. No podemos ignorarlo.

—No quiero que nos encuentren en la escena del crimen. Una vez que usted esté en casa sana y salva enviaré un mensaje a alguien que conozco en Scotland Yard.

—¿Conoce a alguien en Scotland Yard?

—Creí haber dejado claro que mis investigaciones me proporcionaron una serie de contactos en diversos niveles de la sociedad. El inspector Wynn es un policía muy capaz. Y, más concretamente, podemos contar con que respete su privacidad, Calista. Le informaré de lo ocurrido aquí esta noche y le proporcionaré una descripción del asesino. No es necesario que usted se vea involucrada.

Calista no discutió. Estaba de acuerdo con que verse involucrada en una investigación por asesinato acabaría con su negocio.

Trent la siguió hasta el salón de ventas, ella se acercó a la puerta con pasos cautelosos.

—Un momento —dijo él.

Calista se detuvo con la mano apoyada en el pomo y se volvió.

—¿Qué pasa?

—El libro de ventas de la señora Fulton. Con un poco de suerte aún estará aquí.

Rodeó el mostrador y encendió una cerilla: el libro encuadernado en cuero estaba exactamente donde antes había observado que la señora Fulton lo dejaba. Lo cogió y se lo colocó bajo el brazo.

—Bien —indicó—. Ahora podemos irnos.

Fuera la niebla aún invadía las calles pero en el barrio reinaba el más absoluto silencio, no había pasos amenazadores resonando en la oscuridad.

Y el coche de punto había desaparecido.

—No me sorprende —comentó Trent—, dada la mala suerte que hemos tenido esta noche.

19

—No creo que el atacante se llevara nuestro coche de punto —dijo Calista—. Sospecho que el cochero huyó cuando notó el alboroto en el interior de la tienda. Lo último que desearía sería un pasajero cubierto de sangre. ¡Maldita sea!

Por algún motivo ignoto su lenguaje impropio de una dama lo divirtió.

—J. P. Fulton es un establecimiento donde venden ataúdes y artículos de luto —comentó Trent—. Quizás el cochero creyó que el hombre que huía era un espíritu del otro mundo.

—Es más probable que se diera cuenta de que ocurría algo violento y no quiso verse implicado, ya que no hizo el menor esfuerzo por ayudarnos. Ni siquiera fue en busca de un agente de policía, porque de lo contrario ya hubiera llegado uno.

—Tanto mejor para nosotros. Su empresa no necesita el escándalo que, sin duda, acompañará el descubrimiento del cadáver de la señora Fulton.

—Pero ¿qué pasa con el hombre del cuchillo? —preguntó Calista.

Él la miró, intentando descifrar su expresión bajo la luz de una farola.

—¿Está segura de no haberlo reconocido? —inquirió.

—Completamente segura. —Ella se estremeció—. No es ninguno de los hombres que rechacé como cliente, ciertamente. No sé si eso me alivia o me alarma más.

—Tal como acabo de decirle, le daré una descripción al inspector Wynn. —Trent hizo una pausa y consideró las posibilidades—. También se la daré a otro conocido mío. A lo mejor uno o ambos podrán identificar al intruso.

—Encajaba con la descripción que ayer me proporcionó el cochero —manifestó Calista en tono pensativo—. Un caballero bien vestido que parecía tener unos treinta años. Ahora disponemos de un par de detalles más: tiene el cabello claro y si no fuera por su mirada asesina incluso diría que es bien parecido.

—Un caballero diestro en el uso de un cuchillo —añadió Trent—. No es un talento común entre los miembros de la clase alta.

—Supongo que necesitará puntos, si es que sobrevivió a la herida que usted le causó. Como mínimo tendrá que llevar un gran vendaje durante cierto tiempo.

—Las heridas en la cabeza tienden a sangrar mucho. No lo golpeé con la fuerza suficiente como para derribarlo la primera vez, por desgracia, y no he tenido una segunda oportunidad. —Entonces recordó el libro de ventas y se lo alcanzó—. ¿Se haría cargo de él, por favor? Dadas las circunstancias, prefiero tener las manos libres.

—Sí, por supuesto.

Calista se metió el libro bajo el brazo y él aferró el bastón con más fuerza.

—Antes o después encontraremos un coche de punto —aseguró Trent.

Durante unos momentos caminaron en silencio. Él era muy consciente de la presencia de Calista a su lado. Sus tacones resonaban en la noche; el sonido perturbó sus sentidos, pero la verdad es que todo lo relacionado con Calista parecía tener ese efecto.

—Fue muy inteligente al darse cuenta de que el asesino intentaría utilizarla como rehén —expresó—. Actuó con mucha rapidez.

No quería pensar en lo que tal vez habría ocurrido si el asesino hubiera agarrado a Calista.

—No se me ocurrió otra cosa. Pero usted fue quien me salvó.

—Nos salvamos mutuamente.

Ese comentario pareció animarla.

—Al parecer, formamos un excelente equipo —dijo—. He de decir que su destreza con el bastón es impresionante. ¿Dónde aprendió a usarlo como un arma?

—Tomé clases con un instructor que estudió con el coronel Monstery, en una de las academias de esgrima y boxeo de Estados Unidos. Monstery es un gran impulsor del uso del bastón como arma porque siempre está a mano y, no obstante, es casi invisible. Nadie le presta mucha atención.

—Porque tantos caballeros llevan uno —dijo Calista—. Se lo considera un accesorio de moda, no un arma —añadió, mirándolo de soslayo—. Ahora comprendo por qué Clive Stone lleva un bastón.

—Me disgustan las armas de fuego. Los resultados tienden a ser muy permanentes, suponiendo que uno dé en el blanco. Por otra parte, suelen atascarse justo cuando uno más las necesita.

—Ya veo. —Ella guardó silencio un momento, antes de añadir—: En retrospectiva, debo reconocer que esta noche hemos tenido muchísima suerte. Podría haber acabado de un modo desastroso... como la señora Fulton.

Calista volvió a guardar silencio. Él notó que el desánimo se adueñaba de ella. «Debí haber mantenido la boca cerrada», pensó.

—Ha sido culpa mía —dijo ella por fin en tono duro y resuelto.

—¿De qué diablos está hablando?

—Usted jamás se hubiera puesto en peligro si no me estuviera ayudando en este extraño asunto. Es culpa mía que usted casi muera asesinado esta noche, señor Hastings.

De repente Trent se sintió invadido por la ira y la exasperación. Se detuvo abruptamente y se volvió hacia ella.

—No, no es culpa suya —aseguró—. ¡Maldita sea, señora! Ya estoy rodeado de bastantes personas convencidas de que, de algún modo, son las responsables de cualquier infortunio que me afecte. No necesito otro mártir en mi vida.

—¿Qué? —exclamó ella, sobresaltada.

—Escogí ayudarla en este asunto. Fue mi decisión, ¿queda claro?

—Usted ofreció hacerme un favor, señor.

—Fue mi decisión: investigar, ¿lo recuerda?

Ella lo contempló, eternamente le pareció a él. Bajo la tenue luz de las farolas de gas no logró descifrar su expresión.

—Lo que pasa —dijo Calista finalmente—, es que este asunto se ha convertido en algo que va mucho más allá de la investigación. Confié que podría devolverle el favor proporcionándole los servicios de mi agencia, pero ahora ambos sabemos que es una recompensa insuficiente en vista del riesgo que usted ha corrido esta noche.

—No le pedí que me recompensara.

—Sin embargo, estoy en deuda con usted y la deuda aumenta con cada hora que pasa. Si algo terrible le pasara, como casi le ocurre hace escasos momentos, cargaría con la culpa durante el resto de mi vida.

—Tenga la cortesía de respetar mi orgullo y mi honor en este asunto, señorita Langley. No puedo permitir que usted prosiga con esta peligrosa investigación por su cuenta con la conciencia tranquila. Si algo terrible le sucediera a usted, cargaría con la culpa durante el resto de mi vida.

—¿Cómo se atreve a arrojarme mis propias palabras a la cara?

—Me atrevo porque intento desesperadamente convencerla de que quiero ayudarla.

—No sé qué decir —susurró ella.

—Entonces tal vez sería mejor que dejemos de hablar.

—Sí, señor Hastings. Quizá sea lo mejor.

—He de pedirle un favor.

—¿Sí?

—¿Podría dejar de llamarme señor Hastings? Dado lo que acabamos de pasar juntos, creo que sería correcto que me llamara por mi nombre de pila.

—Trent —dijo ella en tono un tanto vacilante.

Fue como si dudara de la pronunciación.

—No es un nombre complicado. Solo tiene una sílaba. Estoy seguro de que, con un poco de práctica, lo logrará.

—¿Me está tomando el pelo, señor?

—Tal vez.

Creyó ver que una leve sonrisa le curvaba los labios, pero no estaba seguro.

—Esta noche he pasado mucho miedo, Trent —afirmó—. En realidad estaba aterrada. Ahora me siento muy rara, muy agitada.

—Lo dudo, señorita Langley. Tiene nervios de acero.

—Calista.

—Calista —repitió él. Le agradaba el sonido del nombre pronunciado en voz alta: resuelto, intrigante y un poco misterioso—. Puedo asegurarle que sentirse agitada es bastante común tras pasar por algo que podría haber sido un desastre.

—¿Está seguro?

—Completamente.

—¿Cómo se siente usted?

—Quizá sea mejor no entrar a fondo en ese tema —contestó Trent.

—Si hemos de ser socios en este asunto debemos ser sinceros el uno con el otro.

—¿Está segura?

—Sí, lo estoy.

—Lo que siento, Calista, es que me gustaría mucho besarla —dijo y se dio cuenta de que aguantaba la respiración mientras esperaba la respuesta.

—Creo que me gustaría que usted me besara. —En medio de las sombras su mirada era sensual e incitadora—. Tal vez el deseo de abrazarlo se debe a la conmoción.

—Quizá —dijo él, reprimiendo un quejido.

—A lo mejor un beso resultaría terapéutico: una suerte de experiencia catártica por así decir.

—No cabe duda de que usted sabe cómo hacer que el momento carezca de romanticismo, Calista.

—No soy una mujer romántica.

—Pues en ese caso ha optado por una profesión y un trabajo peculiares.

—Puede, pero me parece bastante más edificante que vender ataúdes y artículos de luto.

—Comprendo lo que dice.

—¿Va a besarme? —preguntó ella—. Porque de lo contrario deberíamos seguir adelante. Se está haciendo tarde.

—¿Está segura de que le gustaría que la besara? —quiso saber Trent.

—Sí.

Entonces otra oleada abrasadora le recorrió el cuerpo.

—¿Por motivos terapéuticos? —preguntó.

Sabía que era un tonto por preguntar, pero necesitaba saberlo.

—Por el motivo que sea.

No era la respuesta que anhelaba, no del todo, pero de momento se conformó. Por otra parte, le hubiera valido cualquier respuesta afirmativa... de momento. No recordaba cuándo fue la última vez que había deseado abrazar a una mujer con tanta desesperación. Quizá Calista solo había dicho que sí debido al nerviosismo, pero le daba absolutamente igual, maldita sea.

Apoyó la mano enguantada en la nuca de Calista con cuidado y mucha suavidad. El pulso de Trent se aceleró. El deseo se había convertido en una marea que amenazaba con barrer todos los obstáculos.

—Trent —susurró ella, sin aliento.

Eso fue todo lo que él necesitó. La estrechó entre sus brazos antes de que ella pudiera decir algo que estropeara el momento y presionó sus labios contra los de ella.

Inicialmente, el beso resultó como él quería: una llama ardiente que confiaba en controlar. «Esta noche lo único que ansío es un indicio de que ella no me rechazará», pensó.

Una calle a medianoche y envuelta en la niebla no era el momento ni el lugar más indicado para seguir examinando la cuestión. Solo necesitaba saber que, como mínimo, ella también sentía cierto deseo por él.

Durante unos segundos creyó que todo estaba perdido: Calista permanecía rígida e inmóvil, como si el roce de él la hubiera congelado. Una extraña desesperanza lo invadió... pero un instante después ella soltó un ligero gemido y, aferrando el libro de ventas con una mano, apoyó la otra en el hombro de Trent y lo presionó. Bajo los labios de él, los de ella se ablandaron.

Le devolvió el beso con la contradicción de una mujer que anhelaba la pasión, pero no osaba ceder ante una emoción tan intensa. Él comprendió esa mezcla volátil de sentimientos; saber que ella era tan recelosa y precavida como él lo llenó de confianza mucho más que cualquier otra cosa.

—No pasa nada —dijo, sin despegar los labios de los de ella—. Solo es un beso. No es necesario que pase algo más.

—Ciertamente no aquí, en medio de la calle.

El inesperado tono de su voz ronca que traslucía un sentido del humor irónico y sensual lo cogió desprevenido y un estremecimiento erótico le recorrió el cuerpo.

Era muy consciente de su aroma femenino, percibía la forma de su cuerpo elegante y flexible a través de la gruesa tela de su vestido. El beso le despertó sensaciones no experimentadas desde hacía mucho tiempo, tal vez nunca. Una vitalidad creciente y un anhelo profundo y doloroso lo consumía.

Calista parecía tan afectada como él por el beso. Notó que temblaba, pero no de miedo ni de incerteza.

Trent volvió a besarla.

El traqueteo de unos arreos y el golpe de los cascos en el pavimento rompieron el hechizo. Su primer impulso fue arrastrar a Calista hasta el portal más próximo y ocultarse, pero prevaleció la realidad.

No obstante, tuvo que hacer un esfuerzo para poner punto final al beso.

Durante unos segundos se limitó a contemplarla. Ambos respiraban tan agitadamente como antes, tras la batalla en la cámara de los ataúdes. Después Trent recuperó el control.

—Un coche —dijo.

Se sentía bastante orgulloso no solo por haber encontrado la palabra, sino también de pronunciarla en voz alta. Ella también hizo un esfuerzo visible por recuperar la compostura.

—Un coche —repitió.

Trent alzó la mano, el vehículo se detuvo y ayudó a Calista a montar en él. El tráfico era muy escaso. Veinte minutos después el cochero llegó a Cranleigh Square y enfiló el camino de entrada que daba a la escalinata de la mansión.

La puerta se abrió en cuanto el coche de punto se detuvo, pero quien apareció no fue el mayordomo o el ama de llaves sino un joven en mangas de camisa. Tenía los cabellos revueltos y parecía desesperado.

—¿Calista? —exclamó con la vista clavada en ella y en Trent—. ¿Dónde te habías metido? Estaba muy inquieto. ¡Dios mío! ¿Qué te ha pasado?

—Señor Hastings —dijo Calista—. Permítame presentarle a mi hermano Andrew.

Un vistazo a la expresión horrorizada de Andrew bastó para que Trent supiera que las complicaciones de esa noche todavía no habían acabado.

Andrew bajó la cabeza y descendió los peldaños presa de la furia.

—Cabrón —gruñó—. ¿Cómo se atreve a ultrajar a mi hermana? Lo mataré.

20

Horrorizada, Calista se apeó del coche de un brinco y se interpuso entre su hermano y Trent.

—Detente, Andrew. No sabes lo que estás haciendo.

Se dio cuenta de que jamás había visto a Andrew en semejante estado y, una vez más, tuvo que admitir que ya no era su hermanito menor necesitado de consuelo y protección: era un hombre joven de cuerpo fuerte y emociones intensas y fieras. En su estado de ánimo actual no solo resultaba tremendamente peligroso, él mismo también corría peligro.

Puede que la juventud de Andrew supusiera una ventaja, pero Trent gozaba de una experiencia mucho mayor y, tal como ya había demostrado esa noche, poseía mucha fuerza y era un experto en el manejo del bastón como arma. Ella no tenía ni idea de cómo afrontar la situación, solo sabía que debía impedir que ambos se liaran a golpes.

Andrew tuvo que detenerse de golpe para no chocar con ella y clavó la mirada en Trent.

—¡No te interpongas, Calista! —gritó—. Hastings te ha hecho algo espantoso y pagará por ello.

—No sabes lo que dices. Esta noche el señor Hastings me ha salvado la vida.

—¡Dios mío, Calista! ¿Qué es esa mancha en tu vestido?

—Es la sangre del hombre que esta noche trató de asesinarnos, tanto al señor Hastings como a mí —dijo ella e intentó calmar la tensa atmósfera hablando en tono enérgico y sereno.

—¿Qué? —Andrew estaba estupefacto—. No comprendo.

A espaldas de Calista, Trent habló:

—Creo que sería mejor que continuemos esta conversación en el interior —dijo—. Estoy seguro de que ambos consideran que despertar a los vecinos es mala idea.

Andrew le lanzó una mirada furibunda, pero Calista notó que la referencia a un posible escándalo lo obligaba a contenerse, al menos de momento y, sin mediar palabra, Andrew volvió a entrar en la mansión.

Calista le tendió el libro de ventas a Trent, se recogió las faldas y se apresuró a seguir a su hermano.

—Andrew, escúchame, por favor.

Trent la siguió al vestíbulo y cerró la puerta principal.

—¿Por qué no sube y se refresca, Calista? —insinuó. Era una orden, no una sugerencia—. Yo me encargaré de esto.

Calista se disponía a discutir, pero entonces se vio reflejada en el espejo colgado encima del aparador. Sus cabellos se habían desprendido de las horquillas y le caían sobre los hombros, rizados y enredados. Cuando bajó la vista vio las manchas rojas en el dobladillo de sus faldas y enaguas. Se dio cuenta de que al abandonar la tienda de J. P. Fulton había pisado la sangre del asesino, así que no era de extrañar que Andrew estuviera conmocionado y furioso.

Antes de que lograra pronunciar una palabra, apareció la señora Sykes.

—¿Qué ocurre aquí? —preguntó, contemplando fijamente a Calista—. Cielo santo, ¿qué le ha pasado? —añadió y le dirigió una mirada alarmada a Trent—. Señor Hastings, seguro que...

—Me encuentro bien —se apresuró a decir Calista—. Esta noche el señor Hastings y yo fuimos atacados. El señor Hastings me salvó, si no fuera por él, ahora sería muy probable que estuviese en un ataúd, y no es ninguna metáfora. Si me dis-

118

culpan, me cambiaré de ropa y agradecería que me ayudara a hacerlo.

—Sí, por supuesto. —La señora Sykes se recuperó del susto y se hizo cargo de la situación. Era una profesional—. Hemos de quitarle ese vestido.

Calista le lanzó una mirada a Andrew; la expresión de su hermano era iracunda e intensa y no despegaba la vista de Trent.

Entonces apareció el señor Sykes y bastó un instante para que comprendiera la situación.

—Permítanme que los conduzca a la biblioteca —dijo, dirigiéndose a Andrew y a Trent—. Me parece que a ambos les vendría muy bien un brandy.

Ninguno de los dos discutió. «Pero uno rara vez discute con un mayordomo profesional», pensó Calista.

—Hemos de dejar a los caballeros en manos del señor Sykes —indicó la señora Sykes desde el descansillo—. Cuando se trata de situaciones como estas, los hombres se entienden entre sí de un modo que resulta incomprensible para las mujeres.

—Sí, lo estoy descubriendo —comentó Calista.

Se recogió las faldas y corrió escaleras arriba y, justo antes de entrar en su habitación, oyó que la puerta de la biblioteca se cerraba de un golpe.

21

—Tiene todo el derecho a estar inquieto por el estado en que se encuentra su hermana esta noche —dijo Trent, bebió un trago de brandy y observó cómo Andrew caminaba de un lado a otro por la biblioteca—. Pero ella le ha dicho la verdad. No le hice daño, le doy mi palabra. Fuimos atacados por un hombre armado con un cuchillo.

Andrew entrecerró los ojos.

—La sangre...

—Tal como Calista le ha dicho, las manchas de su vestido provienen de la sangre del atacante. Logré mantenerlo a raya con un soporte de hierro, de esos que sirven para exhibir coronas de laurel.

Andrew se detuvo en el centro de la habitación.

—¿Cómo diablos se hizo con un soporte de coronas de laurel, y dónde tuvo lugar ese ataque?

—En el local de J. P. Fulton, Ataúdes y Artículos de Luto.

Sus palabras despertaron la suspicacia de Andrew y continuó recorriendo la habitación.

—¿Qué estaba haciendo allí? —preguntó.

—Últimamente no ha estado prestando mucha atención a los problemas de su hermana, ¿verdad?

—Si se refiere a esos desagradables *memento mori* que ha estado recibiendo, se equivoca. Estoy al corriente, no le dije nada a Calista pero he estado investigando los antecedentes de algunos de los hombres que ella rechazó. Sospecho que quienquiera que está enviando los artículos de luto es un hombre a quien ella rechazó como cliente.

—Muy perspicaz de su parte. ¿Por qué no le dijo que estaba haciendo esto?

—Porque creí que solo serviría para angustiarla aún más —contestó Andrew, apretando las mandíbulas—. Y porque mis investigaciones no han dado resultado, maldita sea. No he sido capaz de identificar a ningún sospechoso.

—Eso no es culpa suya. Calista pudo ver al hombre que nos atacó esta noche y me aseguró que no lo reconoció.

Andrew se detuvo de golpe.

—¿No era uno de los hombres que ella rechazó?

—No, y tampoco es un cliente. —Trent bebió otro sorbo de brandy y luego dejó la copa en una mesa auxiliar, reflexionando sobre otras posibilidades—. Sin embargo, eso no significa que no guarde alguna relación con la empresa de su hermana.

—Ha tenido docenas de clientes desde que inauguró su agencia. ¿Cómo diablos hemos de encontrar un vínculo con la persona que le envía esos obsequios mortuorios si esta noche ella no ha reconocido a ese cabrón?

—Cuando uno se topa con una pared en un laberinto, tiene que buscar otra salida.

—Eso parece algo que diría Clive Stone —murmuró Andrew—. En la vida real resulta bastante irritante.

—Eso es lo que me han dicho.

—¿Quién se lo dijo? —preguntó Andrew, aún furibundo.

—Mi hermana, entre otras personas.

—Sí, bueno, el caso es que esta no es una de sus historias, señor.

—Soy muy consciente de ello, aunque en esta circunstancia en particular puede que haya otra manera de salir del laberinto.

—¿De qué está hablando?

—Del libro de ventas de la señora Fulton —dijo Trent, dejó la copa en la mesa, se puso de pie y cogió el libro encuadernado en cuero—. Tal como le gusta afirmar a Clive Stone, el dinero deja un rastro muy claro.

22

Cuando Calista volvió a bajar a la planta baja llevaba un vestido limpio y un moño prolijo; el señor Sykes la esperaba ante la puerta de la biblioteca.

—Puedo informarle de que la situación está controlada —dijo—. Han prevalecido el sentido común y el brandy.

—Gracias, señor Sykes —dijo ella, lanzándole una sonrisa de reconocimiento.

—Hace unos momentos el señor Hastings redactó una nota que he enviado a un conocido suyo de Scotland Yard, respecto de un caso de asesinato en el local de J. P. Fulton, Ataúdes y Artículos de Luto. Le confieso que este asunto de los obsequios *memento mori* se ha vuelto sumamente preocupante, señorita. Al parecer, usted y el señor Hastings se han salvado por los pelos.

—Me temo que ya no podemos considerar esos horribles obsequios como la obra de un bromista malvado. Esta noche han asesinado a una mujer y si no fuera por la rápida reacción del señor Hastings, hubiera habido otra muerte. Tal vez dos.

Sykes echó un vistazo a la puerta cerrada de la biblioteca.

—Permítame decirle que el hecho de que el señor Hastings se haya involucrado en este asunto supone un gran alivio.

Calista arqueó las cejas.

—¿De veras?

—Sí. ¿Quién sabría más que él sobre cómo seguirle el rastro a un miserable asesino?

—Algunos dirían que el señor Hastings es un mero escritor, no un detective de verdad.

—Pues no parecemos disponer de uno tampoco, ¿no?

—No, señor Sykes, no tenemos uno a mano, el señor Hastings es lo único de lo que disponemos. —Calista hizo una pausa—. Y le diré que esta noche resultó muy convincente.

—Eso parece, señorita. Él no ha dejado de alabar el comportamiento de usted. Creo que empleó las palabras «inteligente» y «heroica» cuando le describió la escena a su hermano.

—Vaya.

Ella se sintió absurdamente complacida al recibir tal información.

—Así es. —Sykes entreabrió la puerta y se asomó a la biblioteca—. Creo que ya puede entrar sin peligro.

—Gracias.

Calista entró en la biblioteca... pero se detuvo al ver a Andrew y a Trent. Ambos estaban de pie ante el escritorio, la atención fijada en una página del libro de ventas de la señora Fulton. Entonces Andrew alzó la cabeza, presa de la ira por lo que acababa de descubrir.

—Nestor Kettering —afirmó.

La conmoción la golpeó con tanta intensidad que casi no pudo respirar y se acercó a la silla más próxima donde prácticamente se desplomó.

—No comprendo. —Calista se obligó a reflexionar y por fin recuperó una pizca de sensatez—. No siento ningún afecto por Nestor Kettering, créeme, pero no cabe la menor duda de que no es el hombre que nos atacó esta noche.

—Lo sé. —Trent la observaba atentamente y entrecerró los ojos—. Pero según este libro de ventas, hace poco la señora Fulton vendió un ataúd inscrito con las iniciales C y L a un tal señor N. Kettering, que reside en el número cinco de Lark Street —dijo—. Unos días antes compró un anillo de marcasita y cristal, de esos destinados a guardar un mechón de pelo, inscrito con las mismas iniciales.

—Y antes de eso encargó un lacrimatorio —añadió Andrew—. Tiene que existir un vínculo. Ese bastardo es quien intenta asustarte.

Ella asimiló la información y luego negó con la cabeza.

—No tiene sentido. ¿Por qué habría de hacerlo? Al final se casó con una bella heredera. Obtuvo todo lo que deseaba.

—Pero no a ti —dijo Andrew—. No te tuvo a ti, Calista.

—No me quería a mí, Andrew. Cuando descubrió que yo no era una heredera tal como él creía, desapareció.

Andrew no dijo nada, pero su ira frustrada volvía a ser palpable.

Trent no dejaba de observar a Calista.

—Creo que es hora de que alguien me diga algo más sobre Nestor Kettering. ¿Fue un cliente en algún momento?

—No. —Calista procuró recuperar la compostura—. Nestor jamás fue un cliente. Lo conocí el año pasado en una librería, parecía estar interesado en los mismos autores que yo, como por ejemplo usted, señor, e iniciamos una conversación. Era apuesto, encantador, bien educado y bien vestido. Y parecía inteligente y considerado. En resumen, era demasiado bueno para ser cierto.

—¿Se enamoró de él? —preguntó Trent; parecía temer la respuesta.

—Durante cierto tiempo creí que tal vez fuera el hombre que siempre había esperado encontrar —dijo ella—. Un hombre que sería un amigo, un compañero y sí, quizás un hombre al que podría amar.

—Le habló de su negocio, ¿verdad?

—Sí —contestó ella—. Finalmente, surgió el tema del dinero. Le dije la verdad sobre mi situación económica y que me ganaba la vida con mi agencia de presentaciones. Creí que podía confiar en él. Él estaba... bastante consternado. Tardé un tiempo en darme cuenta del motivo preciso.

—Kettering vio la casa, los vestidos a la moda y los salones y supuso que ella había heredado una fortuna —gruñó Andrew—. La sedujo, afirmó que estaba locamente enamorado de ella y le pidió matrimonio.

Trent la miró.

—¿Le dio el sí?

—Le dije que consideraría su propuesta de matrimonio —contestó Calista—. Kettering no fue el primer hombre que cometió el error de creer que mi situación económica era privilegiada. En general, no intento corregir el malentendido y en cambio lo aprovecho para rechazar una propuesta de matrimonio.

Trent asintió con la cabeza.

—Simuló ser otra rica heredera que no quiere perder el control sobre sus finanzas.

—Exacto. Pero por algún motivo descubrí que quería poner a prueba a Nestor. Quería saber cuánto me quería, así que le dije la verdad acerca de mi herencia. Cuando descubrió que las únicas habitaciones bien amuebladas de esta casa son las de la planta baja y que mis ingresos proceden únicamente de mi empresa se horrorizó. Y se enfureció. Dijo que lo había engañado.

—El cabrón se largó para buscar una esposa acaudalada en otro lugar —exclamó Andrew—. Y encontró una.

—Desde entonces solo he visto a Nestor en dos ocasiones —dijo Calista y miró a Trent—. La primera fue ayer, justo antes de que usted llegara a su cita. La segunda fue esta tarde, delante de la librería.

—¡Maldición! —Andrew se volvió y la contempló con mirada colérica—. Nunca me dijiste que Kettering había venido aquí a verte.

—Sabía que te disgustaría. Lo siento.

—¡Maldita sea, Calista! Tengo todo el derecho a estar disgustado. Soy tu hermano, deberías habérmelo dicho.

—No hubiese servido de nada —aseguró ella—. Lo siento, Andrew, hice lo que consideré que sería lo mejor.

Andrew soltó un gemido.

—¿Cuándo dejarás de protegerme?

Ella no contestó. No sabía qué decirle.

—Encontraré a ese mal nacido —juró Andrew—. Pondré fin a este acoso.

—Te ruego que no digas esas cosas, Andrew.

—No permitiré que te amedrente.

Trent se apoyó contra el borde del escritorio y cruzó los brazos.

—Les recuerdo que es muy probable que nos enfrentemos a un asesino que decididamente no es Nestor Kettering. Hemos de considerar este asunto paso a paso.

—¿Qué quiere decir? —preguntó Andrew.

—Debemos reflexionar sobre los hechos que sabemos con certeza —dijo Trent—. De pronto, Kettering ha aparecido en la vida de Calista tras un año de silencio. Parece muy empeñado en seducirla, aunque ella le ha dejado muy claro que no quiere saber nada de él.

—Absolutamente claro —añadió Calista.

—También sabemos que si bien fue Kettering quien compró los *memento mori* y la campanilla del ataúd, no era la persona que nos atacó esta noche. Además, podemos suponer sin temer a equivocarnos que quien asesinó a la señora Fulton fue el hombre del cuchillo, no Kettering.

—¿Y eso dónde nos deja?

—No lo sé —indicó Trent—. Pero esas cosas son hechos concretos y de momento no disponemos de demasiados. Hemos de averiguar unos cuantos más. Cuando descubramos los suficientes podremos poner fin a la historia.

Calista miró los archivos que había encima de su escritorio.

—No creo que tenga un archivo sobre Nestor Kettering. Nunca resultó necesario. ¿Por qué querría asustarme? Era un cazafortunas. Nunca me amó.

—Eso no significa que no esté obsesionado con usted

—expuso Trent—. Algunas personas no soportan ninguna clase de rechazo. Es evidente que es un hombre acostumbrado a seducir a las mujeres, pero con usted fracasó.

Calista negó con la cabeza.

—Incluso si eso fuese verdad, ¿por qué querría volver a acercarse a mí?

—No lo sé —dijo Trent—. Necesitamos más información.

—Sabía que algo como esto acabaría por suceder antes o después. —Andrew recorrió el despacho con pasos furiosos, volvió la cabeza y le lanzó una mirada airada a Calista—. ¿No te advertí que los rumores sobre tu agencia empezarían a difundirse y que podrían atraer a algún indeseable?

—Sí. Mencionaste ese peligro varias veces, pero dadas mis opciones de obtener un empleo no creo que tus comentarios resulten útiles.

—Basta —espetó Trent—. Discutir al respecto no tiene sentido, debemos ceñirnos a este asunto. Lo que tenemos es un asesino que no figura en sus archivos, Calista, pero que quizá guarda una relación con Nestor Kettering, por más remota que sea. Que haya vuelto a aparecer en su vida no puede deberse a una casualidad.

—Eso no nos conduce a ninguna parte —dijo Andrew y se detuvo en el centro de la habitación.

—También tenemos una descripción bastante precisa del asesino quien, a juzgar por su aspecto y su atavío, puede moverse sin problemas en la sociedad respetable —comentó Calista.

—Podría ser cualquiera de los miles de londinenses —soltó Andrew, gesticulando.

—Excepto por dos hechos interesantes más —indicó Trent—. El primero es que no le importa usar un cuchillo para cometer un asesinato. Eso no es una afición habitual entre los miembros de la clase alta.

—¿A qué se refiere exactamente, señor? —preguntó Andrew con la mirada brillante de curiosidad.

—Reflexione —contestó Trent—. Cercenar la garganta de una mujer es una manera bastante sucia de matar a alguien. Un caballero normal tenderá a preferir un método más limpio: tal vez un golpe en la cabeza, un arma de fuego o un veneno.

Andrew asintió con expresión pensativa.

—Un método que no supondría arriesgarse a estropear sus ropas elegantes.

—Pero a este asesino la sangre no parece importarle —dijo Trent—. Además, sabe cómo matar sin que la sangre lo manche. Esa es otra destreza.

—¿Qué insinúa? —preguntó Calista, más inquieta que nunca.

—Se me ocurre que el hombre que buscamos tal vez disfruta matando. Ello revela lo profunda que es su obsesión.

—¡Dios mío! —Calista permaneció inmóvil—. Usted cree que quizás haya hecho algo parecido con anterioridad, ¿verdad?

—Creo que eso es muy posible; no me pareció un aprendiz. Es un maestro en su oficio.

Calista se aferró a los apoyabrazos de la silla.

—¿A qué clase de demente nos estamos enfrentando? ¿Y por qué se ha fijado en mí?

—Disponemos de un poco más de información sobre el hombre con el que nos encontramos esta noche que podría resultar útil —precisó Trent.

Andrew y Calista lo miraron.

—¿Como qué? —preguntó ella.

—Logré causarle una herida en el cráneo con ese soporte para coronas de laurel —dijo—. La herida sangró bastante y, tal como Calista mencionó hace un momento, es probable que necesite recurrir a los servicios de un doctor.

—¿Y eso de qué nos sirve? —preguntó Andrew.

—Aún no estoy seguro, pero ya veremos. —Trent miró a Calista—. ¿Se le ocurre algo más que quizá nos ayude a llegar al fondo de este asunto?

—No, creo que no. Nada de esto tiene sentido.

—Lo tendrá, finalmente —dijo Trent, mirando a Andrew—. Calista me dijo que usted investiga los antecedentes de quienes desean convertirse en sus clientes. Que comprueba su estado civil, sus situación económica, etcétera.

Andrew se encogió de hombros.

—Averiguar si están casados no resulta difícil. Descubrir a los cazafortunas de tomo y lomo es un poco más complicado porque pueden ser muy astutos. Porque al fin y al cabo están ocultando la verdad ante todos los miembros de la sociedad, no solo ante Calista. Son mentirosos expertos.

—Es evidente que usted tiene talento para averiguar eso —elogió Trent, arqueando las cejas.

Andrew trató de parecer indiferente pero se ruborizó un poco. Calista sabía que el cumplido lo complacía; se le ocurrió que nunca parecía tan contento cuando ella le agradecía sus investigaciones. Era obvio que el comentario de Trent —procedente de un hombre de más edad— le causaba mayor impacto.

—Volvamos al tema de Nestor Kettering —señaló Trent—. Sabemos más acerca de él que de cualquier otra persona involucrada en ese asunto. Disponemos de un nombre, una dirección y sabemos que él compró los *memento mori*. Eso es mucha información, así que por ahora nos centraremos en él.

—¿Pese a que no es el hombre que nos atacó? —preguntó Calista.

—El señor Hastings tiene razón —dijo Andrew frunciendo el ceño—. Debe de existir un vínculo entre Kettering y el hombre del cuchillo. Desafía la lógica creer que todo es una extraña coincidencia.

—Sí, así es —afirmó Trent—. Se me ocurre una versión de la historia que encaja con los hechos que hemos averiguado. Es esta: tras casarse con la heredera Kettering ha regresado a Londres. Tiene lo que deseaba, una esposa rica, pero no puede olvidar que usted lo rechazó. Tras obsesionarse con el tema

130

durante muchos meses, decide vengarse. Compra los *memento mori* y se encarga de que se los envíen. Pero cuando nosotros cambiamos las tornas y localizamos a la señora Fulton, entra en pánico y contrata a alguien para eliminarla.

—Y también a usted —añadió Andrew—. La nota citándolo en el local de la señora Fulton fue enviada a usted, señor, no a Calista.

Calista miró a Trent.

—¿Está sugiriendo que Nestor contrató a un asesino profesional para que matara a la señora Fulton y a usted?

—Lo dicho: es una historia que encaja con los hechos de los que disponemos, de momento.

—No es una historia, señor. Estamos hablando de mi vida.

—Soy escritor, Calista. —De pronto, Trent parecía fatigado—. Cuanto más viejo me hago tanto más convencido estoy de que una verdad solo tiene sentido cuando es revelada en forma de historia. Sin el contexto se limita a ser un acontecimiento aleatorio sin significado, no nos enseña nada y tampoco puede ser utilizado con algún fin. Pero una buena historia... eso es un asunto completamente diferente. Puede indicarnos un nuevo camino. Puede que sea el camino equivocado, pero al menos nos conduce a alguna parte.

—¿Adónde? —preguntó Andrew.

—En este caso, la historia plantea una pregunta lógica —dijo Trent—. ¿Adónde se dirige un caballero para contratar a otro caballero diestro en cometer asesinatos?

—Una excelente pregunta —comentó Calista tras reflexionar un momento—, pero ¿adónde se dirige uno para obtener una respuesta?

—Da la casualidad que conozco a alguien que tal vez pueda echarnos una mano, pero primero debemos adquirir una mayor comprensión de la mentalidad del asesino.

—Hay algo que sí sabemos de él: es obvio que se trata de un desequilibrado mental —aseguró Calista y se estremeció.

—Estoy de acuerdo —observó Trent—. Lo cual significa

que mi hermano podría prestarnos cierta ayuda. Harry es un médico que ha desarrollado un intenso interés por la nueva ciencia de la psicología.

—Sí, su hermana mencionó ese hecho —dijo Calista.

—Con un poco de suerte puede que sea capaz de proporcionarnos algunas ideas acerca del carácter del hombre al que estamos buscando.

—¿De qué nos servirá hablar con un médico? —preguntó Andrew—. Ya sabemos que nos enfrentamos a un loco capaz de cometer asesinato.

—Si descubrimos algo más sobre el carácter del hombre al que perseguimos, quizá logremos preveer lo que hará —indicó Trent.

—Quisiera recordaros a ambos que todo esto son suposiciones —precisó Calista—. Ni siquiera sabemos por qué ese loco ha asesinado a la señora Fulton esta noche.

—Creo que podemos encajarla en nuestra historia mediante cierta especulación. No me sorprendería que la señora Fulton haya intentado chantajear al cliente que compró los objetos *memento mori*. Eso explicaría por qué sus respuestas fueron tan imprecisas cuando la entrevistamos.

—¿Cree que intentó chantajear a Nestor Kettering y fue asesinada por ello? —preguntó Andrew—. Sí, eso parece lógico.

Calista meneó la cabeza.

—No sé qué pensar, Trent. Todo esto se está volviendo tan complicado y tan peligroso...

Andrew y Trent intercambiaron una mirada. Solo entonces ella se dio cuenta de que era la primera vez que lo llamaba por su nombre de pila... y de un modo informal que indicaba una mayor intimidad entre ambos. «Bueno, así sea», pensó. Trent estaba en lo cierto: considerando lo que ambos habían soportado tenían todo el derecho de llamarse por sus nombres de pila.

—Puede que logremos desenredar una parte del ovillo si

obtenemos más información sobre Nestor Kettering —dijo Trent, mirando a Andrew—. Usted tiene cierta experiencia en descubrir la verdad acerca de la situación económica, el estado civil y el carácter de los hombres que pretenden convertirse en clientes de la agencia de Calista. ¿Estaría dispuesto a investigar los antecedentes de Kettering un poco más a fondo?

—Ya le he dicho que es un cazafortunas que se casó con una heredera —contestó Andrew, frunciendo el entrecejo—. ¿Qué más quiere saber?

—No sabré la respuesta a esa pregunta hasta que usted descubra algo que aún no sabemos de él, algo que nos proporcione otro capítulo de nuestra historia.

—¡Los criados! —exclamó Andrew con una chispa de entusiasmo en la mirada—. Ellos siempre saben lo que ocurre en el interior de un hogar. En el pasado he tenido un poco de suerte al hacerle preguntas al personal de la casa de un caballero.

Trent parecía divertido.

—Usted posee el instinto idóneo para realizar esa clase de trabajo.

Andrew hizo una mueca.

—Algunos dirían que es un pretexto para satisfacer mi curiosidad natural, pero prefiero pensar que, al investigar los antecedentes de los clientes de Calista, he evitado que unos cuantos canallas y cazafortunas formen parte de su lista.

—Eso es una gran verdad —dijo su hermana.

Le pareció que Andrew estaba mucho más alegre y entusiasta que unos momentos atrás porque Trent le había encargado una tarea.

—A lo mejor deberíamos reflexionar un poco más sobre este plan —aseguró—. Hacerles preguntas a los criados de Kettering podría suponer cierto riesgo.

—Te recuerdo que no carezco de experiencia en esa clase de asuntos —gruñó Andrew.

—Las averiguaciones que realizaste para mí eran distintas.

—Maldita sea, Calista...

—Creo que Andrew no correrá un gran peligro, al menos de momento —dijo Trent y le lanzó una mirada dura al muchacho—. A condición de que actúe con sensatez y tome precauciones para ocultar su identidad.

—Lo haré, no lo dude —prometió Andrew.

—Por ahora Kettering no tiene manera de saber que nos centramos en él, ignorará que nos hemos hecho con el libro de ventas.

Andrew sonrió y abrió la puerta.

—Me encargaré de ello mañana por la mañana; mientras tanto, si me disculpáis, dormiré un poco —declaró y se alejó a lo largo del vestíbulo.

«Ahora mi hermano menor se ha convertido en mi protector. Mi mundo está cambiando», pensó Calista.

23

El médico estaba nervioso y sus dedos temblaban ligeramente al coser la herida. Le habían pagado muy bien para que acudiera tarde por la noche y atendiera a un paciente. La explicación que le proporcionaron fue que el caballero había caído por la escalera y se había ocasionado un golpe en la cabeza. Uno no podía dejar a un hombre sangrando hasta la mañana siguiente cuando este estaba dispuesto a doblar los honorarios habituales. Al fin y al cabo, la dirección estaba en un barrio respetable y no en algún oscuro y peligroso callejón.

Pero bastó mirar al hombre que le abrió la puerta para que se le helara la sangre. El paciente tenía algo inquietante, algo que el médico no lograba identificar pero que le produjo el intenso deseo de no haber estado disponible cuando lo llamaron.

El paciente tenía el torso desnudo; en un rincón de la habitación iluminada por las llamas de la chimenea había un montón de prendas de vestir empapadas en sangre.

El paciente se mostró parco, pero al hablar su acento era el de un caballero bien educado. Ello debía de haber tranquilizado al galeno, pero al ver el pequeño y extraño altar casi perdió los nervios. Había un cuchillo envainado apoyado en él y, encima, una fotografía colgaba de la pared. Se preguntó si lo habían llamado para atender a un aficionado al ocultismo.

—¿Dice que cayó por la escalera? —preguntó el médico.

Lo último que tenía ganas de hacer era conversar con el paciente, pero debido a su agitación descubrió que necesitaba romper el aterrador silencio.

—Sí.

—Ha sido afortunado. He detenido la hemorragia pero un golpe en la cabeza siempre es muy preocupante. ¿Perdió el conocimiento en algún momento?

—No.

—En ese caso supongo que no sufrirá problemas posteriores prolongados, aunque quizá tenga dolor de cabeza durante un par de días. Le dejaré un remedio para mitigar el dolor.

El paciente no respondió; permaneció estoico mientras el médico acababa de suturar la herida. Este acabó la tarea con rapidez, le aplicó un vendaje limpio en la cabeza, luego se apresuró a cerrar el maletín y se dirigió a la puerta; lo único que quería era largarse de allí cuanto antes.

—Con eso será suficiente —dijo por encima del hombro.

—Un momento.

El médico se quedó de piedra. La puerta estaba al menos a dos o tres pasos de distancia. Se le secó la boca.

—¿Sí? —logró decir.

—Sus honorarios.

El doctor se volvió lentamente, el corazón le palpitaba con fuerza.

—No se moleste. Me alegro de haber sido útil.

Sin mediar palabra, el paciente le tendió unos cuantos billetes. Como hipnotizado, el médico clavó la vista en ellos.

—Sus honorarios —repitió el otro en voz baja.

El galeno dio dos pasos hacia el paciente, cogió los billetes y escapó a través de la puerta.

No recuperó el aliento hasta estar sentado sano y salvo en el coche de punto, de camino a su casa. Reflexionó acerca del extraño altar, el arma envainada y la fotografía. Se estremeció. Ignoraba la identidad de la mujer que aparecía en la ima-

gen pero le dio pena: tenía la desgracia de ser el centro de atención de un hombre muy peligroso.

Confió en que la mujer siguiera con vida, porque fuera
lo que fuese que había sucedido esa noche, estaba muy seguro
de que el paciente no había caído por la escalera.

24

Cuando la puerta se cerró detrás de Andrew, Calista le lanzó una larga y pensativa mirada a Trent.

—No estoy muy segura de cómo lo logró, pero se las ha arreglado para tranquilizar a Andrew —dijo—. Se lo agradezco. Hace unos momentos temía que usted y él se liaran a golpes; ahora la relación entre ambos parece casi cordial.

—Su hermano necesita sentirse útil, Calista. Todos los hombres, tanto los ricos como los pobres, precisan alguna clase de profesión.

—Lo comprendo. —Ella se levantó de la silla, cruzó la habitación y se detuvo ante la chimenea—. Últimamente resulta evidente que anhela ser más independiente. Pronto querrá abandonar esta casa y mudarse a una propia. Sospecho que el único motivo por el cual todavía permanece aquí es porque le parece mal dejarme sola.

Trent se acercó a ella.

—A pesar de la disputa de esta noche, pero tal vez debido a ella, es obvio que la relación entre ambos es muy estrecha.

—Somos los últimos de nuestra estirpe; ahora que la abuela ha muerto no queda nadie más. Ella nos acogió y nos dejó esta casa y un poco de dinero, pero jamás aprobó el matrimonio de mis padres. No dejó de estar furiosa con mi padre hasta el final por haberse enamorado de mamá y convencerla de que escapara con él, porque verá: en ese momento ambos estaban comprometidos con otras personas. Fue un gran escándalo.

—¿Su abuela nunca perdonó a su padre?

—No. Lo desheredó por completo, pero papá y mamá se conformaron con el escaso dinero de la familia de mamá y con el que mi padre ganaba como asesor ingeniero.

—Supongo que el hecho de que no se presentaran en casa de su abuela suplicando ayuda solo aumentó su amargura.

—Sí, pero eso no fue lo peor. Verá: Andrew se parece a mi padre, si contempla una fotografía de ambos la semejanza es inconfundible.

—En otras palabras, cada vez que su abuela miraba a Andrew veía a su hijo.

—Y cada vez que me miraba a mí veía a la nuera a la que detestaba. —Calista tragó saliva—. Era muy fría con Andrew y conmigo, una gran amargura la carcomía por dentro. Después de que mi hermano y yo vinimos a vivir a con ella proyectó su desdicha en nosotros. De cierta manera nos culpaba por la muerte de mi padre.

—Debe de haber sido difícil para usted y su hermano.

—Hubiese dado cualquier cosa por no tener que vivir con mi abuela. Gracias a mis padres recibí una educación excelente y podría haber encontrado trabajo como institutriz, pero debía ocuparme de Andrew. Cuando mis padres fallecieron yo tenía catorce años, Andrew solo nueve. Ninguna familia hubiera contratado a una institutriz que estuviera al cuidado de un hermano menor.

—Así que se tragó su orgullo y aceptó el ofrecimiento de su abuela —dijo Trent, con mirada cómplice—. Y entonces trató de ser tanto una madre como un padre para Andrew.

—Procuré protegerlo de los estados de ánimo de la abuela. Las cosas se volvieron muy difíciles hacia el final porque ella estaba empeñada en verme casada antes de morir. Estaba convencida de que yo había heredado lo que ella consideraba el temperamento intempestivo de mi madre. A medida que me hacía mayor la idea de que yo podría volver a manchar el apellido familiar con otro escandaloso casamiento clandestino la ponía muy nerviosa.

—Es evidente que su abuela no logró encontrar un marido adecuado para usted.

—Le aseguro que me culpaba a mí de ello. Cuando ella murió yo tenía veinte años y todavía era soltera. Siempre he creído que tomó una sobredosis de somníferos adrede, porque estaba muy enfadada conmigo.

—¿Confiaba en castigarla haciendo que se sintiera culpable de su muerte?

Calista soltó una breve risa carente de humor.

—Creo que es mucho más probable que quisiera castigarme tratando de empobrecerme a mí y también a Andrew. Descubrimos que quedaba muy poco dinero después de su muerte, ¿comprende? Durante varios años y para guardar las apariencias, había estado vendiendo sus joyas y sus objetos de plata con mucha discreción. Su dicho predilecto era: «Las apariencias lo son todo.»

—No es la primera persona de la buena sociedad en sobrevivir gracias a esas sabias palabras.

—Eso es muy cierto. Y debo admitir que, cuando fundé mi agencia, me tomé ese consejo muy en serio.

Trent contempló la elegante biblioteca.

—No se vio obligada a vender la casa.

—No, pero vendimos casi todos los objetos de valor que logramos encontrar, incluso unos cuadros y lo que quedaba de las joyas de la abuela. Afortunadamente, quedaban algunas piezas bastante buenas. Utilicé el dinero para amueblar las habitaciones de esta planta y asegurar que los jardines ofrecieran una buena primera impresión a los clientes potenciales. Después compré un par de vestidos nuevos y me dediqué a ser una solterona elegante.

Trent se volvió y la contempló.

—Admiro su ingenio y su energía, Calista.

Ella frunció la nariz.

—Decir eso es muy amable de su parte, pero ambos sabemos que yo dirijo un negocio. En resumen, que soy una comerciante. La abuela debe de estar revolviéndose en la tumba, sin duda.

—Es muy probable que yo tampoco gozara de su aprobación. También soy comerciante.

—Usted es un autor de éxito, no diría que es un comerciante, la verdad. Es una profesión respetable.

—Usted no sabe gran cosa acerca del negocio de ser escritor, ¿verdad?

—No, me temo que no.

—Todo gira en torno a los plazos, un público lector caprichoso, editores exigentes y la necesidad de perseguir a la editorial por el dinero que te debe, al tiempo que hay que soportar interminables quejas sobre ventas mediocres. Después uno se levanta por la mañana y repite todo el proceso.

Calista rio, sorprendiendo a ambos.

—Por no hablar del hecho de que todo el mundo se siente obligado a criticar sus libros.

—Muy cierto.

Ella sonrió.

—Pero no existe otra cosa que usted preferiría hacer, ¿verdad?

—No. —Trent parecía tanto divertido como resignado—. Reconozco que escribir es casi una adicción, una suerte de droga. Creo que no podría dejar de hacerlo, incluso si lo intentara.

—¿Incluso si no pudiese venderle su obra a una editorial?

—No diga eso en voz alta —dijo él, haciendo una mueca—. No soy especialmente supersticioso, pero tentar la suerte es una insensatez.

—Soy una mujer de negocios, señor Hastings, y créame que mi punto de vista acerca del sino es similar al suyo.

Él se volvió hacia la chimenea.

—No todos lo comprenden, sabe —dijo él después de unos instantes.

—¿Que escribir es su pasión?

—Sí. Lo consideran un *hobby* o una excentricidad, un pasatiempo relativamente inocuo.

—Quizá sea necesario que uno mismo sienta pasión antes de poder comprender la de otro.

—Usted siente pasión por su trabajo, ¿no?

—Hay tanta soledad en el mundo... El matrimonio no es necesariamente la respuesta, al menos no para las mujeres, pero una amistad duradera es un gran regalo y una bendición.

—Usted halla satisfacción en ayudar a otros a obtener dicho regalo.

—Sí.

Tal vez se debía al brandy, quizá sus nervios realmente se vieron destrozados por los violentos acontecimientos de esa noche. Fuera como fuese, de pronto se sintió un tanto mareada, como si el alcohol se le hubiera subido a la cabeza.

—Si mi abuela pudiera verme ahora —manifestó—, bebiendo brandy con un gallardo autor de novelas detectivescas tras una noche dedicada a repeler un malvado asesino en una cámara llena de ataúdes...

—Suena mucho más entretenido cuando uno lo relata como una historia.

—Sí, así es.

Calista empezó a soltar risitas. Trent la observó, atónito. «Yo nunca suelto risitas», pensó ella, horrorizada. De pronto, las risitas se convirtieron en carcajadas poco naturales, pero no logró contenerlas. Después notó que las lágrimas le humedecían las mejillas.

—¡Por el amor de Dios! —exclamó y las palabras se le atragantaron.

Avergonzada, corrió hacia su escritorio en busca de un pañuelo, pero de repente Trent se interpuso en su camino, la estrechó entre sus brazos y ella sollozó con la cara apoyada contra su camisa durante lo que parecía una eternidad.

No intentó consolarla con palabras, se limitó a abrazarla con fuerza. Con una mezcla de sorpresa y de consternación, ella se dio cuenta de que estar entre sus brazos resultaba muy agradable. En ese instante era exactamente donde quería estar.

Después de un buen rato las lágrimas dejaron de fluir y ella alzó la cabeza.

—Por favor, disculpe este despliegue emocional. Me siento muy abochornada, desde luego.

—Ha olvidado el beso.

—¿Qué?

—Mencionó el brandy a medianoche, el malvado asesino y la cámara repleta de ataúdes, pero no el beso que compartimos. ¿Se debe a que no disfrutó de esa parte de la historia?

«Nunca olvidaré ese beso», pensó ella.

—Creo que esa fue la mejor parte de todas —aseguró.

La mirada de Trent se encendió. La cogió de los hombros con suavidad, la atrajo hacia sí y la besó lentamente, como si ella fuese un vino exquisito que saboreaba. Cuando por fin él alzó la cabeza, Calista temblaba un poco.

«Pero no debido a los nervios —pensó—, sino a una maravillosa y vigorizante excitación.»

—Me alegro —dijo Trent—, porque es indudable que fue mi capítulo predilecto.

Era como si la biblioteca perteneciera a otra dimensión, un lugar solo habitado por ellos dos. «Aprovecha este momento —se dijo a sí misma—. Guárdalo en tu memoria para poder recuperarlo y disfrutar de su calor en el futuro.»

Entonces el sentido común hizo acto de presencia.

—Esta noche mis nervios parecen estar un poco afectados.

—Al igual que los míos —dijo él—. Creo que ambos tenemos motivos para sentirnos un poco agitados.

Ella logró sonreír.

—Los acontecimientos no parecen haberlo agitado en absoluto.

—Tal como usted ha notado recientemente, las apariencias engañan. Pero es hora de que la deje descansar. —Trent recogió el libro de ventas—. Ha sido una velada muy interesante pero también bastante larga.

—Diré a Sykes que llame un coche de punto.

—Gracias, pero no será necesario. Necesito el ejercicio y el aire nocturno para despejarme y aclarar mis ideas.

—Comprendo. Ha sido una noche caótica.

—Lo que en este momento empaña mi cerebro no son los acontecimientos en el local de J. P. Fulton. Es usted, señorita Langley.

—¿Yo?

—Sí, usted. —Trent cruzó la habitación con grandes zancadas y se dirigió a la puerta—. Vendré a verla mañana para que podamos comentar nuestros planes en detalle, pero creo que lo primero que debemos hacer es consultar a mi hermano Harry.

—Me agradaría mucho acompañarlo cuando hable con él.

—Por supuesto.

Sykes aguardaba en el vestíbulo.

—¿Desea que llame un coche, señor?

—No, gracias, Sykes. Iré andando.

Sykes lo acompañó a la puerta principal. Calista los siguió, se detuvo en el umbral y observó a Trent descendiendo los peldaños de la escalinata.

—¿Está seguro de que no corre peligro al regresar a casa andando? —preguntó.

Trent se detuvo y la contempló.

—El asesino fracasó en su intento y además está herido. Dudo de que esta noche pueda hacerle daño a nadie. Y en cuanto a Kettering, si de verdad es quien está detrás de los acontecimientos de esta noche, le llevará tiempo urdir otro plan. No

144

resulta fácil encontrar individuos de talento confiable cuando se trata de cometer un asesinato.

—Una idea aleccionadora —dijo Calista.

Trent miró a Sykes.

—Comprobará las cerraduras de todas las puertas y ventanas, ¿verdad?

—Por supuesto, señor.

25

Trent remontó los peldaños de su casa y sacó la llave del bolsillo. La caminata le había aclarado las ideas, pero no del modo esperado, por cierto. No se le ocurrieron nuevas ideas relacionadas con la investigación, pero para cuando entró en su propio vestíbulo estaba seguro de algo: quería a Calista.

Además, el deseo que sentía por ella no se había disipado tras el enfrentamiento en la cámara de los ataúdes. Sus ansias solo habían aumentado, si cabe, y dejarla sola esa noche fue una de las cosas más difíciles que jamás había hecho.

«Está a salvo —pensó—, al menos por ahora. No está sola en la gran casa.»

Pero no podía olvidar que la perseguían, y la necesidad de protegerla era tan intensa que estuvo a punto de regresar. Entró en el oscuro vestíbulo confiando que Eudora estuviera profundamente dormida, pero entonces su hermana apareció en el extremo superior de la escalera, envuelta en su bata y Trent reprimió un quejido.

—¿Qué ha ocurrido, Trent? Hace horas que te espero, estaba muy preocupada. ¿Te encuentras bien? —Bajó unos peldaños y lo examinó más de cerca—. ¡Dios mío! ¿Sufriste un accidente con el coche?

—Ha sido un poco más complicado que eso, pero estoy bien.

—Gracias a Dios. Pero debes contármelo todo, de lo contrario no podré conciliar el sueño.

«No hay manera de esquivar sus preguntas —pensó—. Eudora merece una respuesta.»

—Ven a mi estudio y te lo explicaré.

Eudora estaba consternada y a la vez fascinada por el relato, así que cuando Trent finalmente logró meterse en la cama ya había pasado media hora más. Permaneció tendido mucho tiempo, con los brazos cruzados bajo la cabeza y contemplando las sombras.

No sería sencillo encontrar las pruebas necesarias para que arrestaran a un acaudalado caballero como Nestor Kettering por asesinato. Si realmente había contratado a alguien para que lo cometiera, como parecía bastante probable, puede que demostrarlo resultara imposible.

En cuanto a los desagradables obsequios que Calista había recibido, ella tenía razón: ninguna ley prohibía enviarle *memento mori* a una dama.

Trent recordó la única otra ocasión en la que se enfrentó a un problema similar. A veces las opciones de un hombre eran limitadas.

Por fin se durmió y con el sueño regresó la vieja pesadilla.

> *Oyó los gritos de Eudora resonando desde el laboratorio. Desesperado por llegar junto a ella trató de correr escalera arriba, pero estaba atrapado en una niebla oscura y la escalera formó una espiral que se alejaba hasta el infinito. Un pánico helado lo consumía: temía que llegaría demasiado tarde, al igual que había llegado demasiado tarde la última vez...*

Despertó bañado en un sudor frío. Cumpliendo con la vieja costumbre se incorporó en el borde de la cama respirando profundamente durante unos momentos. Los fragmentos de la pesadilla se disolvieron entre las sombras, pero sabía que no lograría volver a conciliar el sueño.

Después de unos minutos se puso de pie y se envolvió en su bata. Pronto debía entregar otro capítulo de *El asunto de la novia desaparecida*, así que lo mejor sería que se pusiese a trabajar.

Bajó la escalera, entró en su estudio, se sentó ante el escritorio y se dispuso a coger una hoja de papel y una pluma. Pero el libro de ventas de la señora Fulton se interponía y en vez de coger el papel abrió el libro. Las páginas estaban llenas de transacciones prolijamente apuntadas que se remontaban a tres años atrás.

Tal como le dijo a Andrew, el dinero siempre dejaba un rastro claro.

Lo que más lo inquietaba era el motivo. Cometer un asesinato siempre suponía cierto riesgo. Además, un hombre —incluso un loco— necesitaba un motivo para atravesar la frontera entre una conducta civilizada y la violencia. Según Harry, en el caso de algunas mentes retorcidas lo que impulsaba al asesino era la excitación causada por el asunto. No obstante, incluso eso suponía una especie de motivo.

Otros actuaban por la codicia, la pasión o el deseo de venganza. Eso último le resultaba muy conocido; se llevó la mano a la mandíbula donde la piel tensa estaba cubierta de cicatrices. Cuando se dio cuenta de lo que hacía, bajó la mano.

Si Nestor Kettering había contratado a un asesino para que matara a la señora Fulton con el fin de asegurarse su silencio, quizá se debía a que tenía algo más concluyente que ocultar que la compra de algunos artículos *memento mori*.

26

—¿Dices que Nestor Kettering adquirió los mismos artículos *memento mori*, las campanillas y los ataúdes en cuatro ocasiones a lo largo del último año? —preguntó Harry.

—Sí, según el libro de ventas de la señora Fulton —contestó Trent—. La pauta nunca variaba. Primero compraba el lacrimatorio, después el anillo y luego la campanilla del ataúd. Lo único diferente eran las iniciales grabadas en los artículos. Finalmente, compraba un ataúd, pero cada vez este era enviado a un director de funeraria distinto.

—Las pautas y las repeticiones siempre son muy interesantes en situaciones como esta —dijo Harry—. Indican un carácter obsesivo.

Todos estaban reunidos en el estudio confortablemente abarrotado de Harry. Trent había contado con que Calista lo acompañaría; la noche anterior ella había dejado claras sus intenciones y tenía todo el derecho de estar allí, pero durante el desayuno Eudora lo sorprendió insistiendo que ella también quería asistir a la reunión.

Parecía tan decidida —incluso entusiasmada— ante la perspectiva de verse involucrada en el caso que no pudo negarle su deseo. De hecho, dudaba de que hubiera podido impedir que participara en la reunión.

Debía admitir que ver a Eudora tan excitada por algo que no fuera la jardinería y sus novelas era muy positivo y se le ocurrió que tal vez ella opinara lo mismo con respecto a él. «Hace años que ambos nos arrastramos mutuamente hacia abajo», pensó.

Se quitó la idea de la cabeza y observó a Harry tomando asiento al otro lado del escritorio.

Él había heredado los ojos azules de su madre y la fascinación de su padre por la ciencia, sobre todo la química. Sus intereses lo llevaron a convertirse en médico, pero aún conservaba un laboratorio bien equipado. Destilaba y elaboraba sus propios remedios empleando plantas y hierbas cultivadas en el invernadero de Eudora. Afirmaba que uno no podía confiar en la calidad de los productos comprados en las tiendas de los boticarios.

Harry se acomodó las gafas de leer en la nariz y contempló las páginas del libro de ventas que habían sido marcadas.

—Al parecer, las campanillas de los ataúdes son bastante caras —comentó en tono irónico—. Sobre todo, teniendo en cuenta que no existe constancia de que semejante artilugio haya sido utilizado exitosamente.

—¿Ah, sí? —preguntó Calista.

Estaba de pie cerca de un estante repleto de pesados volúmenes que versaban sobre temas de anatomía, cirugía y la nueva ciencia de la psicología, sumamente controvertida.

—Estoy seguro de que si alguna vez una campanilla hubiera sido utilizada con éxito, ello habría supuesto una gran sensación en la prensa. —Harry pasó a la siguiente página del libro—. Sin embargo, quienes se dedican al negocio de cavar tumbas te dirán que hubo algunas falsas alarmas.

—¿Qué quieres decir? —preguntó Eudora.

—El problema es que el proceso natural de descomposición genera la hinchazón de los tejidos e incluso pequeños movimientos del cuerpo que, a su vez, pueden hacer sonar la campanilla —dijo Harry.

Eudora hizo una mueca.

—Algo en lo cual pensar cuando pasas junto a un cementerio.

—Según los registros de la señora Fulton en el transcurso de los últimos meses, Kettering compró un lacrimatorio, un anillo de marcasita y cristal y la campanilla con las iniciales de Calista grabadas —dijo Trent—. Pero todavía no ha comprado el ataúd.

—Interesante —dijo Harry como si fuera un médico escuchando a un paciente que describe sus síntomas.

—Tal como acabo de decir, la pauta de las compras se ha repetido cuatro veces en el último año, incluidos los artículos que recibió Calista. En las tres últimas instancias, todos los artículos fueron enviados a N. Kettering, al número cinco de Lark Street. Pero no sucedió lo mismo en el caso de las primeras compras.

Harry entrecerró los ojos.

—¿Los primeros artículos fueron enviados directamente a las víctimas? —preguntó.

Con el rabillo del ojo, Trent vio que Calista apretaba los labios al oír la palabra «víctimas».

—Así parece —contestó—. Las notas de la señora Fulton indican que fueron enviados a la señorita Elizabeth Dunsforth, domiciliada en Milton Lane.

—Eso te proporciona un punto de partida. —Harry se inclinó hacia atrás en la silla—. Es indudable que resultaría instructivo hablar con algunas de las otras personas que recibieron los *memento mori* y la campanilla.

—Pero ¿por qué habría de cambiar la pauta? —preguntó Calista—. ¿Por qué los primeros *memento mori* fueron enviados directamente al destinatario y los demás directamente a la dirección de Kettering?

—No puedo asegurarlo, desde luego —dijo Harry—, pero supongo que en el caso de la primera serie de obsequios Kettering aún era un novato, todavía estaba descubriendo cómo deseaba atormentar a sus víctimas. A medida que su obsesión iba en aumento, puede que empezar por hacerse con los *memento mori* antes de enviárselos a las mujeres le haya resultado más satisfactorio y permitido saborearlo.

—Una idea inquietante —susurró Eudora.

—También puede que no confiara en que la señora Fulton mandara los objetos a la persona correcta —prosiguió Harry.

—O que no quería que supiera adónde los enviaba —añadió Trent.

—Sí, pero creo que es más probable que Kettering disfrutara entregándolos él mismo.

—Trent y yo iremos a casa de la señorita Dunsforth ahora mismo —dijo Calista—. ¿Hay algo más que usted pueda deducir a partir de la pauta de los obsequios?

—Me temo que no, señorita Langley. —Harry se quitó las gafas y se frotó la nariz—. El estudio de la conducta humana aún es una ciencia muy nueva. Ignoramos bastante al respecto... quizá no lograremos averiguar mucho, pero dado el modo en que este hombre la atormenta estoy convencido de que se ha fijado en usted de una manera peligrosamente obsesiva.

—Es como si me estuviera rondando.

Harry le lanzó una mirada sombría.

—Si no me equivoco, sería más preciso decir que le está dando caza, la está acechando como a un ciervo en el bosque.

—Antes de matarlo —añadió Calista.

—No está sola —la animó Eudora y le apoyó una mano en el hombro.

Calista le dedicó una sonrisa trémula.

—Hay una diferencia muy importante —observó Trent—. En el caso del ciervo, el cazador se esfuerza por ocultarse de su presa antes de atacar, pero en este caso Kettering parece estar jugando a un juego muy cruel.

—Estoy de acuerdo —afirmó Harry, mirándolo—. Debes tenerlo en cuenta antes de que se acerque aún más a la señorita Langley.

—¿De verdad crees que su intención es asesinarla? —preguntó Eudora.

Harry no despegó la vista de su hermano.

—Ha trastocado su modo de actuar, su pauta. Es imposible saber cómo ello lo afectará. Si estás en lo cierto, anoche Kettering encargó el asesinato de la señora Fulton; debemos suponer que estará dispuesto a enviar a su asesino tras otra víctima.

Calista tomó aire y espiró lentamente.

—Preferiría que dejara de utilizar la palabra «víctima», doctor Hastings.

—Mis disculpas, señorita Langley, pero me temo que la única otra palabra que se me ocurre es «presa». Él se considera el cazador.

—En ese caso, supongo que dirigirse a la policía con esta información resultaría bastante inútil —dijo Calista.

Harry apretó los labios.

—Exacto, a menos que Trent encuentre el modo de identificar al hombre que asesinó a la propietaria del establecimiento de J. P. Fulton.

—Me reuniré con el inspector Wynn en Scotland Yard, pero dudo de que pueda hacer gran cosa antes de que Kettering haga su próxima jugada. Mientras tanto usted no debe salir sola, Calista.

Ella lo contempló con mirada sombría. «Todo su mundo está patas arriba por el cabrón que la acosa», pensó Trent. Tuvo que ejercer una considerable fuerza de voluntad para reprimir su cólera y también otro sentimiento: el temor. Percibía que el asesino rondaba a Calista, se acercaba a ella, y la idea de que estuviera sola e indefensa le carcomía las entrañas.

—Comprendo —dijo ella en voz baja—, pero no puedo vivir indefinidamente sometida a esas restricciones. Debo ocuparme de mi negocio, debe de haber algo que podamos hacer.

Harry indicó el libro de ventas de la señora Fulton con sus gafas.

—Me parece bien que su próximo paso consista en entrevistar a la señorita Elizabeth Dunsforth de Milton Lane. A lo mejor puede ofrecerle cierta información sobre el estado mental de Nestor Kettering y quizás alguna pista sobre la identidad de su asesino a sueldo.

—Suponiendo que ella aún esté viva —dijo Eudora.

—Y suponiendo que Kettering realmente contrató a un asesino y que el ataque de anoche no procedía de una dirección totalmente distinta —manifestó Trent—. Esto es más complicado de lo que parece.

Harry negó con la cabeza.

—No nos enfrentamos a una serie de circunstancias al azar, debe de existir una relación.

—Estoy de acuerdo —confirmó Trent.

Solo podía confiar en que estuvieran en lo cierto.

Rebecca Hastings apareció en el umbral. Era una joven atractiva de mirada inteligente; sus parientes inmediatos eran muy escasos, pero había creado un hogar cálido y acogedor para Harry y su pequeño hijo. Además, se había convertido en la asistenta de Harry cuando él visitaba pacientes en su consulta; a menudo Harry afirmaba orgullosamente que ella tenía una gran aptitud para la medicina.

—Lamento interrumpir, pero acaba de llegar un muchacho con un mensaje —dijo, mirando a Harry—. El hijo de la señora Jenkins tiene fiebre. Confía que puedas ir a verlo hoy.

Harry se puso de pie.

—Me pondré en marcha —resolvió, rodeó el escritorio, cogió su abrigo colgado de un gancho y un gran maletín negro—. Mantenedme informado sobre la situación que involucra a Nestor Kettering, por favor. Y tenga cuidado, señorita Langley. He de decirle que creo que existen motivos para que se preocupe.

Harry desapareció en el vestíbulo. Rebecca miró a Trent, Calista y Eudora.

—¿Se quedarán a tomar una taza de té?

—Me temo que no será posible —contestó Trent, y recogió el libro de ventas—. Calista y yo debemos ponernos en marcha a Milton Lane para ver qué nos puede decir Elizabeth Dunsforth.

—Primero me acompañarán a casa —añadió Eudora.

—Comprendo. —Rebecca contempló a Calista con expresión pensativa—. ¿Tal vez en otro momento, señorita Langley?

—Eso me agradaría mucho —dijo Calista—. El señor Hastings me ha dicho que a menudo usted ayuda a su marido en la consulta. Suena fascinante.

—Sí. —Rebecca sonrió—. Esa tarea me causa una gran satisfacción. Antaño soñé con ser médico, pero usted sabe que eso es casi imposible para una mujer.

Eudora soltó un suave gruñido, indicando su desagrado.

—Ninguna de las principales facultades de medicina aceptan candidatos femeninos.

—Es verdad, pero he aprendido mucho trabajando junto a mi marido. Creo que le resulto útil.

Trent sonrió.

—Lo que Harry dice es que usted es indispensable. Ahora debe disculparnos.

Rebecca les lanzó una sonrisa amable pero elocuente a las otras dos.

—A estas horas el tráfico es bastante intenso. Tal vez a Calista y Eudora les agradaría aprovechar la oportunidad para refrescarse antes de ponerse en marcha.

Las otras dos parecían estar a punto de rechazar el ofrecimiento, pero luego ambas intercambiaron una mirada indescifrable y Calista sonrió a Rebecca.

—Gracias —dijo.

—Una idea excelente —añadió Eudora.

Rebecca parecía satisfecha.

—La señora Bascombe les indicará el camino.

La corpulenta ama de llaves apareció en el vestíbulo y, lanzándole una última mirada de curiosidad a Rebecca, Calista y Eudora se dejaron acompañar.

—¿Acaso se me está escapando algo? —preguntó Trent.

Rebecca hizo caso omiso de sus palabras, bajó la voz y lo miró con expresión decidida.

—¿Qué está ocurriendo, Trent? Hoy la noticia del asesinato de la propietaria de la tienda de artículos de luto aparece en todos los periódicos. No los menciona a usted ni a la señorita Langley, pero sé que usted casi muere asesinado y oí decir a Harry que la situación es peligrosa. Sería mejor llamar a la policía, ¿no?

—La policía está investigando la muerte de la señora Fulton. Puede que logren arrestar al asesino, pero incluso en ese caso aún hay otro problema: demostrar que Nestor Kettering lo contrató.

—Temo que la situación los supere a todos ustedes.

Trent sentía un gran aprecio por Rebecca pero a veces le resultaba muy irritante. Parecía estar rodeado de mujeres dispuestas a decir lo que pensaban y manifestar sus opiniones. «Por desgracia prefiero la compañía de esa clase de mujeres», pensó. Eran tanto más interesantes que las de otra clase...

—Si se le ocurre una manera mejor de enfocar el problema al que nos enfrentamos, Rebecca, confío que me lo hará saber.

—Entretanto usted piensa continuar con sus averiguaciones relacionadas con este peligroso asunto.

—Ahora no puedo ignorarlo.

—No, supongo que no. —Rebecca le lanzó una mirada elocuente—. La pregunta es la siguiente: ¿cómo llegó a verse involucrado en este asunto?

—Debe echarle la culpa a Eudora. Insistió en convertirse en una de las clientas de la señorita Langley.

—Ah. —Rebecca parecía complacida—. He de felicitarla, ya es hora que emerja de la cueva del mártir.

—No podría estar más de acuerdo con usted.

—Usted y yo siempre hemos estado de acuerdo al respecto. Harry y Eudora lo adoran, Trent, pero ninguno de los dos es capaz de desprenderse del sentimiento de culpa.

—Soy consciente de ello, pero ¿qué diablos puedo hacer? Les he dicho innumerables veces que ellos no son culpables de lo ocurrido en el laboratorio.

—En una situación como esta las palabras resultan inútiles. Debe pasar a la acción si quiere ayudar a sus hermanos a hallar cierta tranquilidad espiritual frente a los eventos del pasado. Solo puedo repetir el consejo que ya le he dado en numerosas ocasiones: enamórese, cásese y forme su propia familia. Es lo único que hará que Harry y Eudora se liberen de la culpa.

—Usted hace que parezca muy sencillo.

—Es cualquier cosa menos sencillo. Es un gran desafío y siempre supone cierto riesgo, pero sospecho que usted ya ha iniciado el proceso.

—¿De qué diablos está hablando?

—Cuando contempla a la señorita Langley su mirada es bastante elocuente.

—Maldita sea, Rebecca...

Se detuvo porque no sabía cómo acabar la oración de una manera coherente.

Entonces se oyeron pasos en la escalera: Calista y Eudora regresaban al vestíbulo.

—Márchese —dijo Rebecca—. Disfrute de su aventura con la señorita Langley, creo que será exactamente lo que necesita, pero no se haga matar, por el amor de Dios. Si eso sucediera significaría que Harry y Eudora perderían cualquier esperanza de dejar atrás el pasado. De hecho, es probable que Eudora volviese a echarse la culpa porque fue ella quien le presentó a la señorita Langley.

«Cualquier comentario sobra», pensó Trent, porque era verdad.

—Jamás le perdonaré si me deja sola para arreglármelas con sus hermanos bajo semejantes circunstancias —lo advirtió Rebecca.

—Tendré presente su amenaza.

27

Calista estaba sentada en el borde del asiento del coche de punto. Era la única forma en que podía acomodar el pequeño polisón y los pliegues de su elegante traje de paseo. Envidiaba a Trent, pues su atavío masculino le permitía repantigarse cómodamente en un rincón con una pierna estirada mientras observaba el ajetreo callejero con aire pensativo.

—Mantiene una relación muy estrecha con sus hermanos —dijo Calista.

Él la miró con un esbozo de sonrisa.

—Sí, a mi pesar.

«Deberíamos comentar lo que nos dijo Harry y planear cómo abordar a la señorita Elizabeth Dunsforth», pensó. Pero su creciente curiosidad sobre Trent y su familia la superó.

—No lo dice en serio —afirmó en tono suave—. He visto que los aprecia mucho a todos, incluso a su cuñada. —Hizo una pausa, no estaba segura de hasta qué punto debía inmiscuirse en la vida privada de Trent, pero dado todo lo que habían pasado juntos consideró que quizá podía permitirse una cierta intimidad—. Corríjame si me equivoco, pero tengo la sensación de que Eudora y Harry lo ven casi como una figura paternal.

—Le ruego que no me lo recuerde: hace que me sienta bastante viejo.

—Tonterías, usted está en la flor de la vida, pero ciertamente es algunos años mayor que Harry y Eudora, y es evidente que ellos lo consideran el cabeza de familia.

—Es muy probable, porque tras la muerte de nuestra madre y la de su segundo marido fue en eso en lo que me convertí. —Su rostro se endureció—. Tardíamente, debo añadir.

—¿Cuándo murió su madre?

Trent guardó silencio durante unos momentos. Ella tuvo la impresión de que él no respondería a la pregunta y comenzó a lamentar haberla hecho cuando Trent la sorprendió.

—Mi madre fue asesinada —dijo por fin—. Por su segundo marido.

Lo dijo en tono sereno, como si fuera una declaración de hecho y no una revelación pasmosa.

—¡Dios mío! —Durante unos instantes estuvo tan conmocionada que no logró pronunciar palabra—. ¿Es a eso que se refiere cuando dice que su padrastro está muerto? ¿Fue ahorcado por asesinato?

—No lo ahorcaron. —Trent le lanzó una mirada gélida—. Yo ya me había marchado de casa para cuando Bristow se instaló en nuestro hogar, pero puedo asegurarle que jamás fue un padre para Harry y Eudora, nunca, bajo ningún aspecto. Era una serpiente venenosa que de algún modo se las arregló para parecer encantador mientras convencía a mi madre de que se casara con él.

—Lo siento —susurró Calista.

No se le ocurrió otra cosa que decir.

—Bristow le dijo a todo el mundo que mi madre se había quitado la vida, que se ahogó adrede en el estanque de nuestra casa de campo. Pero Eudora y Harry jamás creyeron que fuera verdad, ni siquiera un instante. Bristow se casó con ella por su dinero y seis meses después de la boda mi madre estaba muerta.

—¿Cuántos años tenía usted?

—Veintidós. Lo dicho: en aquel entonces estaba ausente, viajaba a través de Estados Unidos. Había estado alejado del hogar durante casi un año; estaba empeñado en ver mundo, sobre todo el salvaje Oeste. Todo parecía tan excitante, tan apasionante... Justo la clase de aventura que ansía correr un joven. —El tono amargo de sus palabras le dijo que Trent se culpaba a sí mismo por no haber salvado a su madre.

»Tras recibir el telegrama que me informaba de la muerte de mi madre procuré regresar a casa lo antes posible —prosiguió—. Eudora y Harry estaban solos, únicamente acompañados por algunos miembros del personal que aún permanecían allí. Varios se habían despedido porque Bristow los aterraba, pero cuando llegué él también se había marchado.

—¿Adónde fue?

—Partió a Londres el día después de que rescataran el cuerpo de mi madre del estanque; no se molestó en asistir al funeral. Cuando por fin llegué a casa, Eudora y Harry todavía estaban conmocionados y también muy asustados. Me contaron sus sospechas y los criados que aún estaban allí también me dijeron que estaban convencidos de que mi madre había sido asesinada, pero no había testigos ni pruebas.

—Supongo que Bristow se hizo con la herencia de su madre, ¿verdad?

—Sí, con gran parte de ella, aunque mi madre había tenido la precaución de reservar algo para cada uno de sus hijos. Bristow era un jugador empedernido y el dinero se acabó muy pronto, pero al menos pareció conformarse con permanecer en Londres y dejarnos en paz. El único bien que Bristow no podía tocar era la casa de campo, porque mi abuelo me la había dejado a mí.

—Así que usted no perdió su hogar.

—En teoría estaba a salvo, pero sabía que no podíamos confiar en Bristow: mientras estuviera vivo supondría un peligro.

—¿Y entonces empezó a escribir sus novelas de misterio?

—¿Cómo lo sabe? —preguntó Trent con el ceño fruncido.

—Dada su situación parece lógico que buscara una salida

para sus... —Pero se detuvo antes de pronunciar la palabra «pasiones»—. Una salida para sus talentos y energías.

—Durante un tiempo vivimos de un dinero que me había dejado mi abuelo, pero sabía que no duraría para siempre, así que empecé a escribir. Escribir cuentos siempre se me dio bien y mis viajes por el extranjero me habían brindado una serie de ideas para el personaje que se convirtió en Clive Stone.

—Pero se sentía atrapado en el campo, ¿verdad? No había otra manera de cuidar de su hermana y su hermano, y no osaba marcharse por temor a que Bristow pudiera regresar.

—Usted me comprende muy bien, Calista.

—Quizá se deba a que sé lo que es sentirse responsable de un hermano menor.

—Uno hace lo que debe hacer, desde luego. —Trent volvió a mirar por la ventanilla—. Unos meses después de la muerte de mi madre vendí los primeros capítulos de una novela protagonizada por Clive Stone a un periódico que la publicó por entregas. Una vez que la historia acabó, publicaron todos los capítulos en forma de libro, que se vendió muy bien. El *Flying Intelligencer* me hizo una excelente oferta por los derechos de publicar mi siguiente novela por capítulos y descubrí que había iniciado una carrera profesional.

Calista recordó la trama de la primera novela protagonizada por Clive Stone: *Clive Stone y el asunto de la cita a medianoche*. Trataba de un villano que se había casado con una mujer por su fortuna y después la asesinó. Al final el villano acababa mal, tal como siempre acababan los villanos en las novelas de Clive Stone. En aquel caso en particular, el asesino había atacado a Clive Stone en un puente y, durante la lucha subsiguiente, el criminal cayó y se ahogó en las turbulentas aguas del río.

—¿Dijo que Bristow murió? —preguntó.

—Sí. —Se produjo una pausa prolongada—. Pocos meses después de la muerte de mi madre.

—Ya veo. —Calista notó que pisaba un terreno peligroso

y escogió sus palabras con sumo cuidado—. Ello debe de haber supuesto un alivio para todos ustedes.

—No lo negaré, si bien Bristow acabó con todo el dinero que le robó a mi madre antes de abandonar el plano terrenal —dijo Trent en un tono tan férreo y definitivo que ella supo que eso era todo lo que averiguaría de la historia, al menos de momento.

28

Resultó que Milton Lane se encontraba en un barrio de prósperas residencias de la ciudad. El coche de punto se detuvo ante el número catorce, Calista y Trent remontaron los peldaños y Trent golpeó la aldaba un par de veces.

—No hemos pensado qué haremos si la señorita Dunsforth no se encuentra aquí o se niega a recibirnos —comentó Calista.

—Si todo lo demás falla, tendremos que confiar que quienquiera que esté en casa sea un aficionado de Clive Stone.

—¿Acaso ese enfoque le ha resultado útil en el pasado?

—Solo lo he empleado al hacer averiguaciones relacionadas con mi investigación, pero sí: he descubierto que, en su mayoría, las personas son bastante generosas con su tiempo cuando se trata de comentar los ámbitos de su competencia con un autor.

—¿Es así como Clive Stone aprendió a usar una ganzúa?

—Entre otras cosas.

Un ama de llaves abrió la puerta.

—Hemos de comentar un asunto muy importante con la señorita Elizabeth Dunsforth —dijo Calista—. Confiamos que tenga la amabilidad de recibirnos durante unos minutos.

El ama de llaves parpadeó.

—No comprendo. En esta dirección no vive ninguna señorita Dunsforth.

Un escalofrío recorrió la espalda de Calista. A su lado, Trent se puso tenso.

—Eso es muy extraño —dijo—. Estamos muy seguros de la dirección. ¿Le ha ocurrido algo a la señorita Dunsforth?

—No lo sé. Hace poco que ocupo este puesto.

—¿La dueña de la casa se encuentra aquí, por casualidad? —preguntó Calista—. Es muy importante que hablemos con alguien que pueda proporcionarnos la nueva dirección de la señorita Dunsforth.

El ama de llaves titubeó.

—Comprobaré si la señora Abington puede recibir visitas. Es muy temprano.

Trent extrajo una tarjeta del bolsillo.

—Puede informarle que el señor Trent Hastings le agradecería que le dedicara unos minutos de su tiempo. Se trata de ciertas investigaciones que estoy realizando para una nueva novela protagonizada por Clive Stone.

El ama de llaves se quedó boquiabierta.

—¿Es usted el autor de las series de Clive Stone? ¡Qué emocionante! He leído todos sus libros al menos dos veces, mi patrona es muy amable y me deja sus ejemplares después de haberlos leído. He pasado muchas veladas muy agradables leyendo una novela de Clive Stone.

—Gracias, ¿señora...? —Trent se interrumpió.

—Señora Button —dijo el ama de llaves, ruborizándose.

—Gracias, señora Button. Me alegro de que disfrute con mis historias. Bien, si no le importase preguntarle a su patrona si tendría la bondad de recibirnos...

—Sí, señor, ahora mismo, señor.

La señora Button cerró la puerta y Calista oyó el eco de sus pasos apresurados.

—Eso ha funcionado bastante bien —dijo.

—Suele hacerlo —comentó Trent en tono sombrío.

La puerta solo tardó dos minutos en volver a abrirse y la señora Button le sonrió a Trent.

—La señora Abington está en casa y estará encantada de recibirlo, señor.

—Gracias.

Casi haciendo caso omiso de Calista, el ama de llaves los condujo a una sala de estar muy bien amueblada. Una mujer elegantemente vestida estaba sentada en un sofá tapizado de terciopelo rojo oscuro. Le lanzó una mirada pasajera a Calista y una cordial sonrisa a Trent.

—Señor Hastings —dijo—. Este es un placer inesperado. Tome asiento, por favor.

—Gracias. Esta es la señorita Langley.

La señora Abington contempló a Calista con desinterés.

—¿Señorita Langtree?

—Langley —aclaró Calista.

—Sí, por supuesto —aceptó la señora Abington en tono distraído y se volvió hacia Trent con otra sonrisa gentil—. Debo decirle que soy una gran aficionada de sus novelas, señor. De hecho, toda mi familia disfruta leyéndolas, por las noches las leemos en voz alta. Tome asiento, se lo ruego.

Trent le alcanzó una silla a Calista y después él también se sentó.

—Me alegra que mis historias proporcionen cierto placer —dijo.

—Sí, desde luego, pero debo reconocer que siento gran curiosidad: ¿qué lo trae por aquí, señor?

—Investigaciones, señora.

—¿Investigaciones? Estaría encantada de ayudarle, pero no puedo imaginar cómo.

—La señorita Langley y yo estamos investigando la desaparición de una tal señorita Elizabeth Dunsforth.

—Comprendo. —La señora Abington miró a Calista con el ceño fruncido y luego volvió a dirigirse a Trent—. ¡Qué extraño! ¿Por qué quieren hacer eso?

—Estamos tomando apuntes sobre los diversos pasos necesarios para localizar a una persona desaparecida —explicó

Trent—. El procedimiento me intriga y pienso utilizarlo en la trama de mi próximo libro.

—Comprendo —repitió la señora Abington—. Supongo que eso explica la presencia de la señorita Langtree. Es su secretaria.

—Langley —la corrigió Calista.

Nadie le prestó atención.

—Algo por el estilo —dijo Trent, procurando no mirar a Calista.

—¿Cómo demonios rastreó a la señorita Dunsforth hasta esta dirección? —preguntó la señora Abington.

—Descubrimos que unos *memento mori* le fueron enviados a esta dirección —respondió Trent—. Un lacrimatorio, un anillo de marcasita y una campana diseñada para un ataúd de seguridad.

—Oh, sí, recuerdo esas cosas. No comprendíamos por qué alguien se los enviaría a la señorita Dunsforth. Casi no tenía familia, tal vez un par de primos, pero nunca la visitaban y la señorita Dunsforth no estaba enferma, al menos no en ese momento. Parecía muy sana y supusimos que todo se trataba de un desafortunado error.

—¿Entonces la señorita Dunsforth residió en esta dirección en algún momento? —inquirió Calista con voz tensa.

—Sí. Ocupaba el puesto de institutriz; era bastante eficiente, en realidad. Lamenté tener que despedirla.

—¿Por qué la despidió? —quiso saber Trent.

—Tras la llegada del segundo *memento mori* entró en declive, tenía los nervios destrozados. Estaba convencida de que alguien la observaba y le seguía los pasos; al final empezó a delirar, así que ya no quería que estuviera en contacto con los niños, desde luego, no en ese estado mental tan desequilibrado, y volví a enviarla a la agencia. No tengo ni idea de dónde está ahora.

—¿Le importaría darnos el nombre de la agencia? —pidió Trent.

—Claro que no, era la agencia Grant, situada en Tanner Street.

Durante unos segundos Calista dejó de respirar, casi superada por una sensación sobrecogedora, y un viejo dicho se le pasó por la cabeza: «Es como si alguien pisara mi tumba.»

—¿Está completamente segura de que contrató a la señorita Dunsforth a través de la agencia Grant, señora Abington?

—Por supuesto que lo estoy —contestó, volvió a dirigir su atención a Trent y habló en voz baja y en tono cómplice—. Que quede entre nosotros, señor Hastings, pero sospecho que me habría visto obligada a despedir a la señorita Dunsforth, incluso si no se hubiese vuelto loca.

—¿Por qué lo dice? —preguntó Trent.

—No puedo afirmarlo con certeza, pero creo que unas semanas antes de la llegada del lacrimatorio y los demás objetos, la señorita Dunsforth se veía con un caballero.

Calista casi no podía respirar; no osó mirar a Trent, pero notó cuán tenso estaba.

—¿Qué le hace pensar eso? —volvió a preguntar Trent.

—Durante un tiempo su estado de ánimo cambió —dijo la señora Abington—. De pronto, parecía más dichosa y más despreocupada, al menos al principio.

—Dada la naturaleza de un puesto de institutriz sería muy difícil mantener cualquier clase de relación ilícita —destacó Calista.

—Me considero una patrona generosa y comprensiva —señaló la señora Abington en tono duro—. La señorita Dunsforth libraba una tarde y una noche cada semana y tres horas los domingos, para que pudiera asistir a misa. Supuse que aprovechaba su tiempo libre para visitar librerías y museos y tal vez hacer algunas compras. Pero en las semanas anteriores a la llegada de los *memento mori* empezó a regresar muy tarde de sus noches libres. Parecía excitada y le confieso que me causó cierta alarma.

—¿Por qué no la despidió en aquel momento? —preguntó Calista—. La mayoría de los patrones lo hubieran hecho. En general, las institutrices no tienen permiso para mantener relaciones románticas.

—Seré absolutamente sincera: no tenía ganas de tomarme la molestia de contratar a otra institutriz. —La señora Abington suspiró—. Temo que mis hijos son bastante revoltosos, ya han acabado con tres institutrices. En todo caso, creí que la relación había llegado a su fin una tarde, cuando volvió muy deprimida.

—¿Sabe por qué lo estaba? —quiso saber Calista.

—Supongo que el caballero había puesto fin a la relación, desde luego. Siempre lo hacen, antes o después. Los hombres no tienen inconveniente en seducir a una pobre institutriz, pero todo el mundo sabe que semejantes relaciones siempre acaban mal.

—¿Cuánto tiempo después llegó el lacrimatorio? —preguntó Trent.

—Menos de una semana. Ella aún estaba malhumorada y deprimida, pero todavía no había comenzado a perder los nervios. Sin embargo, la llegada del lacrimatorio la alarmó mucho. Verá: llevaba sus iniciales grabadas y eso supuso el principio de su declive.

—¿Tiene alguna idea de la identidad del hombre con el que se encontraba en su tiempo libre? —inquirió Calista.

—No, solo puedo imaginar que era uno de esos hombres que se aprovechan de las mujeres que se enfrentan solas a la vida. —La señora Abington le sonrió a Trent—. ¿Le he sido de alguna ayuda en su investigación, señor?

—Su ayuda ha sido inestimable, señora Abington.

Ella se dirigió a Calista.

—Supongo que querrá tomar nota de ello, señorita Langtree. Mi nombre completo es Beatrice Abington.

—Tomo nota —contestó Calista.

Trent logró impresionarla cuando se las arregló para que ambos escaparan de la casa antes de que sirvieran el té y se apresuró a montar en el coche de punto. Trent le dio la dirección de la agencia Grant al cochero, subió al coche y se sentó frente a Calista.

—Lamento el malentendido sobre el papel que usted juega en mi vida —dijo.

—No tengo inconveniente en interpretar el papel de su secretaria. La señora Abington podría haber hecho otra suposición acerca del lugar que ocupo, uno que hubiera sido mucho menos respetable.

El comentario pareció irritar a Trent, pero no dijo nada y esta vez cambió de tema.

—¿Qué fue lo que la sorprendió del nombre de la agencia Grant?

—Lo notó, ¿verdad? Estoy segura de que no tiene importancia, solo es una coincidencia.

—¿Cuál?

—Durante el año pasado tuve dos clientas que trabajaban para la agencia Grant. Pude presentarles dos hombres muy adecuados. Ahora ambas mujeres están casadas y viven en el campo. No veo cómo podrían guardar alguna relación con este asunto.

—No suelo apostar por las coincidencias en mis historias.

29

La secretaria los hizo pasar al despacho de la propietaria de la agencia.

—Ha venido a verla el señor Hastings, el autor, señora Grant. —La secretaria hizo una pausa—. Y su asistenta, la señorita Langley.

La señora Grant ignoró a Calista y le lanzó una amplia sonrisa a Trent.

—Le ruego que tome asiento, señor. He leído todas sus novelas, ¡son tan emocionantes...! —dijo y despidió a la secretaria con un gesto—. Gracias, señorita Shipley, puede retirarse.

—Sí, señora Grant.

La señorita Shipley tenía unos treinta años, pero cierta rigidez en su actitud le evocó la imagen de una directora de un internado de señoritas a Calista. Era indudable que en otra época había sido atractiva, incluso bonita, pero su vida había arruinado toda la felicidad que podría haberle sido deparada. No obstante, había hecho un intento por estar a la moda: un enorme moño —sin duda un postizo— le coronaba la cabeza. Estaba fijado con numerosas, largas y ornamentadas horquillas.

Antes de abandonar el despacho le lanzó una mirada de desaprobación a Calista. «Dentro de unos años se parecerá a la abuela», pensó Calista.

La puerta se cerró firmemente detrás de la señorita Shipley.

La señora Grant tenía algunos años más que su secretaria, pero su aspecto y su temperamento eran muy diferentes. Era regordeta y de personalidad efervescente, de esas que no se dejan aplastar así, sin más.

—Conocerlo es un gran placer, señor Hastings —dijo, volviendo a sonreír—. Me han dicho que desea información sobre una de nuestras institutrices. ¿Qué edad tienen los niños?

—¿Los niños? —exclamó Calista, frunciendo el ceño.

—La edad es importante —aclaró la señora Grant en tono enérgico—. Todas mis institutrices están altamente cualificadas, pero he descubierto que a algunas se les da mejor instruir a niños muy pequeños. Otras destacan enseñando a niños mayores. —Entonces volvió a dirigirse a Trent—. ¿Qué edad tienen sus pequeños, señor?

—Pues en realidad quisiéramos entrevistar a la señorita Elizabeth Dunsforth —manifestó Calista—. Una amiga la recomendó.

—¿La señorita Dunsforth? —La señora Grant estaba visiblemente desconcertada—. No comprendo.

—¿Ya no mantiene relación con esta agencia? —preguntó Trent.

—No es eso. Vaya, veo que usted ignora lo que le sucedió a la señorita Dunsforth.

—Sí —indicó Calista y notó que aferraba su bolso con ambas manos—. ¿Qué le pasó?

—La pobre mujer sufrió una crisis nerviosa total, presenciarlo fue horroroso. Estaba convencida de que un hombre la seguía a todas partes, observándola e irrumpiendo en su alojamiento cuando ella estaba ausente y que le enviaba obsequios inapropiados. Todo era muy penoso, era una excelente institutriz, pero al final ya no me sentía cómoda y dejé de enviarla a entrevistas con posibles clientes. Tuve que despedirla y murió antes de una semana, por desgracia.

—¿Asesinada? —preguntó Trent en tono sereno.

—¿Qué? —La idea pareció horrorizar a la señora Grant—. ¡No, Dios mío! Creo que el director de la funeraria mencionó una infección de la garganta. Desconozco las circunstancias precisas de su muerte, pero estoy segura de que si hubiese sido asesinada la noticia habría aparecido en todos los periódicos: ya sabe lo que pasa cuando una joven respetable se convierte en la víctima de un crimen atroz.

—Sí, por supuesto —dijo Calista—. Las revistas sensacionalistas y la prensa amarilla siempre publican un montón de sórdidas especulaciones acerca de su vida personal.

—De hecho, puedo asegurarle que la muerte de la señorita Dunsforth fue un asunto tranquilo y completamente respetable. Asistí al entierro, consideré que era lo menos que podía hacer por ella.

—¿Había muchas personas presentes en el entierro? —inquirió Trent.

—No, lamentablemente. Solo yo. —La señora Grant hizo una pausa—. Pero debe de haber tenido al menos un familiar al que le importaban las apariencias.

—¿Por qué lo dice?

—Porque el director de la funeraria me dijo en confianza que el caballero que trasladó el cuerpo y pagó por el entierro era un primo remoto. Aunque no estaba presente junto a la tumba, he de decir que la enterró de manera muy correcta y formal. El ataúd era uno de esos caros y modernos, de los que incluyen una campanilla fijada a una cadena para que la difunta pueda pedir auxilio desde el interior... suponiendo que de repente resucitara.

—Un ataúd caro —señaló Calista.

—Sí, así es. —La señora Grant soltó un profundo suspiro—. Ha sido un año difícil para mi empresa, he de confesar.

—¿Por qué? —preguntó Calista.

Trent la miró, sorprendido por la pregunta. Pero el interés de ella era genuino porque al fin y al cabo los negocios le preocupaban. Calista sentía curiosidad por las otras empresas que dirigían mujeres. Casi siempre había algo que aprender.

—Uno siempre cuenta con perder algunas institutrices a lo largo del tiempo, desde luego —dijo la señora Grant—. Por desgracia, las jóvenes y atractivas se dejan seducir con demasiada frecuencia, si no por el dueño de la casa o el hijo mayor, entonces por algún cruel caballero que se aprovecha de su ingenuidad.

«En otras palabras, las mujeres son violadas y abandonadas», pensó Calista. Las institutrices ocupaban un puesto muy solitario en un hogar, no se mezclaban con los criados pero al mismo tiempo no formaban parte de la familia. Ese estatus intermedio las volvía muy vulnerables.

—¿Qué acaba por ocurrirles?

Trent le lanzó una breve mirada de advertencia y, haciendo un esfuerzo, Calista logró controlar su enfado.

—Me temo que esas pobres mujeres suelen terminar en la calle —indicó la señora Grant—. Tal como le he dicho, siempre se produce cierta renovación, pero en su mayoría mis institutrices están muy sanas.

—¿Sanas? —exclamó Calista, sorprendida.

—Evito contratar a las que no parecen robustas. No hay demanda, ¿comprende? Los padres no quieren que institutrices enfermizas entren en contacto con sus hijos.

—Sí, comprendo.

—Pero durante el año pasado dos de mis institutrices murieron... y ambas parecían mujeres jóvenes y sanas.

Calista casi no podía respirar.

—¿Y ambas también sufrían de los nervios, por casualidad?

La señora Grant frunció el entrecejo.

—Ahora que lo menciona, recuerdo que la señorita Forsyth parecía bastante angustiada poco antes de morir. La señorita Townsend se despidió unos días antes de enfermar. Ambas parecían un tanto deprimidas. ¿Por qué lo pregunta?

—Forma parte de mi investigación —dijo Trent—. Para mi próximo libro: *El asunto de la institutriz desaparecida.*

—Ah, sí, claro, comprendo —afirmó la señora Grant, asintiendo con aire solemne—. Comprobaré si mi secretaria recuerda algo en particular sobre las otras dos institutrices.

Se inclinó hacia atrás y tiró de un cordón colgado de la pared; en algún lugar de la otra habitación sonó una campanilla. Luego la puerta se abrió y la señorita Shipley se asomó.

—¿Sí, señora Grant?

—Con respecto a la señorita Forsyth y la señorita Townsend, ¿recuerda si alguna de las dos sufría de los nervios?

—No tengo idea, señora Grant. Pero no es la clase de asuntos que se comentan con una secretaria, ¿verdad?

«No, si uno espera conservar su puesto», pensó Calista. Elizabeth Dunsforth cometió el error de informar a su patrona de su angustia cada vez mayor y ello le costó su puesto en el hogar de los Abington.

—Eso es todo. Gracias.

—Sí, señora Grant.

La puerta volvió a cerrarse.

—Lo siento, señor Hastings —señaló la señora Grant con una sonrisa alegre—. Temo que no puedo serle de ayuda en ese tema en particular.

—Por casualidad, ¿sabe de qué murieron las otras dos? —preguntó Trent.

—Creo que todas sufrían de una infección en la garganta. Debe de haber una especie de epidemia.

Calista apenas lograba respirar.

—¿Asistió a los otros dos entierros?

—Sí, así es. Me pareció que era lo mínimo que podía hacer. Todas eran mujeres que estaban solas en el mundo. Habían sido excelentes institutrices. Y tan jóvenes...

—¿Alguien pagó por los entierros de la señorita Forsyth y la señorita Townsend? —inquirió Trent.

La señora Grant sonrió.

—Sí, alguien se encargó de ello y además añadiría que de una manera muy respetable. Aunque según mi opinión es bastante lamentable que al final la familia hiciera acto de presencia, si bien nunca se molestaron en ayudar a ninguna de esas jóvenes mientras estaban vivas. Las tres estaban muy desesperadas y solas cuando solicitaron un puesto en mi agencia.

—¿El mismo director de funeraria se encargó de todos los entierros?

La señora Grant reflexionó unos instantes y luego negó con la cabeza.

—No. Cada uno estaba a cargo de una funeraria diferente.

—Y los ataúdes —insistió Trent—, ¿eran todos caros?

—Oh, sí, y muy modernos. Todos disponían de una campanilla de seguridad, pero por desgracia ninguna de las tres institutrices la hizo sonar.

30

El día se había vuelto templado, así que Trent sugirió que regresaran andando hasta Cranleigh Square. «Sería un paseo muy grato si las circunstancias fueran otras», pensó Calista. Pero una conversación sobre asesinatos tendía a estropear incluso un día muy bonito.

—Una infección de la garganta. —Calista se estremeció pese a la temperatura agradable—. El amante de Elizabeth Dunsforth la asesinó y quizá también a las otras dos institutrices de la agencia Grant, y después tuvo el descaro de comprarles costosos ataúdes. Es como un animal de rapiña dando caza a las institutrices. Resulta difícil de creer que la noticia no causara sensación en la prensa.

—Ahora también le está dando caza a usted.

La mirada de Trent era gélida.

—Eso parece.

—Usted no es institutriz.

—¿Y eso qué significa? —preguntó ella, mirándolo.

—No lo sé. Es otro elemento de nuestra historia, uno que aún no encaja del todo. En cuanto a la falta de difusión en la prensa, la explicación es sencilla: es probable que el asesino le pagara al director de la funeraria para que ocultara la causa de la muerte. Es una práctica habitual. A menos que obtengamos permiso para exhumar el cadáver será imposible demostrar que las mujeres fueron asesinadas.

Ella aferró el bolso con más fuerza.

—Nestor Kettering está loco. Y pensar que antaño me pidió que me casara con él... Debemos detenerlo.

—Necesitamos pruebas, algo, lo que sea, que podamos llevarle a la policía. El inspector Wynn es un buen policía, actuará si podemos proporcionarle alguna evidencia de que Kettering contrató a un asesino profesional.

—No dejo de pensar en lo que ha dicho la señora Abington sobre la convicción de Elizabeth Dunsforth: que alguien la estaba siguiendo. La pobre no deliraba porque, de hecho, alguien la estaba observando.

—Lo que me parece interesante es la sospecha de la señora Abington: que tal vez Elizabeth Dunsforth pudo haber mantenido una relación ilícita antes de sufrir una crisis nerviosa.

—Para Nestor supone un juego atroz, ¿verdad? Seduce a mujeres solteras y solitarias, después las asusta y al final las hace asesinar.

—Eso parece —dijo Trent.

En el parque un niño estaba jugando con una cometa; su institutriz estaba sentada en un banco cercano, vigilando al niño al tiempo que hojeaba un libro. Calista contempló el fragmento de papel rojo flotando en lo alto, por encima de las copas de los árboles. El niño rio y la institutriz alzó la vista y se unió a su risa.

Calista quiso advertir a la mujer de que podría estar en peligro, pero sabía que si intentaba hablarle de locos y de asesinatos, la institutriz creería que ella estaba mal de la cabeza y quizá supusiera un peligro para el niño a su cargo.

—¿Qué está pensando? —preguntó Trent.

—En lo curiosamente vulnerables que son las institutrices. A menudo están solas con esos niños a los que instruyen y cuidan. Están aisladas de otros adultos; para un hombre sería muy fácil acercarse a esa joven institutriz sentada en aquel banco, por ejemplo.

—Las institutrices ocupan una posición curiosa en un hogar, no forman parte de la servidumbre y tampoco de la familia. Tiene razón: desde muchos puntos de vista están aisladas y solas.

—Y se sienten solitarias, sin duda —dijo Calista—. Debe de haber algo que podamos hacer.

—Wynn todavía no puede entrar en acción, pero hay otras personas con profundos conocimientos acerca del submundo criminal —manifestó Trent—. Puede que logre convencer a una en particular de que nos ayude.

—¿A quién?

Trent esbozó una ligera sonrisa.

—Un delincuente, por supuesto. ¿Qué otra cosa podría ser? Le dije que durante el transcurso de mis investigaciones para mis novelas he conocido a unas cuantas personas interesantes.

—Eudora mencionó que no todos sus conocidos eran de esa clase de personas que uno podía invitar a tomar el té.

—Me temo que Jonathan Pell es esa clase de persona.

Ella no sabía si sentirse intrigada o espantada; finalmente llegó a la conclusión de que solo sentía una gran curiosidad.

—¿A cuántos delincuentes conoce?

—Solo a una minoría privilegiada, lo prometo. Pues da la casualidad que a Pell no le agradaría que lo consideraran un delincuente común. A su modo, es un miembro de alto rango de su particular clase social.

—Ah, es un profesional del crimen. —Las cosas se volvían cada vez más interesantes—. ¿Cómo demonios lo conoció?

—Jonathan Pell es un aficionado de mis novelas.

—Desde luego —dijo ella con una sonrisa—. Me gustaría conocer al señor Pell.

—Usted, señorita Langley, no se acercará a Jonathan Pell.

—Pero...

—Yo estaré pidiéndole un favor y eso significa que debo entrar en su mundo. No es un mundo que usted puede pisar.

—Le recuerdo que anoche estaba con usted cuando casi nos asesinan a ambos. Creo que tengo algo más que una relación pasajera con el mundo delictivo.

—No cabe duda de que el hombre que nos atacó anoche era un villano asesino, pero respecto del mundo que habita... eso sigue siendo un interrogante.

—¿Cuánto más peligroso podría ser el señor Pell?

—Lo que me preocupa no es el peligro, es el efecto que una visita a los establecimientos de Pell tendría sobre su reputación. Sus empresas ofrecen servicios a hombres de todas las condiciones sociales, incluidos los que habitan el así llamado mundo respetable; alguien podría reconocerla o cuestionar los motivos de su visita y eso resultaría desastroso. El señor Pell ni siquiera permite que su esposa y sus hijos pisen sus establecimientos.

—Ya veo. —Ella reflexionó un momento—. ¿Qué clase de negocios dirige?

—Pell comenzó siendo un huérfano callejero; rara vez comenta esa parte de su vida. Hoy es propietario de una serie de teatros de variedades, tabernas y casas de juego.

—Me temo que esa es la clase de establecimiento que Andrew ha estado visitando últimamente.

—Usted se preocupa por su hermano, yo, por su reputación. Confío que comprenda mi inquietud.

Ella optó por no seguir discutiendo. Trent tenía razón: de hecho, su agencia la obligaba a andar con pies de plomo y ahora se veía envuelta en un escandaloso asesinato potencialmente devastador. No podía arriesgarse a entrar en la guarida de un profesional del crimen; quizá resultaba reprobable que lamentase no poder hacerlo. Su abuela se hubiera escandalizado.

—¿Qué es exactamente lo que pretende que le diga el señor Pell?

—Espero que pueda decirme algo acerca del asesino que anoche trató de matarnos.

—¿Cree que conocerá a un asesino en particular en un mundo habitado por numerosos asesinos?

—Los asesinos confiables que trabajan por encargo, tal como sospechamos que este lo está haciendo, no son tan numerosos como uno pensaría —dijo Trent—. Si el hombre que nos atacó proviene del hampa, creo que Pell sabrá quién es. Y si sobrevivió al golpe en la cabeza es indudable que estos días llevará un vendaje. Se destacará entre el grupo de los delincuentes profesionales.

—Comprendo.

—¿Qué opinión le merecen los huéspedes? —preguntó Trent.

—¿Los huéspedes? —repitió Calista, sorprendida ante el cambio de tema.

—Mi hermana y yo mismo. ¿Le importaría que nos instaláramos en su casa hasta que hayamos resuelto este problema con Nestor Kettering?

—No quiere que esté sola, ¿verdad?

—Ni un instante.

31

Despertó envuelto en las oscuras alas de una pesadilla y con un tremendo dolor de cabeza.

Volvió a preguntarse si debió haber matado al médico, pero le habían advertido que evitara llamar la atención. Deshacerse de un cadáver siempre resultaba problemático y requería planificación y una energía considerable. Él no estaba en condiciones de emprender semejante tarea; la herida en la cabeza lo había debilitado y necesitaba tiempo para recuperarse.

Se levantó del catre y se vistió en la fría habitación. El dolor de cabeza entorpecía sus movimientos. Contempló la pequeña botella apoyada en el suelo junto al catre. No quería nublar su mente con el remedio que el médico le había dado.

En su cabeza las voces murmuraron que podía tomar el remedio sin peligro.

Titubeó un momento más y después, de mala gana, destapó la botella y bebió unos sorbos del contenido.

Al cabo de poco tiempo, el dolor se redujo ligeramente. Cuando estuvo seguro de que no perdería el equilibrio bajó lentamente a la primera planta, donde se obligó a comer un poco de pan y queso, y luego preparó un té cargado.

Una vez ingeridos los escasos alimentos entró en la desamueblada sala y se sentó ante el altar con las piernas cruzadas, encendió la vela blanca y contempló su fracaso. La herida

181

en la cabeza cicatrizaría pero la sufrida en su honor era profunda.

Contempló la fotografía colgada de la pared por encima del altar. Las voces en su cabeza murmuraron que no olvidara que debía cumplir una misión.

—No volveré a fallar —juró.

Se dirigía a las voces, pero no despegó la vista de la mujer de la fotografía.

Era un caballero. Su juramento era su garantía.

Lavaría la mancha del fracaso y de la deshonra que había caído sobre él. Y después cumpliría con su misión.

—Hasta que la muerte nos separe —le dijo a la mujer de la fotografía.

32

—¿Esta noche visitará a un profesional del crimen? —Andrew hizo una pausa con el tenedor en la mano, visiblemente fascinado—. ¿Por qué? ¿Cómo lo conoció, maldita sea?

—Mide tus palabras, Andrew, tenemos huéspedes —dijo Calista, haciendo una mueca.

Aunque ella solía presidir las reuniones y los tés que aprovechaba para presentar a sus clientes, los invitados a cenar eran una novedad en Cranleigh Hall. Pese a los acontecimientos, descubrió que disfrutaba de la experiencia. «Quizá porque Trent ocupa la otra cabecera de la mesa», pensó.

Trent y Eudora habían llegado junto con su equipaje hacía unas horas; la señora Sykes estaba encantada de recibir huéspedes y ella y el señor Sykes habían dedicado la tarde a abrir dos habitaciones y prepararlas para recibir visitas. El señor Sykes se había encargado de servir una magnífica cena.

Andrew se sonrojó y dirigió la mirada a Eudora, sentada al otro lado de la mesa; ella aplicaba mantequilla a un panecillo, haciendo caso omiso de la expresión.

—Mis disculpas, señorita Hastings —murmuró.

—No tiene importancia. —Eudora le lanzó una sonrisa despreocupada—. Tengo dos hermanos y le aseguro que estoy acostumbrada a las palabrotas —dijo y comió un bocado de pan.

Aliviado, Andrew volvió a dirigirse a Trent.

—¿Y bien, señor?

—Es una historia complicada. Bastará con decir que Pell es un aficionado de mis novelas y de vez en cuando me ha ayudado en mis investigaciones.

—¿Qué preguntas le hará al señor Pell?

—Confío en que pueda identificar al hombre que anoche nos atacó a su hermana y a mí.

—Debería acompañarlo —declaró Andrew—. A buen seguro que pisará un barrio peligroso. ¿No cree que sería una buena idea que yo lo acompañara? La semana pasada compré un revólver.

Calista dejó caer el tenedor, que chocó contra el plato.

—¿Que has hecho qué? No me dijiste que habías comprado un arma.

—No quise preocuparte más de lo que ya estabas —contestó Andrew en voz baja.

Calista se dispuso a discutir, pero Trent la silenció con una mirada; luego se volvió a Andrew.

—Apreciaría su compañía —dijo—. Esta noche el señor Pell estará en su despacho y aunque sus hombres patrullan las calles cercanas para asegurar la seguridad de su clientela, es de sentido común tomar ciertas precauciones.

—Excelente —afirmó Andrew—. Llevaré mi revólver; aún no he tenido muchas oportunidades de practicar con él, pero supongo que la mayoría de los villanos escaparían al ver un arma.

—No le permitirán entrar con él en el despacho del señor Pell —indicó Trent—, pero quizá no sea mala idea disponer del arma durante el trayecto.

Calista no sabía qué hacer. Por una parte sentía instintivamente que debía prohibirle a Andrew correr semejante riesgo, pero al mismo tiempo era consciente de que ya no tenía autoridad sobre él, porque ya era un hombre. Y, además, parecía muy entusiasmado ante la perspectiva de correr una aventura en el submundo del hampa. «Al igual que yo, si pudiese acompañar a Trent. Y Trent estará con él y lo protegerá», se dijo.

Pero también estaba preocupada por Trent; por otra parte, resultaba lógico que ambos hombres estarían más a salvo juntos.

Cruzó una mirada con Eudora y se dio cuenta de que ambas estaban inquietas y entonces se le ocurrió que Eudora también se sentiría un poco más tranquila si Trent contaba con un compañero.

Trent tomó un bocado de patatas y fijó su atención en Andrew.

—Siento curiosidad por lo que ha logrado averiguar sobre Nestor Kettering.

—Temo que no mucho más de lo que ya sabíamos —dijo Andrew—. Después de abandonar Londres, Kettering se dedicó a perseguir a una heredera en el campo; logró hacerse invitar a unas cuantas partidas de caza celebradas en la finca durante los fines de semana. Durante una de dichas incursiones conoció a una joven dama llamada Anna Wilkins que, al parecer, era preciosa y bastante rica. Su padre estaba moribundo y ansioso por verla casada antes de abandonar este mundo.

—¿La boda se celebró hace un año? —preguntó Trent.

—Hace once meses, para ser precisos. La pareja se trasladó a Londres, donde Kettering inmediatamente se dedicó a disfrutar del dinero de su esposa. —Andrew pinchó un trozo de carne con el tenedor—. Lo dicho: ya sabía casi todo eso, pero no dejé de descubrir un par de datos interesantes cuando sonsaqué a una de las criadas: resulta que, en el testamento, su padre dejó a Anna el control de su herencia.

—Por lo cual puede estarle agradecida a las nuevas leyes sobre los bienes.

—Así es, pero el testamento de su padre tiene otro aspecto intrigante —continuó diciendo Andrew—. La criada con la que hablé mantiene una relación romántica con el cochero y este oyó una conversación entre Kettering y otro caballero.

Kettering se quejaba de sus circunstancias: al parecer, puede que el padre de Anna albergara ciertas dudas acerca del nuevo marido de su hija.

—¿Debido a qué? —preguntó Calista.

—Según la criada, el testamento del padre estipula que si Anna muere, el dinero irá a parar a unos parientes lejanos de Canadá, sea cual sea la causa de la muerte. Y lo mismo ocurriría si por cualquier motivo la encierran en un manicomio.

—Los dos métodos más populares para deshacerse de las personas que impiden atrapar una fortuna —comentó Eudora.

Trent estaba intrigado.

—Tienes razón, el padre debió de haber albergado serias dudas acerca de la seguridad de su hija. Trató de protegerla, asegurándose de que Kettering no obtendría ningún beneficio si le hacía daño a su mujer o la encerraba en un manicomio privado.

—Si estamos en lo cierto sobre Nestor, ese testamento es lo único que mantiene a Anna con vida —dijo Calista.

—Me pregunto si sabe que está viviendo con un loco —expresó Eudora.

—Tal vez no —contestó Andrew—. En todo caso, el personal parece ignorar que Kettering asesina institutrices; dudo de que permanecieran en la casa si supieran la verdad. Según la criada, Anna es una mujer muy solitaria, su marido rara vez está en casa y ella busca consuelo en las sesiones de espiritismo. Asiste a una sesión al menos una vez a la semana, a veces con mayor frecuencia.

Calista dejó el cuchillo en la mesa.

—Me pregunto con quién intenta contactar en el otro mundo.

—¿Acaso tiene importancia? —comentó Eudora—. Las sesiones de espiritismo son una farsa. Todas las médiums que afirman ser capaces de convocar los espíritus de los difuntos son unas impostoras.

33

Una hora después Trent y un muy excitado Andrew partieron en un coche de punto. Eudora y Calista los despidieron ante la puerta de entrada y cuando el coche desapareció entre la niebla, el señor Sykes cerró la puerta.

—¿Por qué no esperan en la biblioteca? —preguntó en tono suave—. Le diré a la señora Sykes que les sirva un té.

—Gracias —dijo Calista—. Será una noche larga.

—Lo importante es que ninguna de las dos estará sola esta noche —indicó el mayordomo.

—Así es, señor Sykes —afirmó Eudora.

Calista la condujo a la biblioteca. Un fuego acogedor ardía en la chimenea; la señora Sykes depositó la bandeja con el té en una mesa y sirvió dos tazas.

—No se preocupen por los caballeros. Estoy segura de que estarán bien. El señor Stone parece muy competente.

—Querrá decir el señor Hastings, ¿verdad, señora Sykes? —preguntó Calista con una sonrisa.

—Sí, claro —contestó el ama de llaves—. Resulta muy fácil confundirlos, ¿no? El señor Hastings parece tener mucho en común con su personaje —añadió, y cerró la puerta.

Calista miró a Eudora.

—Me siento fatal por arrastrarlos a usted y a su hermano en este asunto, pero he de confesar que les estoy muy agradecida a ambos.

Eudora sonrió.

—Al contrario: la que debe estar agradecida soy yo.

—¿Por poner en peligro a su hermano? Casi lo asesinan por mi culpa, Eudora.

—Soy consciente de ello. —La expresión de Eudora se volvió grave—. Y debo reconocer que ese aspecto de la situación es inquietante, pero resulta tan positivo ver a Trent demostrar interés y entusiasmo por otra cosa que no sean sus escritos...

—¿Y qué pasa con usted? Tengo la impresión de que siente cierto interés por Edward Tazewell.

Eudora se ruborizó.

—¿Es tan evidente?

—Usted hasta se enfrentó a su hermano cuando manifestó su desaprobación por mi agencia. Dejó claro que piensa seguir asistiendo a mis reuniones y supongo que el señor Tazewell era uno de los motivos por los cuales usted insistió en seguir siendo mi clienta.

—Las intenciones de Trent son buenas. Solo trataba de protegerme.

—Lo sé.

—A lo largo de los años hubo otros hombres que demostraron cierto interés por mí. Al menos tres de ellos solo querían mi dinero. No es ningún secreto que Trent ha utilizado los ingresos obtenidos a través de sus novelas para reconstruir la economía familiar. Ha sido muy hábil en sus inversiones en bienes inmuebles y siempre ha compartido sus ingresos con Harry y conmigo.

—Ya veo.

Eudora frunció la nariz.

—También he tenido otra clase de pretendientes. Usted se sorprendería ante la cifra de personas, tanto hombres como mujeres, que han entablado amistad conmigo para que convenza a Trent de que lea sus manuscritos y los recomiende a su editor.

—Vaya por Dios. —Calista rio y bebió un sorbo de té—. Comprendo que desconfíe de los pretendientes.

—Me temo que he sufrido algunas experiencias desagradables —dijo Eudora—. Pero el señor Tazewell es diferente. No necesita mi dinero: disfruta de unos excelentes ingresos propios.

—Jamás se lo habría presentado si creyera que tal vez fuese un cazafortunas.

Eudora sonrió.

—Además, no tiene el menor interés en escribir un libro. Prefiere inventar cosas. ¿Sabía que posee al menos cuatro patentes de diversos tipos de máquinas destinadas a realizar complejos cálculos matemáticos?

—No, no lo sabía.

—También está convencido de que el petróleo será el combustible del futuro. El carbón comienza a escasear, ¿comprende?

—Temo que no he reflexionado mucho al respecto. ¿Qué es exactamente lo que la intriga del señor Tazewell?

Durante un momento Eudora reflexionó sobre la pregunta.

—Me lo he preguntado muchas veces desde que lo conozco. La verdad es que no estoy segura. No es lo que la mayoría consideraría un conversador simpático. Cuando se interesa por un tema resulta difícil evitar que lo desmenuce hasta el más mínimo detalle.

—Supongo que se debe a que es ingeniero.

—No se siente cómodo en las situaciones sociales frívolas, por eso le agradan sus reuniones: porque siempre son instructivas. En ese sentido me recuerda un poco a Trent y a Harry. Por suerte o por desgracia ambos son hombres serios, tal vez en demasía.

—En todo caso no son superficiales.

—No, no lo son. —El entusiasmo encendió su voz—. Cuando se trata de asuntos serios los intereses del señor Tazewell son muy amplios. Le entusiasma la idea de investigar los últimos progresos de la ingeniería y la ciencia. Y sus opiniones sobre el tema de los derechos de las mujeres son muy modernas. Es un viudo con dos hijas jóvenes.

—Sí, lo sé —afirmó Calista, divertida.

Eudora se sonrojó.

—Sí, por supuesto. Da la casualidad que lo que más le preocupa es que sus dos niñitas reciban la misma educación que recibirían los niños. Apruebo esa idea, a lo mejor porque yo misma he recibido una educación bastante inusual... al menos era inusual para una niña.

—¿Ah, sí?

—Nuestros padres tenían opiniones muy modernas respecto de esos temas. Tras la muerte de papá, mi madre continuó instruyéndonos. Mi educación se detuvo cuando ella se casó con Bristow, ese hombre tan atroz. Todo cambió cuando él vino a vivir con nosotros. Y después mamá... murió.

Eudora se interrumpió y se puso de pie, se acercó a la chimenea y se quedó contemplando las llamas en silencio. Calista cruzó la biblioteca y se puso a su lado.

—Trent me dijo que cuando su madre murió él estaba ausente del hogar, viajando por Estados Unidos —aclaró—. También me contó que usted, Harry y los criados estaban convencidos de que Bristow la asesinó.

—¿Trent le dijo eso? —Eudora alzó la vista, sorprendida—. Eso es muy... interesante. Trent casi nunca habla de lo que le sucedió a mamá. Que yo sepa, nunca le ha contado nada a nadie que no fuese de la familia.

—Creo que llegó a la conclusión de que existen ciertas similitudes entre la situación en la que yo misma me encuentro y las circunstancias de la muerte de su madre —dijo Calista.

Eudora se aferró a la repisa de la chimenea.

—Hay algo cierto en ello: en ambos casos no hay pruebas que pudiéramos llevarle a la policía, al menos ninguna que quizá proporcionara un motivo de detención.

—Lo siento mucho, Eudora.

—Ese cabrón de Bristow solía pegarle a mamá.

Calista no sabía qué decir y se limitó a apoyar una mano en el hombro de Eudora.

—Harry trató de intervenir, pero Bristow lo golpeó también a él. Después de eso mamá intentó ocultarnos los moratones. Trent nunca supo nada acerca de las palizas porque mamá no las mencionaba en sus cartas. Creo que sabía que él podría hacer algo violento, algo que provocaría su arresto o su muerte, si supiera lo que estaba ocurriendo en casa.

Calista consideró lo que sabía sobre la personalidad de Trent.

—Su madre tenía muchos motivos para inquietarse.

Eudora no despegó la mirada de las llamas.

—Resulta tan fácil que un hombre le haga daño a su mujer o incluso que la mate y salga impune... Uno solo puede preguntarse cuántas veces ocurre, pero casi nunca leemos algo al respecto en la prensa.

Calista creyó saber la respuesta a cierta pregunta.

—¿Es ese el auténtico motivo por el que usted nunca se casó? —preguntó en voz baja—. ¿Porque teme verse atrapada en un matrimonio, como su madre?

—Su matrimonio con Bristow duró menos de seis meses, pero era muy aterrador. Mi madre insistía en que me encerrara en mi habitación todas las noches cuando él estaba en casa. Por suerte pasaba casi todo su tiempo en Londres, derrochando el dinero de mamá.

—Un hombre realmente horrible.

—El matrimonio supone un riesgo tremendo para las mujeres, ¿verdad?

—Sí.

Eudora le lanzó una sonrisa, arrepentida.

—Sí, incluso conociendo los riesgos, a veces la idea de tener una familia propia, un buen marido e hijos a quienes amar, puede ser muy... irresistible.

—Creo que en el fondo la mayoría de las personas decentes desean amar y ser amadas —dijo Calista.

—Así que a veces corremos ese riesgo.

—A mí no me corresponde decirlo, Eudora, pero estoy muy segura de que sus hermanos la protegerían si usted se encontrara atrapada en un matrimonio atroz.

—¿Cree que no lo sé? —Eudora le dio la espalda a la chimenea y cogió la taza de té. Trató de beber un sorbo pero sus dedos temblaban, así que se apresuró a dejar la taza en el platillo.

—En cierta ocasión Trent arriesgó su vida por salvarme. Y en cuanto a Harry, haría lo mismo si creyera que estoy en peligro.

—Pero usted no deja de temer el matrimonio.

—No es el matrimonio lo que temo, Calista. Usted lo ha dicho: tengo dos hermanos que me protegen, pero no puedo abandonar a Trent. Como sabe, él perdió a su verdadero amor por mi culpa. No me libraré de esa carga hasta que él encuentre a alguien.

—No comprendo por qué usted se culpa de lo ocurrido —manifestó Calista.

—Las cicatrices. Bristow amenazó con arrojarme ácido a la cara, ¿sabe?

—¡Dios mío!

—Hubo una espantosa escena en el laboratorio de Harry y al final quien recibió el ácido en el rostro fue Trent. Después Althea ya no pudo soportar mirarlo a la cara.

—¿Qué pasó con Bristow? —preguntó Calista.

—Huyó ese mismo día, regresó a Londres. Una vez que las heridas empezaron a cicatrizar, Trent lo siguió. Harry y yo estábamos aterrados: temíamos que Trent matara a Bristow y que lo ahorcarían por asesinato. Pero al final ese canalla murió de unas fiebres.

—Me alegro mucho de que ya no forme parte de su vida.

—Nadie derramó lágrimas por él, se lo aseguro.

—Usted se da cuenta de que Trent no quiere que usted cargue con la culpa de lo ocurrido, ¿verdad?

—Claro que sí —dijo Eudora—, pero eso no cambia lo que siento.

«No hay nada más que decir sobre el tema», pensó Calista. La culpa ejercía una tiranía terrible. Echó un vistazo al reloj: sería una noche muy larga.

Después de un momento se volvió y miró los archivadores apoyados contra una pared.

—El otro día usted mencionó que resultaría útil disponer de alguna clase de sistema que facilitara la tarea de emparejar a personas de intereses similares —expuso.

Eudora pegó un pequeño respingo, como si se desprendiera de sus lúgubres ideas y dirigió la mirada a los archivos.

—Sí, una manera de hacer una remisión entre intereses y, quizás, entre ciertas características de las personalidades de sus clientes. Creo que semejante sistema le resultará bastante práctico. Yo tengo uno parecido que me sirve para hacer un seguimiento de las plantas que cultivo en mi invernadero. Lo uso para una serie de propósitos.

—Me parece que estamos destinadas a pasar una velada muy larga juntas e inquietas. Sugiero que hagamos un buen uso del tiempo. Le estaría muy agradecida si, en su puesto como mi nueva asistenta, me diera algunas instrucciones prácticas acerca de cómo poner en marcha un sistema de archivado como el que usted describió. Al hacerlo, puede que seamos capaces de descubrir algo en los archivos de los clientes que guarde relación con Nestor Kettering.

Eudora adoptó un aire profesional.

—No tengo inconveniente en echarle un vistazo a su sistema actual y ver qué modificaciones podríamos hacer.

34

—¡Hastings, siempre es un placer encontrarse con usted! —Jonathan Pell se levantó de la silla y rodeó el escritorio para saludar a sus visitas—. Disfruto mucho con su última novela publicada en el *Flying Intelligencer*, dicho sea de paso. Lo de incluir a Wilhelmina Preston, ese misterioso personaje femenino, supone un giro muy astuto. Supongo que resultará ser la villana, ¿no?

Andrew siguió a Trent y pasó junto a los dos fornidos guardias apostados a ambos lados de la puerta como un par de grandes estatuas, y se detuvo en el despacho del profesional del crimen.

—Sabe que jamás comento las tramas de mis novelas, Jon —dijo Trent—, pero me alegro de que disfrute con *La novia desaparecida*. Gracias por recibirnos sin previo aviso.

—Usted siempre es bienvenido aquí, bien que lo sabe. —Jonathan le lanzó una mirada interrogativa a Andrew—. Confío en que me presentará a su nuevo socio.

—Desde luego —indicó Trent—. El señor Langley. Andrew, este es el señor Jonathan Pell.

—Señor —saludó Andrew e inclinó la cabeza con gesto cortés.

No estaba muy seguro del protocolo social que regía en una situación tan poco usual, pero a juzgar por la actitud de Trent, al parecer el código de conducta en el despacho de un profesional del crimen era el mismo que regiría en un club de caballeros o en una sala de estar.

—Tomen asiento —dijo Jonathan, indicando las dos sillas situadas ante el escritorio.

Andrew se sentó y miró en torno, procurando disimular su curiosidad. Si no fuese por los guardias apostados junto a la puerta y los sonidos apagados de las voces de los borrachos cantando en el salón de baile adjunto, la habitación podría haber sido el estudio privado de un acaudalado y respetable caballero.

Al igual que su despacho, Jonathan Pell no encajaba con la imagen que la prensa adjudicaba a un profesional del crimen. Pell era un hombre alto y delgado que parecía tener unos cuarenta y tantos años; unas patillas elegantes enmarcaban sus rasgos angulosos, vestía un traje caro, una almidonada camisa blanca y una corbata, todo a la última moda. El único indicio de los orígenes de Pell era un ligero deje del lenguaje callejero al hablar.

Pero lo que le resultó más sorprendente a Andrew fueron los estantes llenos de libros. La serie de novelas protagonizadas por Clive Stone ocupaba media librería, pero la otra mitad albergaba una amplia variedad de novelas, por ejemplo: *El extraño caso del doctor Jekyll y el señor Hyde*, de Stevenson; *La piedra lunar*, de Wilkie Collins; *La vuelta al mundo en ochenta días* y *Veinte mil leguas de viaje submarino*, de Julio Verne. Las dos últimas estaban en el francés original, otra sorpresa.

Además de las obras de ficción había diversas revistas dedicadas a la ciencia y los inventos. *El origen de las especies*, de Darwin, ocupaba un lugar preponderante.

A Andrew se le ocurrió que tal vez Pell se consideraba un ejemplo humano y una prueba palpable de las teorías de Darwin: un hombre criado en la dura vida callejera que había sido lo bastante fuerte como para sobrevivir y construir un imperio.

Era evidente que Trent y Pell se trataban como iguales; entre ambos existía una desacostumbrada armonía. Aunque provenían de mundos muy distintos, de algún modo Trent se había granjeado el respeto de Pell; el sentimiento era mutuo. Andrew se preguntó qué habría ocurrido para establecer semejante vínculo; dudaba de que guardara relación con las novelas de detectives de Trent.

Tanto Pell como su despacho le resultaban vagamente familiares y Andrew tardó unos momentos en darse cuenta de que lo conocía a través de una de las relaciones de Clive Stone en el mundo del hampa: Bartholomew Drake, un profesional del crimen que jugaba al ajedrez con Stone y le proporcionaba información sobre el submundo delictivo.

—Acabo de descorchar una nueva botella de brandy —dijo Jonathan, recogiendo un elegante botellón de cristal—. ¿Beberán una copa?

—Una copa de brandy parece una excelente idea —contestó Trent—. Esta noche la niebla es persistente y húmeda.

—Así me han dicho. —Pell sirvió tres copas—. En noches como estas procuro no salir. Mi médico me dice que la niebla no es buena para mis pulmones.

Trent contempló la cigarrera de oro apoyada en el escritorio.

—Mi médico me informa de que los cigarrillos también son malos para los pulmones.

Jonathan arqueó las cejas.

—Supongo que se refiere a su hermano. He oído esa teoría, no obstante mi médico insiste en que se trata de una tontería científica, pero es que él adora fumar en pipa, así que puede que las teorías médicas que entran en conflicto con sus propios placeres no le interesan.

Trent cogió la copa de brandy y asintió.

—Todos tenemos nuestros puntos débiles, ¿verdad?

—En efecto. —Jonathan tomó asiento al otro lado de su escritorio y se repantigó en la silla—. Bien, ¿a qué debo el honor de esta visita?

—El señor Langley y yo hemos acudido para pedirle su consejo profesional.

Jonathan parecía divertido.

—¿Acaso ambos piensan inaugurar un teatro de variedades o una casa de juegos?

—Puede estar seguro de que no tenemos la menor intención de competir con usted —dijo Trent.

—Me alivia oírlo. —Jonathan se inclinó hacia delante y plegó las manos—. Porque las empresas de mis competidores suelen quebrar.

—Soy consciente de ello —aclaró Trent—. Permítame que le explique nuestro problema: alguien ha estado amenazando a una dama que por casualidad es amiga mía.

—A mi hermana —se apresuró a decir Andrew.

Sea lo que sea que Jonathan esperaba oír, al parecer no era eso y frunció el ceño.

—He de reconocer que estoy un poco sorprendido.

—Anoche ese mismo individuo estuvo a punto de matarla —prosiguió Trent—. Aunque sospecho que la víctima debía ser yo. Creo que el hecho de que la hermana del señor Langley estuviera conmigo en ese momento solo se debió a la mala suerte. Sin embargo, me gustaría saber el nombre y la dirección del hombre que nos atacó.

Jonathan se inclinó hacia atrás en la silla y reflexionó unos instantes.

—¿Se trataba de un asaltante que intentó robarle?

—No —contestó Trent—. Se trataba de una trampa y la señorita y Langley y yo caímos en ella. El hombre que estoy buscando vestía como un caballero, pero manejaba un cuchillo de un modo que sugería que ha empleado semejante arma en otras ocasiones. Creemos que ha asesinado al menos a cuatro personas, todas ellas mujeres. Tal vez leyó algo sobre una de las víctimas en los periódicos de hoy: la señora Fulton, la propietaria de J. P. Fulton, Ataúdes y Artículos de Luto.

Jonathan entrecerró los ojos.

—Le cercenaron la garganta a esa mujer.

—Lo sé. La señorita Langley y yo descubrimos el cadáver.

—La prensa lo convirtió en una historia sensacionalista: «Cadáver hallado en un ataúd empapado de sangre», etcétera. ¿Me está diciendo que, en su mayoría, los datos son correctos?

—Sí, asombrosamente. Quienquiera que asesinó a Fulton también nos atacó a la señorita Langley y a mí, pero logramos detenerlo.

—Estoy impresionado. —Pell inclinó la cabeza y echó un vistazo al bastón de Trent—. Pero resulta que sé que usted maneja ese artilugio con gran destreza.

—Mi bastón resultó inútil —dijo Trent—. El alcance era demasiado corto. No obstante, logré herir a ese hijo de mala madre con un soporte de hierro de esos que se utilizan para exhibir coronas de laurel. Creo que la herida fue considerable y es muy probable que necesitara puntos. Como mínimo hoy llevará la cabeza vendada.

Pell bebió otro sorbo de brandy mientras reflexionaba sobre lo que acababan de informarle y Andrew comenzó a preguntarse si Trent había cometido un error al pedirle ayuda a un hombre tan peligroso, pero, para su sorpresa, Pell bajó la copa y una sonrisa breve y divertida le atravesó el rostro.

—¿De dónde demonios sacó el soporte de hierro?

—Estábamos en una cámara repleta de ataúdes y otros chismes fúnebres. Estaba a mano.

Pell meneó la cabeza.

—Usted nunca deja de asombrarme, Hastings. Uno solo puede preguntarse cuántos otros novelistas llegan a tales extremos con el único fin de realizar una investigación.

—Usted me dijo que uno de los motivos por los que disfruta leyendo mis libros se debe al esfuerzo que hago para que los detalles sean creíbles —expuso Trent.

—Es verdad. Muy bien: usted vino aquí para ver si yo podía indicarle quién es el asesino.

—¿Puedo suponer que anoche no estaba trabajando para usted?

La mirada de Pell se volvió fría.

—No estaba a mi servicio, ciertamente.

—Me alegra oírlo, desde luego. Aunque jamás pensé que usted contrataría a un personal tan escasamente confiable.

Una breve chispa divertida apareció y desapareció de la mirada de Pell.

—Me conoce muy bien, amigo mío —dijo.

—Pero me pregunto si el asesino podría haber estado trabajando para uno de sus competidores.

—Tal como le dije, mis competidores no suelen prosperar durante mucho tiempo. Sin embargo, tengo algunos colegas de negocios y es sabido que uno o dos de ellos han aceptado contratos que suponen la eliminación de un cierto individuo. Siempre está ese hombre de negocios perteneciente al así llamado mundo respetable dispuesto a pagar un buen dinero para encargarse de que un competidor sufra un oportuno accidente. Y después, están las esposas ansiosas por liberarse de un marido difícil y los maridos que desean desembarazarse de una esposa difícil. Esa clase de empleo siempre está disponible para quienes aceptan correr ciertos riesgos. Pero yo jamás me he dedicado a ello, prefiero emprender negocios menos peligrosos.

—Y Clive Stone admira su elección al respecto —explicó Trent—. Pero en cuanto a ese hombre que anoche trató de asesinarme a mí y a la señorita Langley...

—Haré averiguaciones —indicó Pell—. Es lo mínimo que puedo hacer para agradecerle todas las horas de placentera lectura que usted me ha proporcionado.

—Gracias —afirmó Trent—. Estaré agradecido por cualquier información útil.

—Por supuesto. —Pell dejó la copa en el escritorio—. Bien, tal como le he dicho, en general estoy disfrutando con la lectura de *El asunto de la novia desaparecida*, pero me parece que el primer capítulo es un poco lento, el caso no comenzaba con la rapidez habitual. El asesinato no acontecía hasta el segundo capítulo; creo que el problema es la mujer que ha incorporado a la historia.

—La señorita Wilhelmina Preston —dijo Trent.

—Exacto. No debe dedicar demasiado tiempo a insinuar que Clive Stone puede estar a punto de iniciar una relación romántica con ella. Retrasa la acción, ¿comprende?

35

Lo primero que oyeron las asistentes a la sesión de espiritismo fue el etéreo tintineo, apagado y lejano, un sonido trémulo en la penumbrosa habitación.

—Escuchen con atención —entonó la médium—. La música es tenue porque procede del Otro Mundo. Es una de las escasas maneras en las que los espíritus pueden comunicarse con nosotros.

La esperanza combinada con la desesperación aceleró el pulso de Anna Kettering: había presenciado tantas sesiones fracasadas... Hacía varios meses que asistía a sesiones dirigidas por diversas médiums, solo para sufrir una desilusión tras otra.

—Deben seguir cogiéndose de las manos —siguió diciendo la médium—. Si una de ustedes interrumpe el círculo de energía, la conexión se romperá.

Anna apretó la mano de las dos asistentes sentadas junto a ella. Nadie se movió, apenas osaban respirar; la mayoría había cerrado los ojos, deslumbradas por la luz brillante de la lámpara apoyada en el centro de la mesa, pero Anna mantuvo los ojos abiertos: si aparecía aquel con quien esperaba entrar en contacto, quería verlo.

Era casi medianoche, la hora en la que el velo entre el mundo normal y el Otro Mundo era más débil. Florence Tapp le había sido muy recomendada como una médium capaz de abrir un sendero al Otro Mundo.

—Percibo una presencia que intenta atravesar el velo —dijo Florence—. Creo... sí, estoy muy segura de que es un hombre.

Varios murmullos entusiastas surgieron en torno a la mesa.

—Sí, es un hombre, sin duda —aseguró Florence—. ¿Hay alguien en esta habitación que intenta entrar en contacto con un hijo amado o tal vez un hermano o un tío difunto?

—Sí —contestó la mujer sentada a un lado de Anna—. Puede que ese sea George, mi hermano mayor. Murió sin decirle a nadie dónde guardaba su testamento. ¿George? ¿Eres tú?

—No —negó Florence en tono firme—. No es George, creo que es un hombre mayor.

Otro murmullo surgió en torno a la mesa y entonces esta comenzó a levitar y se elevó unos centímetros del suelo.

—La mesa —susurró una de las asistentes con voz áspera—. Se está moviendo, realmente hay un espíritu en la habitación.

El tintineo aumentó de volumen y resonó de manera fantasmagórica en medio de la semioscuridad.

Entonces se oyeron golpes y los murmullos en torno a la mesa se volvieron más excitados. Anna sostuvo el aliento.

—No cabe duda de que es un hombre mayor —indicó Florence—. Creo que desea hablar con su esposa.

Las asistentes no reaccionaron.

—No, no con su esposa. Quizá con su hija.

—¿Papá? —susurró Anna que apenas osaba respirar—. ¿Eres tú, papá? Por favor, debes ayudarme.

36

Uno de los fornidos guardaespaldas le devolvió el revólver a Andrew, el muchacho siguió a Trent y abandonó el despacho de Pell. Se abrieron paso a través del ajetreado y humoso teatro de variedades. Las mesas estaban ocupadas por numerosos jóvenes de clase alta elegantemente vestidos que bebían junto a miembros de la clase obrera.

En el escenario, una cantante que llevaba un escotado vestido rojo entonaba una balada llena de connotaciones sexuales. El público se unió al coro. Solo tras echar un segundo vistazo resultaba obvio que la cantante era un hombre vestido de mujer.

En la calle la niebla se había vuelto más densa; Trent se subió el cuello del abrigo, Andrew lo imitó y ambos se dirigieron a la fila de coches de punto aguardando clientes.

—¿Se encuentra con muchos de esa clase? —preguntó Andrew.

Trent escogió el primer coche de punto y montó en él.

—¿De qué clase? —inquirió.

Andrew subió de un brinco y se sentó en el estrecho banco.

—Esa clase de lectores como el señor Pell, que se sienten obligados a decirle cómo escribir sus libros.

—Todo el mundo es un crítico —dijo Trent.

—Debe de ser bastante fastidioso.

—Uno se acostumbra a ello. —Trent reflexionó un momento—. Tal vez sería más preciso decir que uno aprende a soportarlo sin recurrir a la violencia, excepto en raras ocasiones. Cambiando de tema: se me ocurre que sería interesante averiguar lo que Kettering hace por las noches. ¿Conoce la dirección de su club?

—Está en Beacon Lane. ¿Por qué?

Trent llamó a la trampilla del techo del coche mediante el bastón. El cochero la abrió y se asomó.

—¿Sí, señor?

—Hemos cambiado de parecer —dijo Trent—. Deseamos ir a Beacon Lane.

—Sí, señor.

La trampilla se cerró y el coche avanzó en medio de la niebla.

Andrew comentó lo que había observado en el despacho de Jonathan Pell.

—Noté que usted no le dijo al señor Pell que se fuera al diablo con sus críticas.

—No soy imbécil. Ese hombre es un profesional del crimen, Andrew. Emplea a hombres armados de cuchillos y revólveres. Tiene derecho a albergar sus opiniones.

—Un buen argumento. ¿Cree que podrá ayudarnos?

—Si por casualidad el hombre que anoche nos atacó a Calista y a mí trabaja para uno de los socios de Pell, mañana dispondremos de un nombre.

—¿Y si ninguno de los socios de Pell lo emplea?

—Confíe en mí: Pell tendrá casi tantas ganas de identificarlo como nosotros. Sus socios también estarán empecinados en encontrar al villano.

—¿Por qué?

—Porque en el fondo los señores del hampa más exitosos son excelentes hombres de negocios —contestó Trent—. Y, como tales, siempre quieren acabar con la competencia que va por libre.

—Comprendo. —Andrew observó los coches de punto

que pasaban a su lado, solo para volver a desaparecer entre la niebla—. Tal como dice Clive Stone, el mundo criminal es un espejo oscuro del mundo respetable.

—No cabe duda de que hay predadores en ambas esferas. ¿Qué impresión le causó Pell?

—Es un hombre muy peligroso —contestó Andrew tras unos minutos de reflexión.

—¿Lo dice por sus guardaespaldas?

—Causan impresión, ciertamente, pero el señor Pell me parecería peligroso también sin ellos.

—¿Por qué?

—Si he de ser sincero, señor, me recuerda a usted.

Trent le lanzó una mirada dura, pero parecía ignorar cómo contestar a ese comentario.

—Superficialmente, parece un caballero acaudalado y respetable —continuó diciendo Andrew—, pero por debajo hay algo férreo y decidido.

—Tuvo que ser duro y decidido para sobrevivir y prosperar en su mundo.

—¿Le importaría decirme cómo lo conoció?

—En cierta ocasión le pedí consejo y ayuda —dijo Trent—. Él accedió e hicimos un trato.

Andrew estaba fascinado.

—¿Hizo un trato con el diablo?

—Hay diablos en el mundo y están en todos los niveles de la sociedad. No considero que Pell sea uno de ellos.

—¿Corrió el riesgo de abordarlo porque quería información y detalles sobre el hampa para incluirlos en sus novelas?

—No. En ese momento estaba buscando a un hombre que desapareció en las calles de Londres. Cuando comencé a hacer averiguaciones me dijeron que Pell podría ayudarme. También me advirtieron de que si recurría a la ayuda de Pell debía estar preparado para devolverle el favor algún día.

—¿Encontró al hombre que buscaba?

—Sí, con la ayuda de Pell.

—Y Pell, ¿alguna vez le exigió que le devolviera el favor?

—Limitémonos a decir que Pell considera que he saldado la deuda.

En medio de las sombras resultaba imposible estar seguro, pero Andrew tuvo la impresión de que Trent estaba divertido.

—¿Qué podría hacer un hombre de nuestro mundo por un profesional del crimen? —preguntó Andrew.

No esperaba recibir una respuesta, pero se sorprendió.

—El señor Pell gana mucho dinero —dijo Trent—. Da la casualidad que tiene dos hijas pequeñas y un hijo más pequeño aún. Su mayor deseo es que sus hijos no sigan el mismo camino que él.

—Ah —declaró Andrew—, quiere que pasen a formar parte del mundo respetable.

—Desde luego. No quiere que se vean manchados por el escándalo que supone ser los vástagos de un profesional del crimen.

—Comprendo, pero ¿cómo puede ayudarle a alcanzar su meta? Usted es escritor.

—Durante los últimos años Pell ha seguido un plan astuto. El primer paso consistió en convertir las fuentes de sus ingresos en inversiones legales, como el teatro de variedades, por ejemplo. Esa medida ya ha sido llevada a cabo.

—Los teatros de variedades son legales, pero no completamente respetables.

—Es verdad, pero eso solo fue el paso inicial. Con el tiempo, piensa retirarse por completo, desaparecer y reinventarse como un miembro de la muy respetable aristocracia rural. Si todo sale según sus planes, pronto desaparecerá silenciosamente del hampa y de Londres, y él y su familia establecerán su hogar en alguna pintoresca aldea rural.

Andrew rio.

—Su intención es ocultarse a plena vista en la sociedad respetable, donde a nadie se le ocurrirá buscarlo. Es una idea brillante, pero ¿y usted cómo está involucrado en ese plan?

—Da la casualidad que tengo bastante talento cuando se trata de realizar inversiones especulativas en propiedades inmuebles.

—¡Por todos los diablos! Usted invierte el dinero de Pell.

—Poseo los contactos en el mundo respetable necesarios para acceder a inversiones potencialmente provechosas. Ese es el trato que hice con Pell al principio de nuestra relación. Ha funcionado muy bien para ambos.

—Puede ser, pero usted no se limita a devolverle un favor: me he dado cuenta de que ambos son amigos.

—Pell es un hombre inteligente y culto que ansía mantener conversaciones con otros que compartan sus numerosos y diversos intereses. En este mundo semejantes compañeros escasean.

—Vi sus estanterías de libros —dijo Andrew—. No incluían la clase de volúmenes que uno espera ver en el estudio de un profesional del crimen.

—Además de ser un hombre hecho a sí mismo, es un autodidacta. Saldé mi cuenta con Pell y de vez en cuando nos encontramos para compartir una botella de brandy, hablar de los últimos libros publicados, de política y de otros temas.

Durante unos minutos Andrew reflexionó al respecto.

—¿Por qué Pell estuvo de acuerdo en prestarle ayuda para encontrar a aquel hombre la primera vez que recurrió a él?

—Me he hecho la misma pregunta en varias ocasiones. No lo sé con certeza, pero en retrospectiva creo que la respuesta es la siguiente: sentía cierta compasión por mí.

—¿Compasión? ¿El señor Pell?

—Comprendo que la mayoría no esperaría que Jonathan Pell fuese capaz de sentir compasión —indicó Trent—. Pero entendió mis motivos por querer encontrar al hombre que estaba buscando.

—¿Le deberá otro favor después de esta noche?

—No en el sentido que usted cree. Ahora somos amigos. Los amigos se hacen favores sin llevar una cuenta precisa.

—La confianza es una joya preciosa —dijo Andrew.

—En cualquiera de los mundos —asintió Trent.

—¿Quién era ese hombre que usted trataba de encontrar? —preguntó Andrew después de un momento.

—Se llamaba Bristow.

—¿Le importaría decirme por qué estaba tan empecinado en encontrarlo?

—Asesinó a mi madre.

Andrew se quedó inmóvil.

—¿Está...?

—¿Muerto? Sí.

Andrew se hizo la siguiente pregunta lógica, pero en silencio. «¿Usted lo mató?» Sin embargo, no se atrevió a hacerla en voz alta. Ciertas cosas estaban destinadas a seguir siendo un secreto.

37

Jirones de niebla envolvían Beacon Lane. A un lado de la calle varios coches de punto formaban una fila aguardando clientes. Los caballos dormitaban, los cocheros bebían sorbos de ginebra para protegerse de la humedad. «Una escena muy habitual en el exterior de un club de caballeros», pensó Andrew.

Un par de lámparas de gas ardían junto a la entrada del club. Unos cuantos caballeros, en su mayoría borrachos —risas demasiado sonoras, pasos tambaleantes—, remontaban los peldaños y desaparecían por la puerta del vestíbulo bien iluminado.

—Ni siquiera sabemos si Kettering se encuentra allí —observó Andrew.

—No resultará difícil averiguarlo.

—¿Cómo?

Trent esbozó una ligera sonrisa.

—A veces el enfoque más sencillo es el que funciona mejor. Intentaré preguntar.

Esperó hasta que la puerta volvió a abrirse. Un hombre bien vestido descendió los peldaños y se dispuso a cruzar la calle. No estaba tan ebrio como para tambalearse, pero al ver sus pasos vacilantes Andrew se dio cuenta de que había bebido bastante.

Trent se apeó del coche y se dirigió al otro lado de la calle. Se las arregló para interceptar al hombre ebrio simulando que se trataba de un encuentro accidental. Andrew no oyó qué decía pero le pareció que Trent se disculpaba. Después entabló una breve conversación con el otro hombre, le palmeó el hombro como si fueran viejos amigos y se acercó a la entrada del club.

El hombre que había interceptado montó en un coche de punto que se alejó entre la niebla.

Trent se detuvo al pie de la escalinata y regresó a su propio coche.

—Kettering está en el club —dijo, montando en el coche.

—¿Así que esperaremos?

—En efecto.

No tuvieron que esperar mucho tiempo. Unos veinte minutos después dos hombres abandonaron el club y cuando pasaron bajo la luz de las farolas de la calle Andrew vio sus rostros.

—El de la derecha es Kettering —afirmó—. No conozco al otro hombre.

—Yo tampoco, pero eso no me sorprende. Tal como Eudora insiste en recordarme, no salgo mucho.

Kettering y su acompañante montaron en un coche de punto y se alejaron en la oscuridad de la noche.

—Sigámoslos —indicó Trent.

Andrew notó que su pulso se aceleraba y se inclinó un poco hacia delante, muy consciente del peso del revólver en su bolsillo.

—Tenga cuidado —señaló Trent—. Es adictivo.

—¿Qué es adictivo? —preguntó el muchacho, lanzándole una mirada de soslayo.

—Este negocio de andar descubriendo secretos.

—Vaya. No lo consideré un negocio.

Trent le lanzó una mirada indescifrable, pero guardó silencio.

El coche que transportaba a Kettering y al otro hombre

abandonó las calles atestadas y entró en un barrio de moda de elegantes residencias urbanas. Se detuvo ante una de estas, ambos hombres se apearon y subieron por la escalera de la entrada.

El otro hombre abrió la puerta y él y Kettering desaparecieron en el vestíbulo poco iluminado.

—Esta no es la dirección de Kettering —dijo Andrew—. Debe de ser la residencia de su acompañante.

—¿Sabe cómo se llama? —preguntó Trent.

—No. Nunca tuve motivo para investigar a sus conocidos.

—Debemos averiguar el nombre de este individuo.

—¿Cómo se propone hacerlo? —añadió Andrew con auténtica curiosidad.

—El coche está esperando, probablemente a Kettering. A lo mejor el cochero puede responder a un par de preguntas. Veré qué puede decirnos.

—Iré con usted.

Trent y Andrew se apearon del coche de punto y se dispusieron a dirigirse al otro.

En algún lugar en medio de la niebla un látigo restalló con la violencia de un relámpago. Un caballo sobresaltado soltó un relincho y se lanzó hacia delante al galope. Sus cascos golpearon atronadoramente contra el pavimento y Andrew oyó el traqueteo de las ruedas de un carruaje. Un instante después un vehículo oscuro apareció entre el suave resplandor de la niebla, avanzando a velocidad vertiginosa. Andrew apenas tuvo tiempo de comprender que el vehículo se abalanzaba sobre ellos antes de que Trent le diera un violento empujón.

—¡Muévase! —gritó el escritor.

El empujón acabó con la parálisis de Andrew y se lanzó al otro lado de la calle, tropezó con el peldaño inferior de una casa y se agarró a la barandilla para no caer. Trent logró alcanzar la barandilla opuesta.

Ambos se volvieron justo cuando el carruaje, balanceán-

211

dose de un lado a otro, avanzó calle abajo a toda velocidad antes de desaparecer en la oscuridad.

Andrew oyó cómo el vehículo se alejaba rápidamente y una extraña sensación se apoderó de él. Oía que Trent le hablaba en tono áspero e insistente, pero tardó unos instantes en comprender qué decía.

—¿Logró ver al cochero? —preguntó Trent.

—¿Qué? —Andrew se esforzó por recuperar el control sobre sí mismo, procurando recordar lo que había visto—. No, solo vi el carruaje abalanzándose sobre nosotros.

—Al menos sabemos algo: ese no era Kettering ni su amigo. Ambos están en el interior de la residencia urbana.

Andrew trató de recuperar el aliento.

—¿Cree que era el hombre que los atacó a usted y a Calista?

—Tal vez. En ese caso, es evidente que no me empleé bastante a fondo con el soporte de hierro destinado a exhibir coronas de laurel.

38

—No podemos permitir que esta situación continúe —dijo Calista—. Es evidente que usted se ha convertido en el blanco de este violento asesino, Trent, y ahora Andrew también está en peligro. Debemos encontrar el modo de detener a este demente antes de que los asesine a ambos.

—Ajá —afirmó Trent y bebió un poco más del brandy que Sykes les había servido a todos ellos.

Estaban reunidos en la biblioteca; Calista recorría la habitación como un felino enjaulado; Eudora estaba sentada, tensa y con expresión sombría, en una delicada silla tapizada de seda; Andrew se repantigaba en uno de los sillones de cuero en esa pose lánguida que solo los jóvenes lograban adoptar.

Su despreocupada postura no dejó de recordar a Trent que ya no tenía diecinueve años. Los tremendos acontecimientos de la noche, combinados con la conmoción de la noche anterior, le habían dejado los músculos doloridos y diversos moratones. Se preguntó si se estaba haciendo viejo.

Calista se detuvo y le lanzó una mirada furibunda.

—¿Me está escuchando, señor?

—Cada palabra —contestó—. Estamos haciendo algunos progresos en nuestra investigación, Calista.

—¿Llama progreso a esto? —dijo, trazando un amplio arco con las manos—. Usted y Andrew podrían haber muerto esta noche. En el mejor de los casos, habrían sufrido graves heridas si ese villano hubiese logrado atropellarlos.

—No hay motivo para montar este número, Calista —dijo Andrew—. Procura recordar que el señor Hastings y yo estamos ilesos.

Trent hizo una mueca y se preparó para la reacción que caería sobre Andrew tras pronunciar esas palabras.

Calista se volvió abruptamente y se enfrentó a su hermano.

—No me digas que me tranquilice. Esta noche casi te matan, y por mi culpa.

—No —intervino Eudora en tono sereno y muy firme—. No fue por culpa suya, Calista. —Todos se volvieron hacia ella.

»Trent y el señor Langley corrieron peligro debido a un demente que se ha obsesionado con usted, Calista. Usted no tiene la culpa, nunca fue culpa suya.

Calista apretó los labios, pero el tono de Eudora pareció sosegarla. Siguió recorriendo la habitación.

—Hemos de idear un plan para detener a ese hombre —exclamó, airada.

—Estamos forjando uno. —Trent hizo girar la copa entre las manos, observando las llamas reflejadas en el brandy—. Lo que no dejo de preguntarme es cómo encaja el asesino a sueldo en este asunto.

—Es evidente que Nestor Kettering lo contrató —dijo Calista.

—Ella tiene razón —señaló Eudora—. Es la única explicación que tiene sentido.

—No obstante, el señor Pell no sabía nada de ese asesino a sueldo que viste como un caballero acaudalado. —Trent dejó la copa a un lado y se inclinó hacia delante con los codos apoyados en los muslos y las manos plegadas entre las rodillas—. ¿Dónde lo encontró Nestor Kettering? Porque no es como si uno pudiera entrar en una tienda y comprar los servicios de un delincuente dispuesto a cometer un asesinato por dinero.

Calista se detuvo con el ceño fruncido.

—Creo que este asesino proviene del mundo respetable, no del de Pell —añadió Trent—. Pero aún hay otras preguntas.

Andrew se detuvo con la copa a mitad de camino de la boca y miró a Trent.

—Necesitamos más información sobre Kettering, ¿verdad?

—Sí —respondió el autor—. Propongo que mañana usted lo siga mientras Kettering se dedica a sus asuntos, pero ha de evitar cuidadosamente que él note su presencia.

—No se preocupe. —Andrew sonrió—. Nunca lo hará. Lo de seguir a un caballero se me da bastante bien, aunque sea yo quien lo diga. Hace años que me dedico a ello en bien de la agencia de Calista.

Calista volvió a detener sus pasos.

—No estoy segura de que ese sea un buen plan.

—No tenemos muchas otras opciones —dijo Andrew en tono apaciguador—. Te doy mi palabra: seré muy cauteloso y evitaré que me vea.

Calista se dispuso a volver a protestar, pero Eudora la interrumpió.

—Trent tiene razón —añadió con el mismo tono decidido—. Debemos encontrar el vínculo entre Kettering y su asesino a sueldo.

—¿Tal vez a través de su cómplice? —sugirió Andrew—. ¿El que anoche abandonó el club junto con él? A lo mejor debería investigar sus antecedentes.

—Hemos de identificarlo, sin duda —intervino Trent—. No debería resultar difícil ahora que disponemos de su dirección.

—No sé... —repuso Calista.

—¿Qué pasa? —preguntó Trent, mirándola.

—Nestor Kettering me mintió. Creo que no nos equivocaremos si suponemos que le mintió a la señora Fulton sobre los motivos por los cuales encargó tantos *memento mori*. Seguro que hace tiempo que miente a las mujeres.

—Nos enfrentamos a un mentiroso habitual —admitió Trent—. Eso no es una sorpresa. ¿Adónde nos conduce ello?

—No lo sé. —Calista apretó los puños—. Pero me parece que a estas alturas la señora Kettering debe de tener alguna idea acerca del carácter del hombre con el que se casó.

Trent negó con la cabeza.

—Olvídelo. Hablar con Anna Kettering carece de sentido; puede que no sienta un gran aprecio por su marido, pero es muy improbable que haga o diga algo que insinuara un escándalo, por no hablar de un asesinato. No nos proporcionará ninguna prueba que tal vez cause el arresto de su marido.

—Y tampoco pueden obligarla a testificar en contra de él —señaló Eudora—. Eso suponiendo que ella sea consciente de sus actividades ilegales.

—Pero si sospecha lo que su marido está haciendo debe de estar aterrada —dijo Calista, entrecerrando los ojos.

—Eso no significa un incentivo para que hable —indicó Trent—. Está en la misma situación que usted: no tiene sentido ir a la policía, porque si lo hiciera quizás acabaría muerta.

Calista logró esbozar una sonrisa trémula.

—Dudo de que se encuentre en la misma situación que yo.

—¿Por qué dice eso? —preguntó Eudora.

—A juzgar por lo que Andrew logró descubrir, Anna Kettering está sola en el mundo. No tiene amigos y familiares, como yo. —Calista hizo una pausa—. Soy muy afortunada en ese sentido.

«Parece sorprendida al descubrir que ese es el caso», pensó Trent.

—No —señaló Eudora—, usted y Andrew no están solos.

—No sé cómo agradecérselo a ambos —declaró Calista.

Andrew se removió en la silla, se inclinó hacia delante y se dirigió a Trent.

—Señor, esta noche usted me salvó la vida.

—Es lo mínimo que podía hacer, teniendo en cuenta que

fui yo quien sugirió que siguiéramos a Kettering. Pero ya es suficiente, basta de agradecimientos.

Eudora parecía inquieta.

—Calista tiene razón respecto de una cosa: nuestro plan aún es insuficiente.

—Estoy de acuerdo —señaló Trent—, pero tendremos que dejarlo para mañana. Ha sido una noche muy larga y todos necesitamos descansar.

—Tiene razón, señor —afirmó Andrew y se levantó de la silla—. Debo levantarme temprano para poder llegar hasta la casa de Kettering mañana por la mañana, antes de que él la abandone.

Eudora se puso de pie y miró a Calista.

—Los hombres tienen razón. Todos necesitamos descansar.

—Lo que necesitamos es un plan útil —indicó Calista.

—Podremos pensar con mayor claridad si descansamos un poco —declaró Eudora.

39

—Estoy perdiendo la paciencia, Kettering. —Dolan Birch vertió más brandy en la copa—. ¿Ha hecho algún progreso?

Kettering clavó la mirada en la bebida. No había querido aceptar la invitación a tomar un último trago, pero no osó negarse. Dolan Birch era la última persona con la que quería pasar un rato esa noche. A excepción de la pequeña y frígida puta de su esposa, por supuesto. Cogió la copa.

—Solo necesito tiempo, Birch.

—Creí que habíamos llegado a un acuerdo, Kettering.

—Y así es —dijo Nestor, bebiendo un sorbo de brandy—. Deme un par de días más.

—Yo he cumplido con mi parte. Ya lo he arreglado todo con mi socio de Seacliff; el plan se pondrá en marcha en cuanto usted cumpla con su parte de lo acordado.

—Ha habido ciertas... complicaciones.

—¿Qué clase de complicaciones?

—Esa estúpida zorra está involucrada con Trent Hastings, el escritor. De momento ese individuo y su hermana están viviendo en Cranleigh Hall.

—Sí, lo sé.

Nestor se puso tenso.

—¿Cómo lo sabe?

—Hastings y la señorita Langley se presentaron en las oficinas de la agencia Grant; estaban haciendo preguntas sobre Dunsforth y las demás.

—¡Maldita sea!

—Ciertamente. Ahora debo tomar medidas para asegurar que no descubran la manera de vincularme con la agencia. Me disgusta verme en esa situación, Kettering. Entre otras cosas significará una merma en mis ingresos y eso no me hace ninguna gracia.

—¿Qué piensa hacer?

—Eso es mi problema, me encargaré del asunto. Pero mientras tanto debo insistir en que usted cumpla con su parte del acuerdo.

—Lo haré, lo juro.

—Pronto, Kettering.

—Sí. Pronto.

40

—El cómplice de Kettering se llama Dolan Birch. —Andrew estaba repantigado en un sillón hojeando las páginas de una libretita al tiempo que devoraba los pequeños sándwiches preparados por la señora Sykes—. Hace unos años Birch se casó con una mujer mucho mayor que él, una viuda que murió oportunamente mientras dormía, poco tiempo después de la boda.

—Dejando una buena herencia a Birch, supongo.

Se habían reunido en la biblioteca para escuchar el informe de Andrew; Trent se apoyaba en una librería, Eudora estaba sentada en uno de los sillones.

Calista ocupaba su asiento detrás del escritorio; estaba tan interesada en el informe de Andrew como los demás, pero también notaba el gran entusiasmo de su hermano. «Está disfrutando de la vida —pensó—, el peligro y la excitación son como un tónico para él.»

La determinación que exhibía era nueva e inquietante; ella ya no cuidaba de su hermano menor: él estaba cuidando de ella y Calista no sabía si debía sentirse aliviada o aterrada.

—Birch heredó una fortuna considerable —dijo Andrew—, pero ya se las ha arreglado para gastar una gran parte. No obstante, parece haber encontrado otra fuente de ingresos.

—¿Cuál? —preguntó Eudora.

Antes de contestar, Andrew se metió otro sándwich en la boca.

—Aún no lo he descubierto. En cuanto a Kettering, de momento su vida cotidiana parece bastante normal. Esta mañana visitó a su sastre, por la tarde presenció un combate de boxeo, tomó el té en su club y después regresó a casa para cambiarse. Solo he vuelto para comer algo antes de volver a vigilar su club.

—Un día típico para un caballero —dijo Calista—, pero supongo que eso era de esperar. Incluso un asesino debe aparentar que lleva una vida normal si quiere evitar que lo descubran.

—Un hombre como Kettering mantendrá sus citas más interesantes por las noches —señaló Trent.

—Sí, desde luego —comentó Eudora, apretando los labios.

—No se preocupen. Dentro de poco volveré a apostarme ante su club para ver adónde va esta noche —indicó Andrew—. No resultará difícil seguirlo porque el tráfico impedirá que su coche de punto avance con rapidez.

—Tendrás cuidado, ¿verdad, Andrew? —suplicó Calista—. Al menos prométeme eso.

—No te preocupes por mí —manifestó su hermano con una sonrisa—. Le he pagado a un cochero para que permanezca disponible mientras yo requiera sus servicios. Sale un poco caro, por supuesto, pero seguir a Kettering en un coche de punto resulta sencillo.

—Mientras vigilaba a Kettering —preguntó Trent, mirándolo—, ¿ha visto a su mujer por casualidad?

—¿A la señora Kettering? No abandonó la casa mientras yo la vigilaba, pero eso no tiene nada de raro. No sé si salió de compras o hizo alguna visita mientras yo seguía a Kettering. —Andrew echó un vistazo al reloj y se puso de pie—. Es imposible saber cuándo saldrá esta noche. Tengo la impresión de que Kettering pasa el menor tiempo posible en casa. No es un matrimonio dichoso.

Cogió un último sándwich y se dirigió a la puerta.

—Un momento —dijo Trent.

—¿Sí, señor? —dijo Andrew y se detuvo.

—¿Lleva su revólver?

—Por supuesto.

—Bien, siempre debe tenerlo a mano. Sabemos que Kettering y su asesino a sueldo son hombres peligrosos y debemos suponer que Dolan Birch también lo es.

—No tema, seré cauteloso. No me esperen despiertos: los caballeros como Kettering a menudo no regresan a casa antes del amanecer. Les daré un informe completo a la hora del desayuno.

Andrew salió al vestíbulo; Calista lo oyó hablar con la señora Sykes, agradeciéndole los sándwiches. Después la puerta se cerró a sus espaldas.

—Bien, al menos uno de nosotros parece disfrutar con esta aventura —dijo Calista, contemplando a Trent y a Eudora.

—A los diecinueve años uno define la aventura de manera diferente —dijo Trent.

—Sí, supongo que eso es verdad —dijo Calista, asintiendo—. Pero el entusiasmo de Andrew resulta un tanto inquietante. Ahora comprendo por qué disfruta verificando la información que me brindan mis clientes.

—Le diría que no se preocupe por él, pero la verdad es que me inquieta la seguridad de ambos —dijo Eudora.

Trent le lanzó una mirada sombría a Calista.

—Hemos de encontrar el modo de poner fin a este asunto, y pronto.

Entonces llamaron a la puerta, el mayordomo abrió y miró a Trent.

—Ha llegado un mensaje para usted, señor —dijo, tendiéndole una pequeña bandeja de plata.

Calista y Eudora observaron cómo Trent recogía el sobre. Lo llevó hasta el escritorio y rompió el sello lacrado con un abrecartas.

—Es de Jonathan Pell —dijo y procedió a leer el mensaje en voz alta.

El asesino que está buscando pertenece a su mundo, no al mío.

No está al servicio de ninguno de mis colegas. Los rumores sobre él empezaron a circular hace casi un año. Consideran que está completamente loco.

Aún no he obtenido su dirección, pero seguiré haciendo averiguaciones. Me complace informarle que he aprendido algunas cosas sobre el negocio detectivesco gracias a Clive Stone. Es una profesión muy interesante.

—¿Cómo diantres Nestor Kettering se las arregló para contratar a un loco que disfruta asesinando mujeres? —preguntó Eudora.

—Tal vez mediante cierta ayuda de su cómplice, Dolan Birch —dijo Trent.

—Si eso es verdad, entonces ambos son culpables de dar caza a mujeres que están solas en el mundo —dijo Calista en tono apagado—. ¿Qué clase de persona haría algo así?

Eudora se puso de pie, cruzó la habitación y apoyó una mano en el hombro de Calista.

—Juntas resolveremos este problema —dijo con voz suave.

—Gracias —contestó Calista con una sonrisa trémula.

Trent se acercó al escritorio, cogió una hoja de papel y escogió una pluma.

—¿Qué piensa hacer? —preguntó Calista.

—Enviarle una nota a Pell informándole sobre Dolan Birch; Pell siempre ansía saberlo todo de sus competidores. Confíe en mí: querrá hacer averiguaciones sobre Birch. Le dejaré claro a Pell que apreciaremos saber todo lo que logre descubrir y que, a su vez, le trasladaremos cualquier información útil que obtengamos.

41

Poco antes de las cuatro de la mañana Calista oyó el traqueteo de un carruaje en la calle y sintió un gran alivio: Andrew había vuelto a casa.

Saltó de la cama, se puso la bata y echó a correr hacia el pasillo. En la otra punta se abrió una puerta y apareció Trent anudándose el cinturón del batín. Luego se abrió otra puerta y Eudora se reunió con ellos. Todos se dirigieron al extremo de la escalera, bajaron la vista y contemplaron a Andrew.

—Lo siento. No quería despertarlos.

—¿Alguna novedad? —preguntó Trent.

—Me temo que no —contestó Andrew y se pasó la mano por el pelo—. Kettering fue al teatro, cenó con unos amigos y pasó gran parte de la velada jugando a las cartas en su club. Al salir, se reunió brevemente con Dolan Birch. No pude acercarme lo bastante como para oír lo que decían, por desgracia, pero me pareció que discutían. Creo que Birch le exigía algo a Kettering.

—¿Dónde está Kettering ahora? —preguntó Trent.

—Hace un rato lo seguí hasta su residencia de Lane Street. Ahora, si no les importa, intentaré descansar un poco.

42

«Es verdad, necesitamos descansar», pensó Calista. Pero al menos para ella sería difícil conciliar el sueño. Dio vueltas en la cama durante unos minutos antes de abandonar el intento y levantarse.

La única prueba sólida de la que disponían consistía en el libro de ventas de la señora Fulton, las notas de Andrew y sus propios archivos. Todo ello estaba en la biblioteca de la planta baja.

Se puso la bata y salió al oscuro pasillo. De noche, la gran casa parecía especialmente lúgubre, era como si el fantasma de su abuela flotara en el ambiente, quejándose sin cesar de su mala salud, de los desaseados criados y los desagradecidos vástagos que sumían el apellido de la familia en el escándalo y la vergüenza.

Pero esa noche ella, Andrew y los Sykes no estaban solos en la gran mansión. Por primera vez en todos esos años había invitados. «Más que invitados —se dijo mientras descendía la escalera—, no cabe duda de que Trent y Eudora son amigos leales.»

Era bueno tener amigos.

Alcanzó el pie de la escalera y se dirigió a la biblioteca. Bajo la puerta se veía una delgada línea de luz y durante unos segundos se quedó paralizada, con el corazón en un puño. Se le ocurrió que podía estar a punto de sorprender a un intruso.

En otra ocasión alguien había logrado irrumpir en la casa de manera clandestina. Tal vez había vuelto.

Un instante después recobró la sensatez: la luz titilante por debajo de la puerta le indicó que el fuego todavía ardía en la chimenea. Ningún intruso se molestaría en encenderlo.

No obstante, cuando apagó la vela y abrió la puerta estaba bastante nerviosa.

Trent estaba repantigado en uno de los grandes sillones; aún llevaba el batín y mantenía las piernas estiradas hacia la chimenea con el libro de ventas de la señora Fulton abierto en el regazo.

Alzó la vista cuando la puerta se abrió, dejó el libro a un lado y se puso de pie.

—¿No podía dormir? —preguntó.

—No —contestó ella—. Y al parecer usted tampoco.

—Estaba pensando en lo que usted dijo antes. Tenía razón. He hecho averiguaciones y confío en que el señor Pell podrá proporcionarnos una pista, pero esta situación se ha vuelto extremadamente peligrosa. Debemos actuar ahora mismo y no esperar que las respuestas caigan como llovidas del cielo.

—Estoy de acuerdo. —Ella avanzó unos pasos más y se detuvo—. He bajado para echar otro vistazo a los archivos de mis clientes. Lo que no dejo de preguntarme es lo siguiente: ¿Por qué Nestor Kettering volvió a entrar en mi vida recientemente? No demostró el menor interés por mí durante el último año.

—Quizá porque estaba ocupado dando caza a institutrices.

—Sí —dijo y agarró las solapas de su bata con más fuerza.

—Tengo una teoría —dijo Trent lentamente.

—¿Acerca de Nestor?

—Sí. Se me ocurrió que si él es realmente quien seduce y después asesina a las institutrices, puede que quiera ampliar su coto de caza más allá de la agencia Grant. Al fin y al cabo, alguien no dejaría de notar que tantas jóvenes sanas sucumben por una infección en la garganta. Su agencia de presentaciones ofrece muchas de las mismas ventajas de la agencia Grant. Usted dispone de una lista de mujeres solteras en busca de compañía y amor.

—Pero para acceder a dichos archivos Nestor primero debe convencerme de que lo deje volver a entrar en mi vida, ¿es eso lo que está diciendo?

—Sí, algo por el estilo —dijo Trent en tono sombrío.

—Supongo que eso explica por qué envió las flores y después apareció en mi despacho hace unos días. Pero si ese fuera el plan, ¿por qué trató de asustarme enviándome los *memento mori* al mismo tiempo? No tiene sentido.

Trent se acercó a la chimenea y contempló las llamas.

—A estas alturas no logro comprender todo el condenado asunto, pero de algún modo todo está relacionado, estoy seguro de ello. Debemos encontrar el modo de vincular a Kettering con el asesinato de la señora Fulton o de una de las institutrices. Necesitamos pruebas.

—Pero ¿cómo podemos obtenerlas? Lo único que tenemos son nuestras sospechas.

Trent mantuvo la vista clavada en las llamas.

—He estado pensando en eso. Si hay alguna prueba, es indudable que solo la hallaremos en casa de Kettering.

—Ese es el motivo por el que sugerí que habláramos con Anna Kettering.

Trent negó con la cabeza.

—Ya se lo dije: lo más probable es que se niegue a ayudarnos. Y aún peor: tal vez advierta a su marido.

—Entonces ¿qué diablos podemos hacer?

—Un pequeño robo podría resolver el problema.

El pánico se apoderó de ella.

—No, es demasiado peligroso.

—Puede que no... si mi plan es bueno.

—No, usted ni siquiera debería considerarlo —dijo ella.

Recorrió la habitación a toda prisa y las faldas de su bata se arremolinaron alrededor de sus piernas.

—No permitiré que irrumpa en la casa de los Kettering. Podrían arrestarlo o algo aún peor. Si ese asesino a sueldo está vigilando la finca, podría matarlo.

Trent alzó la vista de las llamas. La determinación fría como el hielo de su mirada la alarmó más que cualquier palabra.

—Por favor, Trent —susurró—. Ya ha corrido muchos riesgos, no soportaría que lo encarcelaran o lo asesinaran por mi culpa.

Él le cogió la barbilla con la mano y recorrió su labio inferior con el pulgar.

—Es mi elección —dijo—. No lo olvide.

—Trent...

Él la silenció con un beso y en ese momento ella supo que el profundo anhelo que la había invadido la primera vez que él la besó no fue ningún chispazo de pasión fugaz provocada por los nervios y la oscura emoción del peligro. En ese momento la misma sensación la abrasaba, más intensa que nunca. Ardía con una energía burbujeante y desorientadora.

Entre los brazos de Trent estaba aprendiendo el auténtico poder de la pasión. Era un regalo precioso, uno al que ella había acabado por renunciar. Y al tiempo que se entregaba, sabía que era un obsequio muy peligroso porque resultaba muy fácil perderlo.

Pero esa noche era suyo y quería saborearlo.

El beso pasó de tierno y seductor a oscuro y desesperado en un instante.

Trent soltó un gemido, cogió el rostro de ella con ambas manos, apartó su boca de la de Calista y la contempló con mirada ardiente.

—Te deseo —dijo con voz áspera—. No: te necesito. Dime que tú también me deseas. He de oír esas palabras.

—Sí —contestó ella y le aferró los hombros para no caer—. Sí, te deseo, Trent Hastings.

Él la soltó y, sin decir una sola palabra, cruzó la habitación y cerró la puerta con llave. Cuando regresó a su lado, Calista abrió los brazos.

Él soltó un profundo gruñido, un sonido que podría haber sido interpretado como una señal de desesperación o de triunfo. A lo mejor de ambas cosas. Desanudó el cinto de la bata de ella y cuando la prenda cayó a sus pies apoyó una mano en uno de sus pechos con mucha suavidad. Ella percibía el calor de su mano a través de la delgada tela del camisón.

Entonces volvió a besarla con mayor intensidad y Calista se sumió en un remolino de sensaciones. Cuando Trent por fin separó los labios de los de ella para besarle el cuello, ella apenas lograba respirar.

El mundo giraba en torno a ella y creyó que caería, pero un instante después se dio cuenta de que él la había alzado en brazos y la transportaba al otro lado de la habitación. Un extraño pánico se apoderó de ella: que la llevaran de ese modo resultaba inquietante y se aferró a la pechera de la camisa de Trent. El viejo temor que solía invadir sus sueños hacía años —el miedo de saber que ella y Andrew estaban solos en el mundo y que ella era la única que podía proteger a su hermano— de algún modo se combinaba con el hecho de que sus pies no tocaran el suelo.

Pero un momento después notó cuán fuertes eran los brazos de Trent y supo que él jamás la dejaría caer.

La llevó hasta el escritorio y la sentó en el borde, con las piernas colgando. Luego le desabrochó los botones del camisón, se acomodó entre sus rodillas y volvió a besarla.

Los dedos de Calista temblaban ligeramente mientras separaba las solapas del batín de Trent, deslizaba las manos por debajo... y entonces casi soltó un grito sofocado cuando rozó la piel áspera e irregular del hombro derecho de él.

Estaba desnudo hasta la cintura; llevaba tan solo unos pantalones holgados, de los que se utilizaban para dormir. Vio la rígida erección presionando contra la tela y se quedó inmóvil.

Él despegó la boca de la suya; había sombras en su mirada.

—Debí habértelo advertido —dijo con la voz enronquecida por la emoción y el esfuerzo que hacía por controlarla.

—¿Advertirme de qué? —preguntó Calista.

—De que no solo tengo cicatrices en la cara.

Con gesto muy deliberado ella apoyó una mano en la rugosa piel de su hombro.

—No es el aspecto o el tacto de tus cicatrices lo que me choca —dijo—, es saber que debes de haber soportado mucho dolor cuando te las causaron. Eudora me dijo que Bristow te arrojó ácido: ácido destinado a destruirle el rostro.

Trent inspiró profundamente y después soltó el aliento, como si se hubiese deshecho de una carga muy pesada.

—Fue hace mucho tiempo —dijo—. Esta noche lo único que me importa es saber si mis cicatrices te repugnarán tanto que no puedas permitirme que te haga el amor.

—Nada de ti me resulta repugnante, al contrario. Eres el hombre más atractivo que jamás he conocido —dijo, arriesgando una sonrisa que confió que fuese seductora—. Y te aseguro que he conocido a unos cuantos caballeros a través de mi empresa.

Trent hizo caso omiso de su intento de bromear y en cambio la contempló con mucha seriedad, tanta que ella se sintió profundamente conmovida.

—¿Amabas a uno de esos caballeros? —preguntó.

—No.

—Me alegro.

Volvió a besarla y, una vez más, ella se abandonó a la pasión.

Apenas notó que él le levantaba el borde del camisón hasta las rodillas, pero se estremeció cuando notó el tacto de su mano tibia en el interior de su muslo. Entonces todo su cuerpo se tensó, también su interior. Una emoción completamente desconocida bullía en sus entrañas.

Él le besó el cuello.

—Eres tan suave. Podría pasar el resto de la noche solo tocándote.

—Eso me gustaría muchísimo —dijo ella y su voz se volvió trémula—. Me agrada el roce de tus manos.

Él soltó otro gemido y sus caricias se volvieron más íntimas. Una repentina oleada de vergüenza la invadió cuando notó que su entrepierna se humedecía. La mano de Trent estaba húmeda y pringosa... debido a ella. Calista se removió inquieta, a merced de una gran confusión de sensaciones. Quería más, necesitaba más, pero no estaba muy segura de qué era lo que ansiaba.

Él hizo algo con la mano y ella jadeó y se aferró a los hombros desnudos de Trent con desesperación. ¿Qué le estaba ocurriendo?

—Trent. Trent...

—Córrete para mí —dijo él.

—No comprendo —contestó ella, resollando.

—No hay nada que comprender, solo abandónate al placer. Quiero saber que puedo dártelo.

Él introdujo los dedos más profundamente y ella casi soltó un chillido; lo habría hecho si no se hubiese quedado sin respiración e, instintivamente, tensó los músculos tratando de hallar alivio a una presión insoportable.

Era como si él tensara la cuerda de un arco hasta amenazar con romperla.

Cuando la rigidez terminó y llegó el alivio, el oleaje de sensaciones la abrumó. Perdida en la maravilla del instante apenas tomó conciencia de que él se había abierto el pantalón.

La agarró de las piernas y la obligó a rodearle la cintura.

—Abrázame —exigió.

Era una orden y también una súplica.

Calista obedeció porque su mayor deseo era abrazarlo. Quería que el momento fuese eterno. Apretó las piernas y aferró los hombros de Trent con todas sus fuerzas.

Él la penetró profundamente. Un dolor agudo la atravesó, regresándola a la realidad.

—¡Calista! —exclamó Trent y permaneció inmóvil.

—No pasa nada —logró balbucear, tensionando los músculos de las piernas cuanto pudo—. No pasa nada.

Trent vaciló y entonces, cuando ella lo aferró con fuerza, empezó a embestir, al principio con lentitud y deliberación, después con mayor violencia.

Calista aún luchaba por adaptarse a la sensación cuando Trent se puso rígido. Los músculos de sus hombros eran como tiras de acero bajo sus manos.

Haciendo un esfuerzo de voluntad, él se retiró del cuerpo de ella, cogió un pañuelo del bolsillo, se envolvió el miembro con él y, soltando un quejido apenas reprimido, se entregó a su propio alivio.

Cuando acabó, agarró el húmedo pañuelo con una mano y apoyó la otra en el escritorio junto al muslo de ella.

—Calista —dijo.

Ella no osaba moverse. No podía moverse.

En su mirada aún ardía la pasión.

—Calista —repitió—. Deberías habérmelo dicho.

—La decisión fue mía —dijo ella—. No lo olvides.

Él tomó aire.

—¿Permites que te diga que me alegro mucho que hayas escogido esta noche para tomar la decisión?

—Sí, te lo permito —contestó ella, sonriendo.

Trent depositó un besito somero en la frente de ella, se dirigió hasta el sillón más próximo y se desplomó en él.

Y entonces, cuando la pasión y el delirio disminuyeron, la timidez se apoderó de ella. No tenía la menor idea de cómo una mujer de mundo debía comportarse en semejantes circunstancias. Su abuela no le había proporcionado ningún consejo para enfrentarse a tales situaciones. Pero, por otra parte, aquello hubiera horrorizado a su abuela.

Calista bajó del escritorio de un brinco, pero sus piernas

apenas la sostenían. Hizo un gesto con la mano tratando de recuperar el equilibrio y una pila de carpetas de clientes cayeron al suelo y sus detalladas notas se desparramaron por encima de la alfombra. Ella las ignoró, se envolvió en la bata y anudó el cinto.

Trent la observaba con atención, como si aún no pudiera despegar la vista de ella. Calista inspiró profundamente y trató de recuperar lo que quedaba de su compostura.

—¿Te encuentras bien? —preguntó él.

Ella no sabía qué había esperado que él le dijera, pero con toda seguridad no era eso y se desalentó al darse cuenta de que, en el fondo, hubiera querido que él le declarara su amor eterno en tono apasionado. Se recordó a sí misma que en realidad apenas se conocían, lo cual convertía todo el asunto en algo todavía más escandaloso.

«Sin embargo —pensó—, ciertamente podría haber dicho algo un poco romántico o meramente cortés. Como mínimo, podría haber insinuado que se lo había pasado bien.» Al fin y al cabo era un escritor, ¿no?, y se suponía que poseía cierto dominio sobre las palabras.

Por otra parte, escribir sobre los sentimientos de Clive por la misteriosa Wilhelmina Preston no era lo que mejor se le daba.

—Claro que me encuentro bien —dijo—. ¿Por qué no habría de encontrarme bien? —añadió, se acuclilló en la alfombra y comenzó a recoger los papeles y las carpetas.

—¿Calista?

Trent se levantó del sillón, se apoyó en una rodilla a su lado y empezó a ayudarla a recoger las carpetas.

—No lo hagas —dijo ella, en un tono más duro del que hubiese querido.

Él la miró, arqueando las cejas.

—Solo intento ayudarte.

—Lo sé —dijo ella, furiosa consigo misma por su injustificado y repentino mal humor—. Pero acabaré más rápido si lo hago yo misma, porque puedo identificar mis notas con mayor rapidez.

—Como quieras.

Trent se apoyó en los talones y observó cómo ella recogía los papeles.

—Calista —volvió a decir—. Lo siento. Nunca se me pasó por la cabeza que esta podría ser tu primera experiencia. Juro que jamás quise hacerte daño.

Ella le lanzó lo que confió que fuese una sonrisa alegre.

—No es necesario que se disculpe, señor. Pero debo reconocer que hay algo que despierta mi curiosidad y me gustaría una explicación.

—¿Sobre qué?

Ella dejó de recoger papeles y se sentó en la alfombra con las piernas recogidas a un lado.

—¿Me dirías algo más acerca de cómo sufriste esas cicatrices? Eudora solo me contó escasos detalles. Comprendo que no es asunto mío, pero dado que tú conoces muchos de mis secretos...

—Te parece que tienes derecho a saber algunos de los míos —dijo, asintió con la cabeza y se puso de pie—. Tienes razón —añadió, cruzó la habitación, cogió la botella de brandy y se sirvió una copa—. En sí, no supone un gran secreto, pero solo hablamos de ello en familia.

—Comprendo. Disculpa mi indiscreción.

Él bebió unos sorbos de brandy y la miró.

—A veces me parece que el verdadero problema es que tampoco hablamos de ello fuera del seno familiar. Ya sabes lo que pasa con los secretos de familia.

43

Trent decidió contarle la verdad, o al menos la parte acerca de la cual ella le había hecho una pregunta. Consideró que se lo debía y como al parecer era lo único que quería de él esa noche, se la contaría.

En ese instante supo que le daría cualquier cosa que ella le pidiera.

Una extraña sensación de reconocer algo —de saberlo— lo atravesó, dejándolo sin aliento. El deseo sexual no era así: un hombre caía presa de un deseo instantáneo y voraz que luego se desvanecía con rapidez porque nada lo sujetaba. Lo que sentía era algo más, algo profundo que parecía eterno e inevitable: una emoción intensa que podía cambiar el curso de la vida de un hombre... o sellar su destino fatal.

El aspecto de Calista acurrucada en la alfombra, desmelenada y desconcertada por lo que acababa de suceder entre ambos, abrió una puerta en su interior. Un nuevo sendero aparecía, uno que hacía mucho tiempo que creyó que ya nunca descubriría.

Al mismo tiempo la idea de que ella podría estar lamentando su apasionado encuentro lo llenaba de un pavor jamás experimentado con anterioridad.

Dejó que el brandy lo hiciera entrar en calor mientras buscaba el modo de iniciar la historia.

—Te dije que Bristow, el segundo marido de mi madre, no

se quedó en la casa de campo para asistir al funeral, se dirigió directamente a Londres y permaneció allí varios meses. Pero finalmente regresó a la aldea donde vivíamos Eudora, Harry y yo.

—¿Por qué regresó?

—Perdió casi todo el dinero de la herencia de mi madre en el juego. Y entonces contrajo una deuda con un hombre muy peligroso.

—¿Con el señor Pell, el profesional del crimen?

—No. Con uno de los competidores de Pell. El día que Bristow apareció en la casa yo estaba ausente, había ido a la aldea para curiosear en la librería del lugar. Cuando regresé, el ama de llaves estaba despavorida: Bristow había irrumpido violentamente en la casa, estaba en la planta superior, en el laboratorio de mi hermano, gritándole a Eudora.

—Ella me dijo que era muy irascible —dijo Calista.

—Bristow le chillaba, insistiendo que hiciera las maletas y lo acompañara a Londres. Le dije al ama de llaves que fuera en busca de Tom, el jardinero, y después subí la escalera y entré en el laboratorio. Bristow estaba iracundo y resultó evidente que había prometido entregarle a Eudora a un criminal llamado Jenner.

Calista se quedó boquiabierta.

—¿Qué? —exclamó.

—Jenner era el propietario de una de las casas de juego en las que Bristow perdió grandes sumas de dinero.

—¿Tu padrastro tenía la intención de usar a Eudora para pagar sus deudas?

—Jenner era uno de esos hombres a los que les gustan las muchachas jóvenes e inocentes. Esas no escaseaban en Londres, desde luego, pero la mayoría de sus víctimas procedían de los barrios bajos. Era obvio que le agradaba la idea de hacerse con una dama joven, respetable y culta como amante.

—Pobre Eudora. Debía de estar aterrada.

—Cuando se cansara de ella, Jenner la habría obligado a trabajar como prostituta en uno de los burdeles que administraba. Aquel día, en el laboratorio de Harry, Eudora no comprendió del todo el destino que Bristow pensaba depararle, pero lo conocía lo bastante como para estar aterrada. Cuando entré en el laboratorio vi que Bristow la había acorralado contra una pared y que en una mano sostenía una botella de ácido que había recogido de una de las mesas de trabajo de Harry.

—¡Dios mío!

—Bristow amenazaba con arrojarle el ácido a la cara si Eudora seguía negándose a seguirlo. Harry también estaba presente, suplicándole a Bristow que la dejara en paz.

Horrorizada, Calista se puso de pie con un par de carpetas en la mano.

—¿Qué hiciste?

—Cuando me vio en el umbral, Bristow me ordenó que me marchara. Amenazó con arrojarle el ácido a Eudora si yo daba un paso más.

—¿La usó como rehén?

—Ese era su plan, pero empezaba entrar en pánico. Los tres nos enfrentábamos a él desde diferentes lados de la habitación. No podía vigilarnos a todos y a quien más temía era a mí.

—Sí, por supuesto: tú eras el mayor.

—Le dije que le daría un anillo que había heredado de mi abuelo; le expliqué que valía una gran cantidad de dinero: una suma más que suficiente para pagar sus deudas de juego. Al principio Bristow no me creyó, así que describí el anillo con gran detalle: un único gran rubí con un engarce de diamantes y zafiros.

—Debe de haber valido una fortuna —dijo Calista.

—Bristow desconfiaba, desde luego. Dijo que mi madre nunca había mencionado un anillo tan valioso; le expliqué que se debía a que era mi herencia y que ella siempre había temido que si él lograba hacerse con el anillo, lo vendería. Le dije que la joya estaba oculta en un cajón secreto del gabinete de curiosidades de mi abuelo.

—¿Dónde estaba el gabinete?

—En un rincón del laboratorio. Bristow me dijo que fuera a buscarlo y se lo mostrara. Fui al gabinete, abrí uno de los cajones y extraje una pequeña caja.

—¿Y entonces qué pasó? —preguntó Calista, fascinada por la historia.

—Al ver la caja una gran excitación se apoderó de Bristow y exigió que la depositara en una de las mesas de trabajo. En cambio, me dirigí a una de las ventanas abiertas y amenacé con arrojar el anillo al mismo estanque en el que él había ahogado a mi madre si no soltaba a Eudora.

—¿Te creyó?

—A esas alturas estaba desesperado por apoderarse del anillo. También le dije que sería muy difícil arrastrar a Eudora hasta Londres sosteniendo esa botella de ácido y que estaba dispuesto a intercambiar el anillo por ella. Como estaba desesperado aceptó el trato. Dejé la caja en una mesa de trabajo, él aún sostenía la botella con una mano, así que tuvo que soltar a Eudora para recoger la caja. En cuanto la soltó le dije que echara a correr y Eudora huyó al pasillo. Bristow estaba furioso, pero su ira se dirigía contra mí, porque lo había engañado.

—¿Y entonces te arrojó el ácido?

—Para entonces ya había abierto la caja y comprobado que estaba vacía.

—¿Así que todo era un farol? —preguntó Calista.

—Le conté un cuento, Calista. Las personas te seguirán a cualquier parte si les cuentas un cuento que quieren creer con desesperación. En realidad, resulta asombroso lo crédula que se vuelve incluso la persona más escéptica si quiere creer lo que le dices.

—¿Nunca hubo un anillo?

—Si yo fuera el dueño de semejante anillo lo habría vendido e invertido los beneficios inmediatamente después del funeral de mi madre, porque Bristow había devastado la economía de la familia. No, no había ningún anillo.

—Una idea muy brillante de tu parte, Trent.

—Me gano la vida escribiendo obras de ficción, ¿recuerdas? Lo de inventar historias siempre se me ha dado bastante bien.

—Pero en aquella ocasión pagaste un precio muy alto.

—Hice lo único que se me ocurrió, dadas las circunstancias.

—Sí, por supuesto —dijo Calista—. Tenías que proteger a Eudora.

«Lo comprende —pensó él—. Sí, claro que lo comprende.»

—Logré apartarme un poco y cubrirme los ojos con el brazo —siguió diciendo Trent y contempló las cicatrices que le cubrían el dorso de la mano—. Era un día muy caluroso; mientras regresaba de la aldea me había quitado la chaqueta, había abierto el cuello de la camisa y me había arremangado. Y la tela tampoco ofrecía mucha protección. En algunos lugares el ácido penetró a través de la camisa.

—¿Y después qué pasó?

—Apareció Tom, el jardinero, armado de una sólida pala. Dado que la botella ya estaba vacía, Bristow estaba desarmado. Huyó hacia la puerta gritándole al jardinero que se apartara. Tom dejó escapar a ese cabrón.

—No podías permitir que arrestaran a Tom por atacarlo.

«Vuelve a comprenderlo», pensó él.

—Harry derramó agua por encima de mi cabeza, el agua que tenía en varios cubos en caso de que provocara un incendio con uno de sus experimentos. Durante un rato todo fue un caos. Cuando las cosas se calmaron, Bristow había desaparecido. Después descubrí que tomó un tren a Londres ese mismo día.

—Eudora me dijo que Bristow murió poco después de aquel día. De unas fiebres, dijo.

«Esta es la parte complicada de la historia», pensó Trent y bebió unos sorbos de brandy para ganar tiempo y reflexionar. Solo le había contado toda la historia a una única persona: a

Jonathan Pell. Hasta ese momento, solo él y Pell conocían el auténtico final.

—Me di cuenta de que cuando hubiese tenido tiempo de recuperarse de los acontecimientos en la casa de campo, Bristow no pararía hasta hallar la manera de deshacerse de mí. Eudora era su única esperanza para escapar de Jenner y yo también sabía que Bristow no disponía de mucho tiempo: Jenner no era un hombre paciente.

—Fuiste en busca de Bristow, ¿verdad?

—En cuanto mis heridas cicatrizaron un poco. Pero Bristow se había ocultado en Londres, no me temía a mí sino al hombre al que le debía dinero.

—¿Y entonces qué hiciste?

—Fui a las casas de juego y empecé a hacer preguntas. En aquel tiempo Jonathan Pell era un profesional del crimen en auge. Creo que al principio solo estaba intrigado, tal vez incluso divertido por mi empecinamiento. Me dijo que si me ayudaba tendría que pagar un precio. «Siempre hay un precio», dijo.

—¿Y aceptaste pagarlo?

—Sí.

—¿Pell te ayudó a encontrar a Bristow?

—Sí, lo hizo. Pero el destino ya había intervenido. Cuando por fin averigüé su paradero, Bristow estaba solo, muriendo de unas fiebres. Deliraba, pero me reconoció. Me suplicó que llamara a un médico y le pagara. Años después Harry me dijo que era improbable que un médico hubiera podido salvarlo.

—Pero no se trataba de eso, ¿verdad? —preguntó Calista en tono suave.

—Había cosas que yo podría haber hecho. Podría haber comprado láudano u otro remedio que mitigara su sufrimiento, podría haberle pagado a una enfermera para que lo cuidara, pero me marché y lo dejé allí, Calista. Tres días después lo sacaron del río. Era evidente que, en su delirio, se las arregló para arrastrarse hasta un muelle y o se arrojó al agua o bien cayó. Nunca lo sabremos y no me importa demasiado.

—Me alegro mucho de que no te vieras obligado a matarlo —dijo Calista—. Me doy cuenta de que lo hubieses hecho para proteger a tu familia y lo comprendo, pero me alegro de que no tengas que cargar con ese peso en particular.

En la biblioteca reinaba un silencio sereno. Él temía romperlo, pero tenía que hacer la pregunta.

—¿De veras? —preguntó—. ¿Lo comprendes, quiero decir? Atravesé un límite, Calista. Dejé morir a Bristow. Si no hubiera estado agonizando lo habría matado.

Ella se acercó unos pasos a él.

—Veo que saber lo que hiciste y lo que hubieras hecho te obsesiona —dijo—. Lamento que te hayas visto obligado a confrontar ese aspecto de tu carácter; me doy cuenta de que saber tal verdad sobre ti mismo debe de ser duro, pero ya has llorado la pérdida de tu inocencia durante demasiado tiempo. Es hora de que vivas tu vida.

Él la miró fijamente, acongojado por su perspicacia.

—¿Crees que eso es lo que he estado haciendo todo este tiempo? ¿Apenarme por la verdad que descubrí sobre mí mismo?

—Pues parece ser —dijo ella y se agachó para recoger otras carpetas y páginas de anotaciones—. Sugiero que reconozcas tus méritos. Eres un hombre honorable dispuesto a sacrificarse por quienes dependen de ti. Me parece respetable y tú también deberías respetarte a ti mismo.

—En cuanto a esta noche, Calista. Y tu inocencia...

—Te aseguro que hace mucho tiempo que no soy inocente. —Ella se enderezó y dejó las carpetas en el escritorio—. Ninguna mujer obligada a abrirse paso en el mundo puede conservar sus ilusiones. Y eso es en el fondo la inocencia, ¿no? Una ilusión.

—Parece que ambos estamos bastante hastiados.

Ella le lanzó una sonrisa irónica.

—Sí, lo estamos. Y tampoco estamos solos. Yo no lo estoy, ciertamente. Todas las institutrices y todas las damas de compañía que he conocido son igual de realistas, te lo aseguro. —Se detuvo y contempló las carpetas que sostenía en la mano—. Las institutrices. Sí, por supuesto.

—¿De qué estamos hablando ahora?

—De las institutrices de la agencia Grant asesinadas —dijo Calista, apoyó las carpetas en el escritorio y comenzó a hojearlas—. Las tres mujeres que la señora Grant dijo que fueron enterradas en modernos ataúdes de seguridad.

—¿Qué estás buscando?

—Ninguna de esas tres eran clientas de mi agencia, pero tal como mencioné, dos de las institutrices de la agencia Grant, sí. Ambas se emparejaron con éxito. Creo recordar que una de ellas me dijo que me había enviado a otra mujer de la agencia Grant. Pero esa mujer jamás acudió a una entrevista.

—¿Por qué es importante?

—No lo sé, pero me inquieta. Tengo el vago recuerdo de haber apuntado su nombre.

Se sentó detrás del escritorio y abrió las carpetas. Él se sentó en una esquina del escritorio y observó cómo ella revisaba sus notas.

—Sí. —Se detuvo en una página y leyó rápidamente—. Aquí está. Virginia Shipley —dijo en cierto tono, como si él debiera reconocer el nombre.

—No recuerdo... —Trent se interrumpió—. ¿La secretaria de la agencia Grant?

—¿No era ese su apellido? ¿Shipley?

—Sí, creo que sí —dijo él—. Pero ¿y eso qué significa?

—Se me ocurre que Nestor Kettering escogía sus presas con cierto cuidado. Las tres mujeres que murieron tenían unas cuantas cosas en común.

—Todas eran jóvenes, estaban solas en el mundo y trabajaban para la agencia Grant. ¿Y qué?

—Reflexiona, Trent. ¿Cómo escogía sus presas Nestor?

Solo no hubiera tenido manera de saber qué mujeres eran jóvenes, solas y atractivas. Y, sin embargo, logró encontrar tres mujeres de esas características en la agencia Grant. Comenzó a enviarme flores a mí una vez que hubieron muerto.

Entonces Trent comprendió.

—Crees que tenía acceso a los archivos de la agencia Grant, ¿verdad? —preguntó—. Alguien le permitió seleccionar sus presas.

—¿Quién hubiese tenido más acceso a los archivos que la secretaria? —dijo Calista.

44

—Me temo que hoy la señorita Shipley no ha venido a la oficina. —Con gesto impaciente, la señora Grant golpeteó el escritorio con un dedo—. Ni siquiera se ha molestado en enviar una nota explicando su ausencia. Solo puedo suponer que ha caído enferma durante la noche. Siempre parece gozar de buena salud, pero no nunca se sabe, ¿verdad?

—No —dijo Calista—. Es muy importante que hablemos con ella. ¿Le importaría darnos su dirección?

—¿Por qué? —La señora Grant miró a Trent con recelo—. ¿Acaso pondrá a la señorita Shipley en su nueva novela en vez de a mí?

—No lo creo —contestó Trent—, pero es imprescindible que hable con ella para confirmar un par de pequeños detalles. Le estaría agradecido si fuese tan amable de darme su dirección.

—¿Qué detalles desea confirmar? Quizá yo pueda ayudarle.

—Muy bien —dijo Trent—. Entre otras cosas queremos saber si la señorita Shipley conoce a un hombre llamado Nestor Kettering.

—Nunca he oído hablar de él. No tengo clientes llamados Kettering. ¿Por qué habría de conocerlo la señorita Shipley y por qué dicha información le resulta importante a usted?

Calista decidió que era hora de tomar el control de la situación.

—Por decirlo de alguna manera, señora Grant, existen motivos para creer que Nestor Kettering es un hombre muy peligroso. Pensamos que puede ser el responsable de la muerte de varias mujeres. Y, en ese caso, la señorita Shipley corre un grave peligro.

La señora Grant la miró fijamente.

—Veo que habla en serio —dijo y se volvió hacia Trent—. Esto no forma parte de sus investigaciones para la trama, ¿verdad, señor?

—Por desgracia, nuestra inquietud por la señorita Shipley es auténtica —contestó.

La señora Grant no parecía muy dispuesta a cooperar, pero era evidente que estaba conmocionada.

—Le daré la dirección. Hace poco tiempo la señorita Shipley se mudó a un barrio muy bonito. Dijo algo acerca de que había recibido una herencia de un pariente lejano. Temí que un día de estos presentara su renuncia; me pareció que ya no necesita los ingresos que le proporciona su puesto en mi agencia. Es evidente que la fortuna le ha sonreído.

45

Veinte minutos después, Trent se encontraba en el centro de una salita pequeña pero bien amueblada. Calista estaba frente a él y ambos contemplaban el cadáver de Virginia Shipley. La cara corbata de seda utilizada para estrangularla rodeaba su garganta amoratada.

—La fortuna no le sonrió —dijo Trent—. Alguien la ha asesinado.

—Nestor Kettering —dijo Calista—. Tiene que haber sido él.

—Tal vez, pero ella no murió como las demás y eso plantea ciertas preguntas.

—Él no la consideraba una presa como a las otras y por eso no actuó de la misma manera. La asesinó para evitar que hablara con nosotros.

—Lo que significa que ella sabía algo que podría conducirnos hasta él.

—El mismo motivo por el cual asesinaron a la señora Fulton, la dueña de la tienda de ataúdes.

—Quizá. —Trent salió al vestíbulo—. Echemos un vistazo antes de llamar a la policía. Puede que encontremos algo que vincule a la señorita Shipley con su asesino.

—Registraré la habitación —dijo Calista—. A una mujer le resultará más fácil descubrir algo inusual en la habitación de otra mujer.

—Yo registraré las habitaciones de la planta baja —dijo Trent.

Recorrió el pasillo y se dirigió al pequeño comedor y a la cocina. Calista se recogió las faldas y subió la estrecha escalera a toda prisa.

Se detuvo ante la puerta de la primera habitación y se asomó. Había un pequeño escritorio junto a la ventana; el ropero estaba abierto, como si Shipley se hubiese visto sorprendida mientras se preparaba para irse a la cama. El enorme moño postizo que llevaba en la agencia Grant y las largas horquillas necesarias para fijarlo estaban prolijamente dispuestos en el tocador, provisto de un espejo grande y caro. El mango del cepillo y del peine eran de plata y un pequeño joyero ocupaba un lugar destacado.

«Por lo visto a la señorita Shipley le iba muy bien con su sueldo de secretaria», pensó Calista. Entonces se le ocurrió que muchas mujeres guardarían las cosas que más apreciaban en un joyero y se acercó al tocador. Cuando se disponía a levantar la tapa del joyero un hombre apareció en el espejo. Llevaba un revólver en la mano.

Ella empezó a volverse instintivamente, con la boca abierta para llamar a Trent, pero el recién llegado se abalanzó sobre ella con tanta rapidez que no logró pronunciar palabra. Le cubrió la boca con la mano y la arrastró hacia atrás, aplastándola contra su pecho. Las miradas de ambos se encontraron en el espejo y ella supo que él no dudaría en asesinarla.

—Ni una palabra —dijo el hombre—. Hoy ya he matado a una mujer inocente y no me importa silenciar a otra.

46

Ella oyó los pasos de Trent en la escalera.

—¿Calista? —gritó.

Ella se debatió tratando de zafarse y de hacer el ruido suficiente como para advertir a Trent, pero su captor la arrastró del tocador y se volvió, de modo que ambos quedaron frente a la puerta de la habitación.

Trent apareció, aferrando el bastón con una mano.

—Un movimiento y primero le dispararé a usted y después mataré a la mujer —dijo el pistolero.

—Entendido —dijo Trent.

El hombre retiró la mano de la boca de Calista para poder rodearle el cuerpo con el brazo y la presionó contra su pecho.

—Usted debe de ser Hastings —dijo—, y supongo que esta irritante mujer es la señorita Langley. Sabía que antes o después Shipley supondría un problema, pero confié en ocuparme de ella antes de que se convirtiera en una carga.

—Ha llegado demasiado tarde, Birch —dijo Trent.

El corazón de Calista latía con fuerza pero percibió la violenta descarga que recorrió el cuerpo de su captor.

—¿Cómo sabe mi nombre? —preguntó Birch.

—Bien, como es evidente que usted no es Kettering opté por la segunda opción más lógica. Dicho sea de paso: varias personas saben que la señorita Langley y yo acudimos aquí para entrevistar a la señorita Shipley.

—Me lo temía. Ustedes dos han estropeado un negocio muy lucrativo. Resultaba muy fácil vender institutrices a hombres acaudalados que disfrutan seduciendo a jóvenes inocentes y bien educadas sin tener que enfrentarse a padres y hermanos airados.

—¿Usted vendió a esas jóvenes? —preguntó Trent.

—Proporcionaba nombres, direcciones y descripciones por una suma de dinero. El cliente debía encargarse de seducirlas, pero se sorprendería si supiera cuántos hombres ricos y aburridos disfrutan haciéndolo, a condición de poder largarse cuando el juego llega a su fin. Y resulta realmente muy fácil con las institutrices; debido a su trabajo pasan mucho tiempo a solas con los niños a su cargo, los llevan a parques y a otra clase de excursiones, y en general sus rutinas siempre son las mismas. No es muy difícil iniciar un flirteo con una de ellas si uno sabe dónde encontrarlas.

—Y usted conocía sus horarios porque la señorita Shipley lo mantenía informado —dijo Calista.

—Sí, Shipley controlaba a las mujeres y sus rutinas. Ellas la consideraban una amiga y una confidente.

—¿Qué les pasó a esas mujeres? —preguntó Trent.

—Quién sabe. Supongo que la mayoría acabó en la calle. Es indudable que algunas de las más listas, como Shipley, se las arreglaron para ocultar el tiempo que fueron prostitutas y luego hallaron nuevos puestos como institutrices. Ese no era mi problema. Lo único que le garantizaba a mi clientela era que la mercancía era joven, atractiva, bien educada y que estaba sola en el mundo. Ellos debían encargarse del resto.

—¿Fue usted quien asesinó a las tres institutrices? —preguntó Trent en tono indiferente, como si la respuesta no le interesara demasiado.

—¿Por qué querría hacer eso? Gané mucho dinero gracias a esas tontas. Todas estaban tan dispuestas a creer que un caballero acaudalado y respetable quería casarse con ellas...

—Era lo que ellas querían oír —dijo Trent—. ¿Cuándo hizo sus arreglos comerciales con la señorita Shipley?

—Shipley y yo nos conocimos cuando ella era una institutriz; en aquella época era bastante bonita, pero luego dejó de serlo y perdí interés en ella. Finalmente empezó a trabajar como secretaria en la agencia Grant y después, hace unos años, me propuso colaborar en su plan. Creo que ella realmente consideraba que si se volvía útil para mí, si se convertía en mi socia, volvería a parecerme atractiva.

—Si usted no asesinó a las institutrices, ¿quién lo hizo? —preguntó Trent.

—Kettering, claro está. Empecé a hacerme preguntas sobre él cuando la segunda sucumbió a una misteriosa enfermedad. Cuando enterraron a la tercera institutriz llegué a la conclusión de que Kettering era un problema. Estaba a punto de decirle que ya no le proporcionaría más nombres de la lista de la agencia Grant, era demasiado arriesgado. Pero entonces me suplicó que lo ayudara a eliminar a su esposa. Lo consideré una oportunidad porque hacía poco tiempo me había enterado del negocio de la señorita Langley.

—¿Así que la señorita Shipley le habló de mi agencia de presentaciones? —preguntó Calista.

—Sí, al principio me pareció divertido. Usted y yo nos dedicamos a lo mismo, señorita Langley.

—No, no es así, bastardo.

—Ya había comenzado a pensar en la posibilidad de hacerme cargo de su agencia de presentaciones, pero no sabía muy bien cómo.

—Hasta que se dio cuenta de que Kettering, uno de sus clientes, podría estar en posición de hacerse con mis archivos, ¿no es así? —preguntó Calista.

—Conocía lo bastante a Kettering como para saber que antaño la sedujo, señorita Langley.

—No me sedujo.

—Llámelo como quiera. De pasada, Kettering mencionó

que estuvo a punto de casarse con usted, solo para descubrir que, después de todo, no era una heredera. Parecía creer que había escapado por los pelos.

—No fue el único que lo creyó —dijo Calista.

—Lo que quiero decir es que yo era consciente de su anterior relación con Kettering, pero no había entendido el carácter preciso de su negocio ni me había dado cuenta de su potencial hasta que Shipley me destacó las posibilidades. Una lista de mujeres solteras, muchas con buenos ingresos. Tanto más valiosas que las institutrices, pobres de solemnidad...

—Usted pensó que podía usar a Nestor para obtener acceso a mi lista de clientas —dijo Calista—. Supuso que yo dejaría que él volviera a entrar en mi vida.

—Según mi experiencia, las mujeres solitarias suelen estar ansiosas por darle una segunda oportunidad a un hombre —dijo Birch.

—Así que hizo un trato con Kettering —dijo Trent—. Le dijo que si lograba acceder a la lista de las clientas de la señorita Langley usted le ayudaría a hacer desaparecer a su esposa.

—Esa es una deducción muy astuta, Hastings —señaló Birch—. Una que solo es de esperar de un novelista especializado en novelas de detectives, supongo. Sí, ese era el plan, pero es obvio que las cosas han salido mal.

—Y usted intenta eliminar los cabos sueltos —dijo Trent—. Primero tenía que deshacerse de la señorita Shipley porque ella podía vincularlo con las tres institutrices muertas y los burdeles que usted administra. Imagino que el siguiente de su lista es Kettering, ¿no?

—Lo era hasta que usted y la señorita Langley se presentaron aquí, en casa de Shipley. Así que ahora ha llegado su turno. Usted es realmente un condenado incordio, Hastings. Debí haberme deshecho de usted primero.

Calista notó que el cuerpo de Birch se tensaba, preparándose para disparar. Tenía los brazos al costado del cuerpo, abrió la mano y reveló la larga y sólida horquilla de dos puntas que había ocultado entre los pliegues de la falda.

Cruzó una mirada con Trent y supo que él había adivinado sus intenciones.

No podía vacilar ni un segundo más: Birch se disponía a disparar a Trent. Entonces apretó los dientes, alzó el brazo cuanto pudo y lanzó la mano en la que sostenía la horquilla hacia atrás, confiando en clavar el acero en el ojo de Birch y, al menos, distraerlo para que Trent pudiera entrar en acción.

Notó que las puntas se clavaban en la carne y creyó que vomitaría. Birch soltó un alarido de dolor y rabia y la apartó con tanta violencia que ella cayó al suelo. Oyó el estruendo del disparo, pero el proyectil no derribó a Trent y sabía que, debido al pánico, Birch no había dado en el blanco. Trent se lanzó hacia delante alzando el bastón y dispuesto a golpear. Birch se tambaleó hacia atrás, aullando y rugiendo de furia. Calista vio que la horquilla se había clavado en su mandíbula, no en el ojo, y mientras lo observaba, Birch se la arrancó y brotó un chorro de sangre.

Y entonces Trent lo alcanzó, blandiendo el bastón y golpeando a Birch en el brazo. Calista oyó el crujido de un hueso que se partía y que el revólver caía al suelo.

Birch soltó otro alarido y huyó hacia la puerta perseguido por Trent. Ambos hombres desaparecieron en el pasillo y resonó otro grito aterrado. «Es Birch —pensó Calista— no Trent.»

Tras el grito, una atroz cascada de pesados golpes resonó en la escalera. Calista se puso de pie, recogió sus faldas y salió al pasillo.

—¡Trent! —gritó.

Él estaba de pie en el extremo de la escalera, ileso.

Ella echó a correr hacia él y se detuvo.

—¿Te encuentras bien? —preguntó Trent.

—Sí —dijo ella—, ¿y tú?

—Sí.

Ambos bajaron la vista y contemplaron a Birch, tumbado al pie de la escalera, inmóvil. A Calista le pareció que su cuello formaba un ángulo extraño.

Trent descendió lentamente y al llegar al pie de las escaleras apoyó dos dedos en la garganta de Birch. Después de un momento alzó la cabeza e hizo un movimiento negativo.

Entonces Calista estuvo convencida de que vomitaría, se desplomó en el último peldaño y se rodeó las rodillas con los brazos.

—Lo he matado —susurró.

—No —dijo Trent en tono muy firme—. La horquilla no le ha causado una herida mortal. Tropezó en la escalera y se rompió el pescuezo.

Ella asintió y tomó aire profundamente.

—Ven, llamaré un coche de punto para ti y después a un agente de policía.

—Espera, antes debo hacer algo —dijo y, haciendo un esfuerzo, se puso de pie—. No tuve oportunidad de registrar el escritorio de Shipley.

En la parte posterior de uno de los cajones encontró un pequeño cuaderno.

47

—Algún día me gustaría mucho hacer algo normal cuando salimos juntos —dijo Trent—, tal vez dar un paseo por el parque... o podríamos ir al teatro si queremos disfrutar de un poco de emoción.

—Cualquiera de esas opciones sería una novedad —dijo Calista.

Volvían a estar en la biblioteca de Cranleigh Hall; Calista, sentada detrás del escritorio, hojeaba el cuaderno que había descubierto en la habitación de Shipley; Trent se encontraba junto a la ventana y Eudora estaba sentada ante la chimenea bebiendo el té que la señora Sykes había servido. Andrew se dedicaba a devorar otro plato de sándwiches.

Los nervios de Calista estaban a punto de estallar y dudó de que esa noche lograra conciliar el sueño, pero al menos ya no se sentía tan descompuesta como antes.

Centrarse en el cuaderno de Shipley suponía una buena distracción.

—Elizabeth Dunsforth, Jessica Forsyth y Pamela Townsend: así se llamaban las tres institutrices muertas —dijo—. Pero en el cuaderno aparecen varios nombres más y junto a cada nombre figura una suma de dinero: veinticinco libras, etcétera.

Eudora se estremeció.

—Esas eran las sumas que Dolan Birch le pagó por los

nombres y las direcciones de las mujeres que él, a su vez, les vendía a sus clientes.

—Pensar que Birch tenía el descaro de decir que era un caballero —dijo Andrew—. En comparación con él, Jonathan Pell es un dechado de virtudes.

Trent miró a Calista.

—¿Aparece alguna otra información interesante en ese cuaderno?

—Sí, aquí aparece mi nombre —contestó Calista—. Al parecer, la señorita Shipley me vendió a Dolan Birch por mil libras.

Trent apretó las mandíbulas.

—Puede que usted fuera la más valiosa de todas. Cuando vendió su nombre estaba vendiendo toda su agencia y, junto con ella, otra lista de mujeres solteras que podían ser seducidas y luego abandonadas por los ricos clientes de Birch.

—O en el caso de sus clientas solteras acaudaladas, seducidas y casadas con uno de ellos por su fortuna —añadió Eudora.

Calista cerró la agenda.

—Es evidente que una de mis clientas de la agencia Grant confió en la persona equivocada.

—Está claro que creyó que le hacía un favor a la señorita Shipley recomendándole su agencia —dijo Eudora.

—En cambio, Shipley le vendió la información a un hombre que esperaba que la amara si ella lograba volverse imprescindible para él. —Calista meneó la cabeza—. Todo esto es tan triste...

—Al menos tenemos un capítulo más de la historia. —Trent cruzó la habitación y cogió un sándwich de la bandeja—. Descubrimos el vínculo entre Kettering y Birch, la agencia Grant y usted, Calista.

Calista cerró el cuaderno y golpeteó la tapa con un dedo.

—Lo que no comprendo es por qué Nestor Kettering asesinó a esas mujeres. Es evidente que las sedujo, pero ¿por qué matarlas?

—Es obvio que está loco —dijo Eudora—. Tal como sugirió Harry, es presa de una extraña obsesión.

—A lo mejor mató a esas mujeres en un intento de ocultarle sus aventuras a su mujer de manera permanente —comentó Andrew, frunciendo el ceño.

—Dudo que le dé mucha importancia a los sentimientos de su mujer —dijo su hermana.

Trent contempló el resto de su sándwich.

—Puede que eso no sea verdad. Quizá los sentimientos de su mujer le importan mucho.

—Eso resulta difícil de creer —dijo Calista.

Trent miró a Andrew.

—Usted dijo que el padre de Anna Kettering intentó protegerla estipulando en su testamento que si algo le ocurriera a su hija el dinero iría a parar a unos parientes lejanos.

—Eso fue lo que me dijo la criada —contestó Andrew.

—¿Y si resulta que el testamento iba un poco más allá? —prosiguió Trent—. Porque si la señora Kettering realmente controla su propia herencia podría optar por abandonar a su marido.

—Y llevarse el dinero con ella —añadió Calista en voz baja.

—Un hombre como Kettering podría considerarlo un motivo suficiente para cometer un asesinato —dijo Andrew.

48

—Usted tenía razón —dijo Jonathan Pell—. Sentía cierto interés por Dolan Birch... al menos hasta que me enteré de que ayer cayó por la escalera, de manera bastante conveniente —añadió, lanzándole una sonrisa benigna a Trent.

—¿Qué ha descubierto? —preguntó el escritor.

A primera vista, Calista consideró que Pell no parecía un profesional del crimen. Era un hombre de aspecto distinguido y respetable, bien vestido y de modales excelentes. Si hubiese solicitado los servicios de su agencia de presentaciones no habría dudado en considerarlo como un posible cliente.

Y también se le ocurrió que si lo hubiera visto junto a Trent en una habitación abarrotada de gente, sin saber la verdad acerca de ambos, habría supuesto que el profesional del crimen era Trent. «No solo por las cicatrices», pensó. Calista estaba convencida de que, si las circunstancias fueran las correctas, ambos hombres podían ser muy peligrosos.

Los tres estaban sentados en un carruaje aparcado junto a un cementerio desierto. Pell había llegado en un coche de punto; lo conducía un cochero peculiar: llevaba el abrigo de diversas capas y el sombrero plano de ala ancha propio de la profesión, pero era corpulento y tenía las manos grandes de un boxeador.

Una densa niebla proporcionaba una privacidad adicional al encuentro. Era tan espesa que Calista solo lograba distinguir algunas de las lápidas más próximas. El ambiente era gélido y no solo debido al clima.

«¿Cómo mi vida tranquila y solitaria ha dado un giro tan extraño?», se preguntó.

Esos días ciertamente no estaba sola; la sensación de observar su vida desde el punto de vista de un espectador se había disipado por completo, era como si hubiera despertado de un largo sueño. En los últimos días había experimentado una caótica mezcla de intensas emociones: temor, ira, una feroz determinación de sobrevivir y una pasión que la dejaba sin aliento.

«Y también algo más —pensó, mirando a Trent, enfrascado en una seria conversación con Jonathan Pell—. Me estoy enamorando. De modo que es así como uno se siente.»

De repente, su respiración se agitó.

—¿Cuáles son sus novedades? —le preguntó Trent a Jonathan.

—Hice circular la noticia de que me interesaba cualquier información sobre Dolan Birch —dijo Pell—. Resulta que hace un tiempo que corren rumores sobre él. No les presté atención porque los negocios de Birch no afectan a mis empresas.

—¿Qué sabe de él? —preguntó Trent.

—Al parecer, Birch era una especie de profesional del crimen que proporcionaba diversos servicios a una clientela bastante exclusiva: caballeros adinerados de la buena sociedad.

Calista recuperó el control sobre sí misma y se concentró en la conversación.

—Sabemos que estaba vendiendo los nombres y las direcciones de jóvenes institutrices a sus clientes —informó Calista.

Pell apretó los labios, su repugnancia era evidente.

—Es verdad. Sin embargo, ese no era su único negocio, también ofrecía otros servicios a quienes se los podían permitir. Sospecho que tal vez se las arregló para hacer desaparecer a unas cuantas esposas y familiares incómodos que impedían apoderarse de una herencia.

—Birch nos dijo que había acordado deshacerse de la esposa de Kettering —dijo Trent—, pero murió antes de poder decirnos cómo pensaba hacerlo.

—Creo que sé la respuesta —dijo Pell—. Descubrí que hace unos días Birch compró un billete para el tren de la mañana a Seacliff, una pequeña aldea de la costa, y que regresó por la noche ese mismo día. Ayer envié algunos de mis hombres a Seacliff para que hicieran unas cuantas averiguaciones.

—¿Por qué lo hizo? —quiso saber Calista.

Trent le lanzó una breve mirada.

—Dolan Birch no era la clase de hombre que realizaría un corto viaje a una pequeña aldea a menos que allí lo aguardara un asunto urgente.

—Precisamente —dijo Pell—. Los hombres de su posición suelen comprar pasajes a Nueva York o a Roma cuando quieren cambiar de aires. Y, no obstante, él optó por una excursión de un día a una pequeña y más bien aburrida aldea de la costa.

Calista se inclinó hacia delante con las manos entrelazadas y expresión expectante. Sabía que Trent también estaba prestando mucha atención.

—¿Qué descubrió? —preguntó.

—Mi empleado pasó gran parte del día en el pub del lugar. Averiguó que un negocio muy extraño funcionaba en una vieja mansión situada a cierta distancia de la aldea. A juzgar por las apariencias, el propietario de la casa dirige un hotel y un balneario marítimo frecuentado por una clientela muy exclusiva que exige la privacidad más absoluta. Los huéspedes llegan en carruajes cerrados.

—No comprendo —dijo Calista—. ¿Qué importancia tiene eso?

—Importa —dijo Pell—, porque según mi empleado, en la aldea circulan rumores afirmando que los huéspedes del hotel tienden a permanecer allí durante bastante tiempo y cuando se marchan, siempre lo hacen en otro carruaje cerrado. La casa y los jardines están rodeados de una pared alta y la puerta siempre está vigilada y cerrada y con llave.

—¿Nos está diciendo que el dueño de ese balneario puede estar al frente de un manicomio privado? —preguntó Trent.

—Creo que así es —contestó Pell—. Pero mi empleado, además, regresó con otro rumor: es evidente que el propietario del establecimiento está dispuesto a encargarse de la desaparición total de un huésped —añadió—. Por un precio.

—Incluso si eso fuese cierto —dijo Calista—, ¿de qué le serviría a Kettering? Si estamos en lo cierto, él perderá la fortuna si intenta internar a su esposa, y también si ella muere.

—En este caso, la palabra vital es «desaparición» —dijo Pell.

Trent adoptó una expresión pensativa.

—Comprendo lo que dice. La cuestión es la siguiente: ¿qué pasaría si se dijera que Anna Kettering está pasando un largo período en un balneario? Tal vez después de cierto tiempo se las podrían arreglar para que pareciera que ella abandonó el balneario y emprendió un largo viaje por mar.

—Podrían pasar meses e incluso años antes de que alguien cuestionara su ausencia de Londres —comentó Pell.

—Suponiendo que alguien lo notara —dijo Calista—. Anna Kettering no tiene familiares, solo unos parientes lejanos en Canadá. Ellos jamás podrían demostrar que algo espantoso le ocurrió.

—E incluso en ese caso, ¿cómo podría alguien demostrar que está prisionera o muerta? —dijo Trent—. Lo único necesario para que la fortuna pasara a manos de Kettering serían unos cuantos documentos falsificados.

—Que resultarían bastante sencillos de fabricar a condición de que Anna no estuviera presente para negar su legalidad —añadió Pell.

—El plan consistiría en asegurarse de que el cuerpo nunca

fuera encontrado, pero eso no sería difícil —concluyó Trent—. Existen diversas maneras de hacer desaparecer a alguien. Pensándolo bien, es bastante ingenioso.

Calista le lanzó una mirada de desconcierto y Pell le devolvió una ligeramente divertida.

—Tal como he comentado en más de una ocasión, Hastings, menos mal que usted no hizo carrera en mi mundo —dijo—. Creo que hubiera sido un importante competidor.

49

—Piensas entrar en la casa de Kettering —dijo Calista en voz baja.

Trent cruzó la biblioteca, se acercó a la ventana y contempló los amplios jardines.

—No puedo seguir postergándolo —declaró—. No se me ocurre otro modo de buscar pruebas que vinculen a Kettering con la muerte de esas mujeres.

—Debo recordarte que hay algo más que podemos intentar antes de que corras semejante riesgo. Ignoro si funcionará y admito que es improbable, pero tenemos poco que perder.

Trent se volvió para mirarla.

—Quieres confrontar a la señora Kettering con nuestros problemas.

—Lo mínimo que debemos hacer es advertirla sobre su marido.

Trent negó con la cabeza.

—Ya te lo he dicho: ella no hablará e incluso si lo hiciera ninguna mujer puede testificar contra su marido; ayudarnos pondría en riesgo su vida. Si ella sabe lo que está ocurriendo lo comprenderá. Está atrapada, Calista.

—Ella al menos debe de sospechar lo que su marido está planeando —dijo Calista—, pero se verá indefensa. ¿No te das cuenta? Por eso está buscando la ayuda de las médiums que celebran sesiones de espiritismo. Debe de estar desesperada, así que al menos tenemos que ofrecerle nuestra ayuda: es lo mínimo que podemos hacer.

50

Esa mañana Anna Kettering fue de compras.

—¿Cómo puede vivir con normalidad? —preguntó Calista—. Está casada con un asesino, por el amor de Dios.

—Te recuerdo que puede que desconozca las costumbres de su marido —dijo Trent.

—Las conoce —dijo Calista.

Se encontraban en un carruaje delante de la tienda de una modista, aguardando que apareciera la señora Kettering. Un poco antes, Andrew había enviado una nota informándolos de que Kettering había abandonado la casa y se dirigía a su club. Para cuando Calista y Trent llegaron allí, la mujer estaba montando en un carruaje para ir de compras.

—Puede que esto suponga un golpe de suerte —dijo Trent—. Quizá sea más fácil convencerla de que hable con nosotros en una calle concurrida, donde no se sienta asaltada.

—Sí, comprendo lo que quieres decir.

La puerta de la tienda de la modista se abrió y apareció la señora Kettering, seguida de un joven empleado cargando dos grandes paquetes.

—Es ahora o nunca —dijo Calista.

Trent se apeó del carruaje y la ayudó a descender la escalerilla, la cogió del brazo y la acompañó al otro lado de la calle atestada.

—Señora Kettering —dijo Calista, procurando hablar en tono cortés pero firme—, encantada de verla. ¿Le gustaría tomar una taza de té conmigo y el señor Hastings? Hay un agradable salón de té a la vuelta de la esquina.

Anna se volvió, boquiabierta y se estremeció, alarmada. Calista notó que la tensión se apoderaba de su cuerpo delgado y grácil.

—¿Nos conocemos? —Anna le lanzó una mirada inquieta a Trent antes de volverse hacia Calista—. Me temo que no recuerdo...

—Soy la señorita Calista Langley y este es el señor Trent Hastings —dijo e hizo una pausa cuando se dio cuenta de que Anna estaba a punto de huir—. El autor —añadió.

Por una vez, el nombre de Trent no causó ningún impacto visible.

—No comprendo —dijo Anna—, estoy completamente segura de que jamás nos hemos visto antes.

—Es absolutamente imprescindible que hable con usted sobre su marido, señora Kettering —dijo Calista—. Me preocupa la idea de que usted puede estar en peligro. Si es así, a lo mejor podemos ayudarla.

—¿Cómo se atreve? —Anna retrocedió un paso con expresión aterrada—. No tengo ni idea de qué está hablando. Déjenme en paz —dijo y se dirigió al cochero—. Lléveme de regreso a Lark Street de inmediato.

—Sí, señora.

El cochero la ayudó a montar en el carruaje y cerró la portezuela.

Calista observó cómo el vehículo desaparecía entre el tráfico.

—Está absolutamente aterrada. Estoy segura de ello.

—Pues ahí se acaba tu plan —dijo Trent—, así que parece que solo nos queda el mío. Si Anna Kettering no se aparta de su rutina, mañana asistirá a una sesión de espiritismo y los sirvientes tendrán la noche libre. Kettering irá a jugar a las cartas en su club, sin duda. Visitaré Lark Street cuando todos estén ausentes y veré qué puedo encontrar.

51

Anna vigilaba la calle desde la ventana de su habitación. La noche parecía eterna. Era casi de madrugada cuando Nestor regresó a casa; bajó del coche de punto hurgando en su bolsillo en busca de la llave. Estaba borracho, como de costumbre.

Ella se apartó de la ventana y se quedó de pie en la habitación a oscuras, escuchando los pasos pesados de él en la escalera; cuando pasó junto a su puerta la luz espectral titiló a través de la rendija inferior y un momento después lo oyó entrar en su habitación, situada en el extremo del pasillo.

Después de la luna de miel habían dejado de compartir habitaciones anexas. En aquella época ella lo había amado apasionadamente. Tardó bastante tiempo en descubrir que él la despreciaba.

Aferró las solapas de su bata y se dijo que debía enfrentarse a él, necesitaba saber la verdad.

Encendió una vela, salió y recorrió el largo pasillo hasta la habitación de Nestor; oía sus movimientos en el interior, se estaba desvistiendo. Entonces hizo de tripas corazón y llamó a la puerta.

Dentro se hizo un silencio repentino, luego Nestor abrió.

—¿Qué diablos quieres? —preguntó.

La lengua se le trababa al hablar.

—Hoy Calista Langley me detuvo en la calle.

Anonadado, Nestor la miró fijamente durante unos segundos.

—¿De qué estás hablando?

—No estaba sola. La acompañaba el señor Hastings, el escritor.

—¿Qué querían de ti Langley y Hastings? —preguntó Nestor en voz baja y furibunda.

—No estoy segura —dijo Anna, dando un paso atrás—. La señorita Langley dijo que quería hablar conmigo, yo me negué, por supuesto. Al fin y al cabo nunca hemos sido presentadas. Monté en el carruaje y regresé directamente a casa.

—¡Maldita sea!

—Por favor, Nestor, ¿qué está pasando? ¿Qué has hecho?

—Vuelve a la cama, pedazo de estúpida. ¿Es que no lo comprendes? No te soporto. Casarme contigo fue el mayor error que cometí en toda mi vida —dijo y cerró la puerta de golpe.

Durante un momento ella permaneció inmóvil en el pasillo, después regresó lentamente a su habitación.

Ya no podía huir de la verdad. Hacía meses que sabía que lo único que impedía que Nestor encontrara la manera de deshacerse de ella era el testamento de su padre, pero entonces supo que ya no podía seguir contando con esa débil protección. Había visto la mirada Nestor esa noche: una mirada asesina. Estaba segura de que si había sido capaz de encontrar una heredera, también podía encontrar otra.

Debía escapar.

52

—Enhorabuena —dijo Eudora—. Usted ha organizado otra reunión exitosa. La conferencia sobre fotografía ha sido muy instructiva y ahora sus clientes están disfrutando del excelente té preparado por la señora Sykes.

Calista contempló la concurrida sala, satisfecha con el ambiente. Los clientes charlaban animada y alegremente. La clase de fotografía había proporcionado un tema que todos podían comentar con entusiasmo mientras devoraban tartaletas y bebían limonada o té.

—Resulta muy gratificante cuando las reuniones salen bien —dijo—. Pero no siempre es así. La próxima vez intentaré emparejar a las personas de un modo más científico, aplicando su sistema de referencias cruzadas a los ámbitos de interés de mis clientes. Tal vez también deberíamos tratar de categorizar a las personas por su temperamento.

—¿No cree que eso sería difícil? Es indudable que podríamos definir a sus clientes en términos generales, si son tímidos o sociables, por ejemplo, pero no estoy segura de que eso pueda informar sobre si esa persona haría buena pareja con otra.

—Tiene razón. A menudo los emparejamientos que se producen en el transcurso de las reuniones me dejan atónita. Los más exitosos no siempre son previsibles. —Calista observó que se acercaba un caballero de unos treinta años de aspecto muy serio y sonrió—. No obstante, me alegra constatar que usted y el señor Tazewell disfrutan de su mutua compañía, y no me sorprende en absoluto.

El rostro de Eudora se animó al ver que Edward Tazewell se abría paso a través de la multitud, sosteniendo un vaso de limonada en una de sus grandes manos.

—Señor Tazewell —dijo Calista—. Estoy encantada de que haya venido hoy. Espero que haya disfrutado de la conferencia.

—Fascinante —dijo él, pero miraba a Eudora—. Le he traído un vaso de limonada, señorita Hastings.

—Gracias, señor —dijo Eudora—. Muy amable de su parte.

—La conferencia ha despertado mi curiosidad acerca de la posibilidad de usar la fotografía para registrar una acción mientras ocurre —declaró él—. Por ahora se trata de un procedimiento bastante engorroso. Hay que tomar una serie de imágenes inmóviles e imprimirlas en una placa de cristal rotativa. Imagine los usos de una cámara que registra la acción en vivo y en directo.

—Puedo imaginar diversos usos para semejante cámara —dijo Eudora—. Sobre todo en el terreno del entretenimiento. Incluso se podría filmar una obra teatral al tiempo que se desarrolla en el escenario y después volver a contemplarla una y otra vez.

—¡Qué idea tan brillante! —exclamó Edward—. ¿Le agradaría dar un paseo por los jardines conmigo para que podamos comentarlo en detalle?

—Me encantaría —contestó Eudora.

Edward la cogió del brazo.

—Usted siempre rebosa de ideas creativas, señorita Hastings. Me inspira.

Eudora sonrió, pero se detuvo y le lanzó una mirada interrogativa a Calista.

—Iré a dar un paseo. Pero si me necesita puedo quedarme aquí y ayudarla con los invitados.

—No, márchese, me las arreglaré perfectamente. —Calista sonrió—. Tenga en cuenta que esta no es la primera reunión en la que hago de anfitriona. Disfrute de los jardines.

—Estoy segura de que lo haremos.

Calista observó cómo abandonaban el salón a través de las puertas de la terraza. «Una bonita pareja —pensó—. Ahora lo único que falta es que Eudora se convenza de que Trent se las arreglaría bastante bien sin que ella administre su hogar... suponiendo que no lo arresten o lo asesinen esta noche, cuando ponga en práctica su plan de registrar la residencia de los Kettering.»

De momento, él estaba reunido con Andrew en una salita situada en la parte posterior de la casa, ambos dedicados a urdir una estrategia. Hasta ese momento ella solo había oído escasos detalles del plan. Hubo una conversación en voz baja en la que Andrew se encargaría de vigilar la casa desde la calle y emplearía el silbato de coche de punto para advertirlo si veía regresar a alguien mientras Trent se encontraba en el interior.

La señora Sykes apareció entre la multitud con expresión preocupada.

—Perdón, señorita. Acaba de llegar la señora Kettering.

—¿Qué? ¿Está sola?

—Sí. Fuera hay un carruaje aguardando con algunas maletas en el portaequipaje, pero no hay nadie dentro. Dice que debe trasladarle una información muy importante. Parece muy nerviosa. Solicitó hablar con usted de inmediato y en privado.

—¿Dónde está?

—La dejé en el despacho.

—La veré ahora mismo. Mis invitados parecen arreglárselas muy bien sin mí. Avise al señor Hastings de que la señora Kettering está aquí, por favor. Él y Andrew están en el pequeño salón.

—Sí, señorita.

Calista salió al vestíbulo y echó a correr al despacho. La puerta estaba cerrada; la abrió y vio a Anna Kettering junto a la ventana, contemplando los jardines. Se había preparado para el viaje, llevaba un vestido de color oscuro y un sombrero con un velo. Al oír el ruido de la puerta abriéndose se volvió con rapidez, con demasiada rapidez. «Parece un cervatillo asustado», pensó Calista.

—Señorita Langley —dijo Anna con voz trémula.

—Sí.

—Lamento interrumpirla. —Anna se levantó el velo y reveló sus facciones tensas—. Ignoraba que tenía huéspedes.

—No tiene importancia, señora Kettering. —Calista avanzó un par de pasos pero dejó la puerta abierta, estaba segura de que Trent no tardaría en aparecer—. Tome asiento, por favor.

—No, gracias. No puedo quedarme, estoy a punto de abandonar Londres. Corro un riesgo terrible deteniéndome aquí unos minutos.

—¿Qué ocurre?

—Ayer, cuando se dirigió a mí en la calle, me asusté. Verá: hace meses que mi vida es una pesadilla, pero no dejé de tratar de convencerme a mí misma de que todas esas tenebrosas fantasías eran producto de mi imaginación. Cuando usted dijo que le preocupaba que yo pudiera estar en peligro, supe que no podía seguir ignorando la realidad.

—¿Qué cree que es la realidad? —preguntó Calista.

Anna tomó aire y cerró los ojos durante un instante. Cuando volvió a abrirlos el temor ensombrecía su mirada.

—Me da miedo decirlo en voz alta, pero la verdad es que creo que Nestor está completamente... loco.

Hubo un movimiento en el umbral y Trent entró en la habitación. No despegó la vista de Anna, que pegó un respingo al verlo. Él cerró la puerta con mucha suavidad.

—Señora Kettering —dijo.

Anna le lanzó una mirada ansiosa a Calista.

—Todo va bien —dijo—. El señor Hastings es amigo mío.

—Comprendo —dijo Anna—. Me alegro de que tenga un hombre que la proteja. Creo que las otras no fueron tan afortunadas.

—¿Quiénes eran las otras? —preguntó Calista.

—La señorita Dunsforth, la señorita Forsyth y la señorita Townsend —dijo Anna con labios temblorosos—. Conozco sus nombres y también su aspecto, gracias a las fotografías.

—¿Qué fotografías? —quiso saber Trent.

—Siempre hay un retrato —susurró Anna con los ojos llenos de lágrimas—. En la habitación en la que Nestor guarda su «colección» bajo llave —dijo—. No se me ocurre otro nombre para eso. Cada dos o tres meses las fotografías desaparecen y una nueva ocupa el lugar de la anterior.

—Señora Kettering... —empezó a decir Calista.

—Pensé que eran sus amantes —dijo Anna—. Tras descubrir la primera fotografía lloré hasta quedarme dormida durante semanas. Porque yo, tonta de mí, creí que él realmente me amaba cuando se casó conmigo.

—¿Cuándo comenzó a pensar que quizá las mujeres no eran las amantes de su marido? —preguntó Calista.

—Estoy segura de que eran sus amantes, al menos durante un tiempo, pero he llegado a creer que algo espantoso puede haberles ocurrido a todas ellas. No podía permitirme reconocer la verdad, era demasiado terrible. Sin embargo, ayer, cuando usted me interpeló, supe que no podía seguir engañándome a mí misma. Porque la reconocí, ¿sabe?

—¿Qué quiere decir?

—Ahora la que cuelga de la pared de esa horrorosa habitación es su fotografía, señorita Langley. En ella usted es mucho más joven... una niña de dieciséis o diecisiete años, tal vez. Pero sé que es usted porque el nombre que aparece en la esquela es el suyo.

Calista tomó aire.

—Ya veo.

—¿Exactamente qué cree que está pasando, señora Kettering? —preguntó Trent.

—No estoy segura. —Anna volvió a dirigir la mirada a los jardines—. Pero además de las fotografías siempre hay una esquela.

La agitación de su voz empezaba a afectarle todo el cuerpo, sus manos enguantadas temblaban visiblemente.

—¿Qué es esa colección que usted mencionó? —insistió Trent.

—Al principio siempre hay unos cuantos *memento mori*. —Anna bajó la vista y miró sus manos y, entonces, como si se sorprendiera al ver que temblaban, cerró los puños—. Esa clase de objetos que uno compra para un funeral elegante: lacrimatorios, anillos de marcasita y cristal... Y una campanilla fijada a una cadena, todos ellos llevan iniciales grabadas. A lo largo de diversas semanas los objetos desaparecen uno tras otro. Y finalmente también el retrato. Y la fecha de la muerte aparece en la esquela. Unas semanas después otra fotografía cuelga de la pared, y además aparece otra colección de *memento mori*.

—¿Cómo sabe todo eso, señora Kettering? —preguntó Calista.

—Porque desobedecí a mi marido y entré en la habitación, en la cuarta planta de nuestra casa. Nestor me había prohibido hacerlo. Ni siquiera deja que la criada la limpie: afirma que es su cuarto oscuro y que los productos químicos que guarda allí son peligrosos. Pero sé dónde guarda la llave y de vez en cuando, cuando él y los criados están ausentes, entro en la habitación.

—¿A qué conclusión ha llegado, señora Kettering? —quiso saber Calista.

Anna cerró los ojos un momento y trató de recuperar el control. Cuando volvió a abrirlos su mirada era dura.

—Lo dicho: creo que mi marido está loco —dijo—. Sospecho que ha asesinado a las mujeres cuyas fotografías aparecen en la habitación cerrada con llave. Ayer, cuando usted me paró en la calle, me di cuenta de que debía escapar, pero no podía marcharme antes de advertirla. Me pareció lo mínimo que podía hacer. No puedo ir a la policía: incluso si me creyeran, no dispongo de ninguna prueba.

—¿Y qué hay de esas cosas que se hallan en la habitación cerrada con llave? —preguntó Calista—. Eso son pruebas.

Anna negó con la cabeza.

—Temo que si la policía confronta a Nestor con ellas les dirá que tiene una afición un tanto excéntrica. Y le creerían.

—¿Adónde piensa ir? —preguntó Trent.

Anna lo miró.

—Dejé una nota diciéndole a Nestor que me marcho al campo, que necesito descansar. Pero en cuanto salga de Londres inventaré una excusa y le diré al cochero que se detenga en la primera estación de ferrocarril. Compraré un billete a un lugar muy, muy lejano. Nadie sabrá adónde he ido. Es mi única esperanza. Temo por mi vida si mi marido descubre que soy consciente de sus... actividades o que he acudido aquí para advertirla a usted. De hecho, ahora estoy segura de que solo hay un motivo por el cual sigo viva.

—¿Qué quiere decir? —dijo Calista.

—Creo que mi padre sentía cierta inquietud respecto de Nestor, aunque estoy segura de que ignoraba la clase de hombre con el que me casaba. Pero antes de morir, papá quería cerciorarse de que estaba casada y bien protegida. Fue muy cuidadoso al redactar las condiciones de su testamento con respecto a mi herencia. Si algo me ocurre el dinero irá a parar a unos parientes lejanos de Canadá. Últimamente he empezado a creer que es lo único que me mantiene con vida.

—¿Piensa ocultarse? —preguntó Trent.

—Sí, no se me ocurre otra cosa.

—Es muy valiente, señora Kettering —dijo Calista.

—Al contrario, no diría que mi decisión de desaparecer sea valiente. La verdad es que estoy muy asustada, pero aún más me aterra la idea de pasar otra noche en esa casa... no ahora, cuando ya no puedo negar la verdad.

—¿Dónde se encuentra su marido hoy? —preguntó Trent.

—No lo sé. Se marchó después del desayuno como de costumbre y no ha regresado. A lo mejor está en su club. Puede que durante un tiempo ni siquiera trate de averiguar mi paradero. Me detesta, no puede ni verme.

Calista dio un impulsivo paso hacia delante.

—¿Necesita ayuda, señora Kettering?

—Gracias, pero no hay nada que usted pueda hacer por mí, señorita Langley. Debo desaparecer. Ahora me marcharé, el cochero se estará preguntando qué estoy haciendo. Le dije que quería despedirme de una amiga.

Anna se dirigió a la puerta. Trent vaciló, luego se apartó de mala gana y la dejó pasar. Entonces miró a Calista.

—Acompañaré a la señora Kettering hasta su carruaje —dijo.

—Sí, por supuesto —afirmó Calista, asintiendo con la cabeza.

Trent volvió unos minutos después; una expresión sombría endurecía sus rasgos. Entró en la habitación y cerró la puerta.

—¿Averiguaste algo más? —preguntó Calista—. Porque por eso la acompañaste hasta el carruaje, ¿no?

—Sí, pero resultó inútil. Es una mujer asustada que huye.

—¿Y ahora qué haremos? —preguntó Calista.

—Nuestros planes no han cambiado, pero se han vuelto un poco más sencillos gracias a la ausencia de la señora Kettering. Ahora Andrew solo debe comprobar que ni Kettering ni los criados regresan a la residencia mientras yo echo un vistazo al interior. Con un poco de suerte, Kettering no se apartará de su rutina habitual y no regresará a casa hasta casi de madrugada.

—Oíste lo que dijo Anna Kettering: no hallarás pruebas en esa casa.

—Puede que la señora Kettering no haya reconocido unas pruebas sólidas cuando las vio. Tal vez la policía verá las cosas de otra manera.

—Pobre mujer. Esta situación le ha destrozado los nervios. Imagina cómo debe de haber sido vivir noche y día con un marido del que comienzas a creer que podría ser un asesino.

53

La oscuridad en el interior de la gran residencia urbana era opresiva, pero no absoluta. La luz de las lámparas era tenue pero permitía que Trent distinguiera los objetos que se interponían en su camino.

Durante un momento permaneció inmóvil en el pasillo delante de la cocina. Los criados tenían la tarde y la noche libres, no había ni rastro de Nestor Kettering; aunque su mujer se había marchado era evidente que Kettering no se apartaba de su rutina nocturna y, con un poco de suerte, no regresaría hasta el amanecer.

La casa parecía desierta y, convencido de que se encontraba a solas en ella, recorrió el pasillo con lentitud. Su meta última era la habitación cerrada con llave que había descrito Anna Kettering, pero Trent no quería pasar por alto nada que pudiese constituir una prueba.

Dedicó cierto tiempo a registrar el escritorio del estudio. La correspondencia y los documentos relacionados con la contabilidad parecían normales: eran de la clase que se acumulan en el cajón del escritorio de cualquier adinerado propietario. Hojeó la agenda forrada en cuero donde figuraban las cuentas del hogar: en los registros contables de una persona uno siempre podía encontrar secretos, pero descubrirlos llevaba tiempo y dedicación.

Volvió a guardar la agenda en el cajón y subió la escalera

hasta la primera planta, donde se encontraban las habitaciones. Solo en dos de ellas había indicios de ocupación.

En la habitación de Anna había varios cajones abiertos y un ropero prácticamente vacío: era obvio que se había llevado la mayor cantidad de cosas posibles cuando hizo las maletas.

La habitación de Nestor estaba en el otro extremo del pasillo; Trent registró el ropero y el pequeño escritorio, pero no encontró nada que pareciera una prueba.

Entró en el vestidor con la intención de echar una ojeada, pero se detuvo al ver una gran mancha oscura en la alfombra.

Sangre, mucha sangre. Pero no había un cadáver.

Abandonó la habitación, subió la escalera hasta la cuarta planta de la casa y comenzó a registrar las habitaciones. En otras circunstancias las hubiesen ocupado los criados, pero casi todas estaban desiertas. Las dependencias del personal se encontraban en la planta baja.

La puerta situada en el extremo del pasillo estaba cerrada con llave. Trent sacó la ganzúa y logró abrirla. Un miasma oscuro e inquietante lo recibió, erizándole el vello de la nuca. La muerte poseía un olor característico. Entró cautelosamente en la penumbrosa habitación, encontró una lámpara y la encendió.

El cuerpo de Nestor Kettering yacía en el suelo. «Eso supone una respuesta a algunas preguntas», pensó Trent. Kettering había recibido un disparo en la sien, el revólver había sido colocado en la alfombra junto a su mano derecha.

Una esquela colgaba de la pared, en una de las líneas aparecía el nombre de la difunta: Calista Langley. Aún no habían añadido la fecha de la muerte.

También había una fotografía, tal como Anna había dicho. Alguien había recortado la foto de la familia Langley, eliminando a todos los demás miembros excepto a Calista.

Trent echó un vistazo cuidadoso en derredor y después descendió la escalera con rapidez, volvió a entrar en el estudio y cogió la agenda. Nestor Kettering ya no la necesitaría.

54

—¿Cree que ella lo mató? —preguntó Calista.

—Culparla sería bastante difícil —dijo Eudora.

Los cuatro —Andrew, Trent, Eudora y Calista— volvían a estar reunidos en la biblioteca.

—Creo que es muy probable que Anna Kettering sea la responsable de la muerte de su marido —dijo Trent—. La cuestión es la siguiente: ¿quién la ayudó?

—¿Qué quiere decir? —preguntó Calista.

—No dispararon a Kettering en aquella habitación, de eso estoy seguro. Hubiera habido una cantidad de sangre mucho mayor. Al parecer, lo mataron en su vestidor y después lo arrastraron escaleras arriba hasta esa habitación. Anna es una mujer menuda. Puede que hubiera podido arrastrar el cuerpo a lo largo del pasillo, pero no habría logrado hacerlo escaleras arriba.

—Tiene razón —dijo Andrew—. Deben de haberla ayudado. Tal vez persuadió a uno de los criados para que lo hiciera. Es indudable que el personal estaba al corriente de que su marido la aterraba.

—Quizás haya un amante involucrado en el asunto —sugirió Eudora en voz baja—. Es obvio que Anna Kettering se ha vuelto asustadiza y solitaria. No es impensable que se haya visto envuelta en una relación romántica.

Todos la contemplaron.

—Sí —dijo Calista, pensando en la impresión que le causó Anna Kettering—. También sabemos que temía a su marido, así que recurrió a la única solución que se le ocurrió. Ella o su amante dispararon a Nestor y trataron de que pareciera un suicidio y, después, temiendo que tal vez la acusaran de asesinato, ella huyó de Londres.

—Es posible —dijo Trent, apoyó una mano en el dintel de la chimenea y clavó la vista en las llamas—. Esa historia tiene cierta lógica. No obstante, estoy convencido de que la policía lo considerará un suicidio, e incluso si sospecha algo distinto dudo mucho de que lleve a cabo una investigación a fondo.

—Supongo que en realidad da igual cómo murió Kettering —dijo Eudora—. Lo importante es que está muerto.

Trent le lanzó una mirada dura.

—No, no da igual. Necesitamos todas las respuestas.

Eudora tomó aire, claramente desconcertada por el tono insistente de sus palabras.

—Sí, desde luego.

—Tiene razón, señor —dijo Andrew—. Todavía hemos de identificar al hombre del cuchillo.

—Esto no habrá acabado hasta que descubramos cómo encajan las piezas de esta historia —dijo Trent.

—Todos estamos de acuerdo en que el demente del cuchillo puede pasar por un caballero con mucha facilidad —dijo Calista lentamente—. Y según Jonathan Pell, no es un empleado de ninguno de los profesionales del crimen londinenses.

—¿Qué está pensando? —preguntó Eudora, mirándola.

Calista miró la agenda que Trent había recogido de la casa de Kettering.

—Se me ocurre que si el hombre del cuchillo trabajaba para Kettering es probable que este le pagara de manera regular... y que le pagara bastante bien, a juzgar por las ropas caras que lleva. A lo mejor los gastos están registrados en esa agenda.

Andrew sonrió.

—Tal como suele decir Clive Stone: el dinero es como el asesinato, siempre deja una mancha.

Trent se situó detrás del escritorio.

—Clive Stone también le dirá que hay pocas cosas tan capaces de ilustrar la situación de un hogar como la contabilidad de la familia.

—Estoy segura de que eso es verdad —dijo Eudora, asintiendo con la cabeza—. Pero esa agenda puede esperar hasta mañana.

—Váyanse a dormir —dijo Trent y abrió la agenda—. Primero quiero echarle un breve vistazo.

Nadie se puso de pie, todos permanecieron sentados bebiendo té y por tanto aún se encontraban allí cuando, poco tiempo después, Trent alzó la vista de la agenda.

—Maldición —dijo—. Debí haber considerado este aspecto antes.

—¿Qué aspecto? —preguntó Andrew, contemplándolo con expectación.

—Las médiums —dijo Trent—. La última es Florence Tapp. Al parecer, Anna fue a verla hace poco tiempo. Figura un pago por una sesión de espiritismo.

—Le dije que Anna Kettering asistía a sesiones de espiritismo de manera regular —dijo Andrew—. ¿Por qué siente interés por Florence Tapp?

—Todas las médiums son estafadoras y embusteras —comentó Calista.

—Precisamente —dijo Trent—. Por eso la mayoría de las médiums exitosas son grandes expertas en estudiar a sus clientes. ¿Quién podría saber más acerca de Anna Kettering y sus problemas que la mujer que afirma ser capaz de convocar los espíritus de los muertos?

55

—La señora Kettering intentaba ponerse en contacto con su padre, que pasó al Otro Mundo hace unos años. —Florence Tapp echó un vistazo al sobre con dinero que Trent acababa de entregarle—. Era obvio que ambos estaban muy unidos. Creo que su madre murió en el parto.

Calista comprobó que estaba extrañamente intrigada por Florence Tapp. La médium los había recibido en la penumbrosa sala de su casa pequeña pero confortable. Pesadas cortinas impedían que los rayos del sol de la tarde penetraran.

Calista consideró que los muebles, voluminosos y sólidos, parecían demasiado grandes para el espacio. Era indudable que estaban diseñados para ocultar a un par de asistentes encargados de producir extraños golpes, tintineos y gemidos en los momentos indicados durante una sesión. A un lado había una mesa cubierta con una tela negra y una lámpara apagada en el centro.

Florence era una mujer atractiva de veintitantos años y una pesada melena rubia le cubría las espaldas. Llevaba un exótico vestido de una tela vistosa y un gorro en forma de turbante. Un pañuelo de colores vivos le rodeaba el cuello, grandes pendientes colgaban de sus orejas, a juego con los numerosos brazaletes que le cubrían las muñecas y varios anillos brillaban en casi todos los dedos de sus manos.

La buena sociedad se hubiese apresurado a condenar a la mayoría de las mujeres que osaban vestir prendas de un estilo tan extravagante, pero hacía una excepción en el caso de las médiums. En general, se suponía que las que poseían la sensibilidad psíquica necesaria para convocar a los espíritus presentarían un aspecto excéntrico, no solo en cuanto a su vestimenta sino también en su vida privada.

De vez en cuando una médium diestra en convocar espíritus ofrecía una sesión a clientes masculinos que pagaban extra por esas reuniones privadas. Durante los últimos años habían aparecido numerosos artículos en la prensa preguntándose exactamente qué clase de espíritus aparecían durante esas sesiones íntimas, pero todas sus insinuaciones no lograron apagar el entusiasmo del público por ellas. De resultas, continuaba siendo un negocio floreciente y muchos de los médiums más exitosos eran mujeres. Celebrar sesiones de espiritismo era una de las escasas carreras respetables a las que podían dedicarse las mujeres.

—¿Sabe por qué la señora Kettering intentaba ponerse en contacto con su padre? —preguntó Trent.

—No estoy muy segura. —Florence hizo un gesto con las manos cubiertas de anillos—. Pero en mi profesión he visto unos cuantos clientes desesperados por hablar con sus seres queridos. En general, se dividen en tres categorías: están los que buscan el paradero de un testamento desaparecido o algún otro objeto de valor; los que tratan de mitigar su pena debido a la pérdida y los que quieren consejos sobre asuntos amorosos o económicos.

—¿A cuál de estas pertenecía la señora Kettering? —preguntó Calista.

—Eso es lo que resulta extraño —dijo Florence—. No sé por qué estaba tan ansiosa por hablar con su padre. Al principio supuse que lo que la motivaba era la pena. Pude convocar al espíritu de su padre, que le comunicó que estaba en paz en el Otro Mundo, pero ella no pareció darse por satisfecha.

—¿Cómo le comunicó dicha información? —preguntó Trent.

—Del modo habitual —dijo Florence—. La mesa flotó en el aire durante unos momentos y sonaron unos golpes en el interior de un gabinete, golpes que yo logré interpretar. Y además estaba el tintineo, desde luego.

—¿Tintineo? —repitió Calista.

—La música es uno de los escasos métodos que los espíritus pueden emplear para comunicarse a través del velo.

—Ya veo —dijo Calista.

—Usted dijo que la señora Kettering no estaba satisfecha —insistió Trent.

—Al principio parecía sumamente aliviada de que el contacto se hubiera establecido —dijo Florence—, pero inmediatamente después empezó a pedir ayuda a su padre. Sin embargo, el velo que separa este mundo del otro es muy frágil. Durante aquella sesión el velo se vio perturbado antes de que el padre de la señora Kettering pudiera responder y me temo que el contacto se interrumpió.

—¿Solicitó la señora Kettering una segunda sesión? —quiso saber Calista.

—Sugerí una sesión privada —dijo Florence—. Fijamos una cita para mañana por la noche. ¿Puedo preguntar por qué siente tanto interés por la señora Kettering?

—El señor Hastings está llevando a cabo una investigación para una nueva novela en la que figura una médium que resuelve misterios —contestó Calista.

Trent la miró arqueando las cejas; Calista notó que lo había impresionado y ella misma estaba un tanto asombrada por su astuta respuesta.

—Una premisa fascinante. —Florence miró a Trent—. ¿Puedo preguntar si secretamente la señorita Wilhelmina Preston es una médium de grandes poderes paranormales?

—Jamás revelo tramas —dijo Trent.

—Ya veo. —Florence le lanzó una sonrisa tan deslumbrante como sus joyas—. Debe admitir que supondría un excitante giro argumental.

—Sí, lo sería —dijo Trent y echó un vistazo a la sala con expresión especulativa—. En caso de que convierta a Wilhelmina Preston en una médium procuraré que los detalles sean correctos. Tome nota, señorita Langley: mesas que levitan, golpes de espíritus y tintineos. ¿Lo ha apuntado todo?

Calista le lanzó una mirada fulminante que él pareció no notar.

—Sí, señor Hastings —dijo en tono acerado—. Creo que he apuntado todos los detalles necesarios.

—No debe olvidar las manifestaciones —añadió Florence.

Calista la miró.

—¿Las manifestaciones?

—Podría decirse que suponen lo que me identifica, el motivo por el cual atraigo a tantos clientes. Soy capaz de convocar una manifestación de mi guía espiritual, una antigua princesa egipcia.

—¿Cree que será capaz de hacer que el espíritu del difunto padre de Anna Kettering se materialice? —preguntó Calista.

—Quizá —contestó Florence—. Aunque dudo de que presente el mismo aspecto que cuando estaba vivo. Verá: el mundo de los espíritus modifica el cuerpo físico.

—Oírlo no me sorprende en absoluto —dijo Calista, guardó su bloc de notas y el lápiz en el bolso y lo cerró con gesto abrupto.

Florence miró a Trent.

—No tengo inconveniente en prestarle ayuda, señor, pero tal vez usted averiguaría más cosas en una sesión privada. Estaría encantada de celebrar una para usted.

—Lo siento —dijo Calista en tono brusco y recogió su bolso—. El señor Hastings está demasiado ocupado para asistir a una sesión privada. Ya sabe: los plazos de entrega.

Notó una chispa divertida en la mirada en Trent, pero él no dijo nada y se limitó a ponerse de pie sin prisas.

—Comprendo. —Florence estaba desilusionada pero pareció conformarse—. Muy bien. Debo reconocer que su interés por la señora Kettering ha despertado mi curiosidad.

—Se trata de la caracterización —dijo Trent—. Ella parece ser una típica cliente de las sesiones de espiritismo. Incorporaré una o dos en mi historia y quería que los detalles fuesen correctos.

—Pues no diría que la señora Kettering es una clienta típica —dijo Florence—. En absoluto.

Trent se quedó inmóvil.

—¿Qué le hace pensar eso? —preguntó.

—Le he dicho que mis clientes suelen ser de tres clases —dijo Florence—, pero tal vez la señora Kettering pertenezca a una cuarta. Ignoro por qué desea hablar con su padre, pero puedo afirmar que está desesperada por entrar en contacto con él. De hecho, diría que Anna Kettering es una mujer muy asustada. Supongo que cree que su querido papá puede salvarla.

—¿De qué? —preguntó Calista en tono muy cauteloso.

—No tengo ni idea —contestó Florence—, pero soy capaz de reconocer a una mujer presa del pánico. Era evidente que temía estar sola, alguien la acompañó a la sesión y la esperó fuera.

Calista se quedó de piedra y Trent guardó silencio.

—¿Así que alguien acompañó a la señora Kettering cuando asistió a su sesión de espiritismo? —dijo.

«Habla en un tono notablemente despreocupado —pensó Calista—, como si la respuesta solo le proporcionara otro detalle para la caracterización de su personaje.»

—Estoy bastante segura de que había alguien más en el carruaje —dijo Florence—. Un hombre. Pero no entró, así que no pude verlo con claridad.

—Pero está segura de que era un hombre —dijo Calista.

—Oh, sí —dijo Florence—. Se apeó y le abrió la portezuela. Estaba muy bien vestido, debo decir. De excelentes modales. Un caballero.

56

—Eudora tenía razón —dijo Calista—. Anna Kettering tiene un amante, alguien que trata de protegerla.

Trent reflexionó un momento, luego añadió la nueva información a la trama que estaba urdiendo.

—Eso explicaría algunas cosas —dijo—, por ejemplo cómo se las arregló para trasladar el cuerpo de su marido hasta aquella habitación de la mansión.

Calista resopló; parecía exasperada.

—Pero aparte de ese dato interesante la médium no nos ha dado mucha más información.

Trent estaba recostado en un rincón del asiento del carruaje, reflexionando sobre la impresión que le había causado Florence Tapp.

—Sabemos algo más: de momento, Anna Kettering no ha anulado la cita para asistir a la sesión de espiritismo de mañana.

—Cuando la vimos estaba aterrada. Es probable que olvidara la cita debido a las prisas por abandonar Londres.

—Puede ser.

—¿Qué estás pensando? —preguntó Calista.

—Londres es una ciudad muy grande. Sería bastante sencillo que una mujer adinerada, y con la ayuda de un amigo íntimo o un amante, lograra desaparecer en la ciudad... al menos durante el tiempo suficiente como para acudir a esa cita mañana por la noche.

—¿Te parece que Anna Kettering realmente cree que la médium puede ponerla en contacto con el espíritu de su padre? —preguntó Calista.

—A juzgar por la descripción de la señorita Tapp, diría que sí. Anna estaba dispuesta a contratar una sesión privada y eso indica algo más que una curiosidad pasajera. Además, Tapp dijo que Anna está muy asustada. Sí, opino que ansía creer en la historia que cuenta la médium.

—¿Y eso qué significa? Florence Tapp también te invitó a ti a contratar una sesión privada.

—Solo forma parte de mi investigación —contestó Trent.

—¡Ja!

—Noto que eres un tanto escéptica respecto del negocio de las sesiones de espiritismo.

—Son fraudes y tú lo sabes.

—No obstante, el negocio de Florence Tapp parece bastante floreciente.

—Trucos e ilusiones —dijo Calista, rechazando la idea con un gesto de su mano enguantada.

—¿Y qué? Reflexiona: una sesión exitosa es una manera de narrar historias. Uno crea un pequeño e íntimo teatro en el que los miembros del público juegan un papel activo en la obra. Para que ello ocurra, la médium debe ser capaz de convencer a las personas que olviden sus dudas y su sentido común. Debe inducirlos a creer; si no lo logra, el guión se desmorona.

—Que cualquiera que celebra sesiones de espiritismo logre que su público regrese una y otra vez es un milagro.

—Estás pasando por alto un aspecto muy importante del asunto —dijo Trent—. Una médium tiene un factor decisivo a su favor mientras celebra una sesión: los miembros del público quieren creer que el espectáculo es real —añadió.

—Sí, supongo que eso es verdad. ¿Qué crees que Florence Tapp piensa revelarle a Anna Kettering mañana por la noche, suponiendo que Anna acuda a la cita?

—Sospecho que Tapp ha programado una cita privada con la señora Kettering para alcanzar una mayor comprensión de su clienta. Estoy seguro de que después de la sesión, en caso de que la clienta se presente, Tapp sabrá bastante más acerca de Anna Kettering de lo que sabe ahora. Creo que deberíamos visitar a la médium cuando se haya reunido con Anna.

Calista tamborileó los dedos en el cojín.

—Dudo de que la señora Kettering se arriesgue a decirle que está casada con un asesino. Pero incluso si lo hiciera, ¿de qué nos serviría?

Trent contempló la calle a través de la ventanilla; era un día soleado, un cambio radical tras la penumbrosa sala de Florence Tapp. A pesar del oscuro misterio que los envolvía, en ese preciso momento disfrutaba de estar a solas con Calista. No tenía prisa por regresar a Cranleigh Hall, donde Eudora y Andrew los aguardarían llenos de preguntas y el señor y la señora Sykes irían y vendrían preguntando si alguien deseaba tomar una taza de té.

Resumiendo: no gozaría de intimidad en Cranleigh Hall.

—Disponemos de unas cuantas bonitas y brillantes respuestas, pero necesitamos más —dijo él—. Nestor Kettering está muerto. Su viuda ha desaparecido de manera deliberada. Ahora debemos identificar al asesino a sueldo.

—Esto no puede prolongarse de manera indefinida —dijo Calista, apretando las manos—. Estamos jugando un juego peligroso con un loco que se ha convertido en un experto.

—Esta vez el juego no es el mismo para él.

—¿Por qué dices eso?

—Él está acostumbrado a ser el cazador —dijo Trent—. Pero ahora alguien le está dando caza a él.

Ella lo contempló con ojos brillantes.

—No sé cómo darte las gracias, Trent.

—Todo es en bien de la investigación, ¿recuerdas?

Ella le lanzó una sonrisa irónica, que tal vez era todo lo que merecía su débil intento de bromear.

Trent se preguntó —y no por primera vez— qué ocurriría entre él y Calista cuando el asesino dejara de ser una amenaza y se dijo que no debía adelantarse a los acontecimientos.

—¿Hay algún motivo urgente para que regreses a Cranleigh Hall? —preguntó.

—No tengo citas, si es que te refieres a eso. Y no me espera ninguna tarea en particular. Es probable que Eudora esté enfrascada en mis archivos, creando referencias cruzadas y cosas por el estilo.

—Organizar se le da muy bien a mi hermana.

—Tiene talento —dijo Calista.

Hablaba en tono admirativo.

—Estoy seguro de que tienes razón —dijo Trent—, pero en mi casa ha aplicado sus talentos hasta el hartazgo y confieso que hay momentos en que me resulta difícil apreciar sus habilidades. Ya hace cierto tiempo que confié que hallaría otro modo de satisfacer su pasión por la organización y la administración.

—Quieres decir que deseabas que se casara y se dedicara a administrar su propio hogar.

—Pues sí, si he de ser sincero. Quiero mucho a mi hermana, pero me resulta agotador que todos los detalles de mi vida estén tan organizados con tanta precisión.

Calista sonrió.

—¿Acaso intentas decirme que tu vida carece de espontaneidad? Me sorprende usted, señor. Al fin y al cabo eres escritor; cabría imaginar que experimentas todas las sorpresas del mundo gracias a tu trabajo.

—Mi escritura me procura una profunda satisfacción. Tal como te dije, es una suerte de droga. Si paso mucho tiempo sin ella me vuelvo irritable e inquieto... pero ese solo es un aspecto de mi vida.

—Te aseguro que lo comprendo —se apresuró a decir Calista—. Solo te estaba tomando un poco el pelo. Me doy cuenta de que la felicidad de tu hermana te preocupa. Da la casualidad que ella también está preocupada por ti.

—Si lograra hacerla comprender que estoy satisfecho con mis circunstancias. —«Excepto que no lo estoy —pensó—, no tras conocer a Calista.» Darse cuenta de ello le provocaba una súbita inspiración—. Entre otras cosas, Eudora ha creado un invernadero magnífico, que en este momento presenta un aspecto maravilloso. ¿Te gustaría verlo? Mi casa está bastante cerca y no hay nada como un paseo a través de un jardín cubierto para aclarar las ideas.

Calista titubeó y durante un instante vertiginoso él temió que ella rechazaría la invitación. Solo entonces se dio cuenta de hasta qué punto ansiaba verla en su casa, incluso si solo fuese durante unos minutos. Estaba convencido de que ella quedaría muy bien bajo su techo... como si estuviera en su propio hogar.

Y entonces Calista volvió a sonreír y un bello arrebol le tiñó las mejillas.

—Sí —dijo—, eso me gustaría mucho.

57

—Tenías razón —dijo Calista, se detuvo en el pasillo formado por las hileras de palmeras y se volvió lentamente para apreciar el interior del invernadero—. Eudora ha creado maravillas aquí dentro.

El espacio de hierro y cristal era un mundo meticulosamente dispuesto en el que proliferaban miles de matices de un opulento color verde, pero Trent solo quería contemplar a Calista. Le agudizaba los sentidos. «La envuelve una especie de hechizo», pensó y no quiso despegar la vista de ella.

Hasta aquel momento pasmoso acaecido hacía unos días, cuando entró en su despacho y la vio por primera vez, hubiese dicho que era demasiado viejo y de costumbres demasiado arraigadas como para experimentar una reacción tan apasionada por una mujer. La clase de riesgos que ella lo impulsaba a correr se daban mejor en la ficción, donde ninguna amenaza podía afectar al autor y al lector.

Trent se obligó a concentrarse.

—Puedo asegurarte que todo este condenado lugar está «organizado» —dijo—. Plantas y hierbas medicinales a tu izquierda, flores y arbustos decorativos a tu derecha. Enredaderas y trepadoras en el fondo, palmeras y otras plantas exóticas marcando los pasillos.

—Ya veo —dijo ella con una sonrisa.

—Notarás que cada planta lleva una etiqueta, todas con referencias cruzadas, por supuesto. Y después está el laboratorio repleto de aparatos científicos. Mi hermano la ayudó a adquirir los equipos más modernos.

Calista rio.

—Te burlas de tu hermana, pero debes reconocer que tiene mucho talento.

—Sí, es verdad, pero temo que lo está derrochando conmigo.

—Creo que el señor Edward Tazewell aprecia sus habilidades —dijo Calista, acercándose a él.

—Eso es lo que me ha dicho Eudora. Es evidente que la considera una mujer genial y ella admira su mentalidad de ingeniero; también cree que es un padre devoto y afectuoso.

—Sí.

—¿Qué es lo que realmente sabes de él, Calista?

—Hay límites acerca de cuánto puedes averiguar sobre otra persona —dijo ella—. Pero Andrew investigó a Tazewell, al igual que investiga a todos mis clientes. Es un viudo que estudió ingeniería y matemáticas. Sus dos jóvenes hijas lo adoran y lo tomo como un indicio de su buen carácter como padre. Al igual que tú, invierte en bienes inmuebles y ha tenido bastante éxito.

—¿Ah, sí? ¿Bienes inmuebles?

—Quizá te gustaría comentar ese asunto con él...

—Vaya...

—Pero la auténtica pasión de Tazewell son los inventos. Posee una serie de patentes de diversos tipos de máquinas de calcular.

Trent soltó un gruñido.

—Ninguna de las cuales han sido fabricadas y vendidas con éxito.

—Eudora está convencida de que es un hombre adelantado a su época.

—Eso rara vez es una buena situación en la cual hallarse.

Calista sonrió.

293

—Eudora y Edward Tazewell no morirán de hambre, si eso es lo que te preocupa. Sé que quisieras proteger a tu hermana eternamente, pero eso es imposible. Me temo que la felicidad siempre incluye un riesgo.

La atmósfera vibrante del invernadero susurraba en torno a él, llena de la abrasadora energía de la vida, y en el centro del embriagante remolino se encontraba Calista.

—Junto a ti comienzo a descubrir la verdad —dijo él.

Ella se acercó a Trent, se puso de puntillas y le rozó los labios con los suyos.

—Y yo junto a ti.

Cuando retrocedió, los ojos de Calista brillaban, seductores. Él le cogió una mano y, en silencio, la arrastró a lo largo del pasillo bordeado de palmeras, a través de la abovedada entrada del invernadero y a lo largo de otro pasillo, se detuvo al pie de la escalera y se volvió hacia ella.

—¿Y los criados? —susurró Calista.

—Les di vacaciones mientras Eudora y yo permanecemos en Cranleigh Hall.

Ella se echó en sus brazos antes de que él pudiera preguntarle si lo acompañaría a la planta superior. El beso de ella era la respuesta que Trent ansiaba. Entonces Calista le rodeó el cuello con los brazos y la tormenta se desencadenó.

Trent la alzó en brazos y remontó la escalera, tropezando porque al mismo tiempo procuraba quitarle las capas de ropa que lo separaban del tibio y sedoso cuerpo de Calista. Logró desprenderle el corpiño a mitad de camino y el vestido quedó tirado en los peldaños, más allá las enaguas y el pequeño polisón. Trent agradeció a la providencia —que en ese momento velaba sobre él— porque no llevara corsé.

Calista no permaneció quieta: se las arregló para quitarle la chaqueta, la dejó colgando de la barandilla y se encargó de desabotonarle la camisa.

Cuando alcanzaron el extremo de la escalera ella solo llevaba la camisola y las medias, sus zapatos habían quedado en uno de los peldaños. La camisa de Trent estaba desabotonada y una maravillosa excitación le abrasaba las venas.

La cogió de la mano y echó a correr por el pasillo. Cuando alcanzaron la puerta de su habitación, ambos reían. Él la alzó en brazos, la llevó hasta la gran cama con dosel y cayó sobre Calista.

—Es como caer en el cielo —dijo, con los labios presionados sobre su cuello.

—¿Qué?

—No tiene importancia.

Trent recorrió su cuerpo suave y esbelto con los labios, presa de la excitación por sentirla debajo de él. Su perfume era como una droga.

Cuando logró despojarse de sus botines y el resto de sus ropas, penetró profundamente en el calor acogedor que le brindaba el cuerpo de ella.

Calista le rodeó la cintura con las piernas aún cubiertas por las medias, tensándolas como si jamás fuera a soltarlo.

Poco después el alivio de él la recorrió como un temblor, las corrientes irresistibles lo arrastraron y durante un instante se creyó perdido, pero entonces se dio cuenta de que no era así ni mucho menos: estaba exactamente donde quería estar, donde necesitaba estar... en brazos de Calista.

58

Un tiempo después notó vagamente que Calista ya no estaba tendida a su lado. Abrió los ojos en medio de la tenue luz del atardecer y vio que se encontraba de pie junto a la cama.

—Iba a despertarte —dijo ella.

—No estaba durmiendo, solo descansando.

—Se está haciendo tarde. —Ella se anudó las cintas de las enaguas con movimientos diestros—. Todos se preguntarán qué ha sido de nosotros.

—Maldición —dijo él, soltó un gemido y se incorporó.

Era evidente que la pasión que lo había relajado tanto a él, había causado el efecto contrario en Calista. Presentaba un aspecto asombrosamente enérgico mientras se ponía una prenda tras otra.

—Recogí nuestras ropas de la escalera —dijo.

Le arrojó sus pantalones, él los cogió al vuelo, extrajo su reloj de uno de los bolsillos y soltó otro gruñido al ver la hora.

—Tienes razón —dijo—. Debemos regresar a Cranleigh Hall antes de que los demás se alarmen.

«Estas no son las palabras que querría pronunciar en este momento precisamente», pensó, pero fueron las únicas que se le ocurrieron. Observó cómo Calista se ajustaba las medias, y sus piernas esbeltas casi volvieron a desarmarlo, pero hizo un esfuerzo de voluntad, se puso los pantalones, recogió su camisa y sonrió.

—¿Qué es lo que le divierte, señor? —preguntó ella en tono suspicaz.

—La idea de que tú recogieras nuestras prendas de la escalera.

—Gracias a Dios no hay nadie presenciando la escena, porque parecía bastante... bastante escandalosa.

—Qué extraño: a mí no me pareció escandalosa.

—Te ríes de mí —dijo ella, entrecerrando los ojos.

—En absoluto. —Trent cruzó la habitación, le cogió la barbilla y depositó un beso suave en sus labios—. Solo me ha hecho gracia la idea de nuestras ropas desparramadas por la escalera. No cabe duda de que hubieran causado impresión en los miembros de nuestras familias.

Calista le lanzó una mirada represiva y furibunda.

—Tienes razón pero, dicho lo cual, estoy muy agradecida de que estemos solos.

—Yo también. —Él volvió a sonreír—. Tenía razón con respecto a algo, ¿sabes?

—¿Sobre qué?

—Sabía que quedarías perfecta en mi casa. Y aún más perfecta en mi cama.

Halló su corbata colgada del poste al pie de la escalera, se rodeó el cuello con ella y anudó el lazo de seda al tiempo que Calista recuperaba un guante apoyado en el último peldaño.

Cuando se vio reflejado en el espejo que había encima de la cómoda del vestíbulo, notó que sonreía de oreja a oreja.

—¿Trent?

Las miradas de ambos se encontraron en el espejo. Ella parecía inesperadamente seria.

—¿Sí? —murmuró él.

—Eudora cree que el motivo por el que perdiste a tu primer amor, una joven llamada Althea según me contó, fueron tus cicatrices. Tu hermana está convencida de que ello te rompió el corazón y que por eso nunca te casaste.

Él se volvió y apoyó las manos en los hombros de ella con mucha firmeza.

—Adoro a mi hermana, pero tiene cierta predilección por el melodrama. Sí, apreciaba mucho a Althea... pero no tanto como para no abandonar Inglaterra y dedicarme a ver mundo. Y sí: a lo mejor habría acabado casándome con ella si las cosas se hubieran desarrollado de otra manera... y si ella hubiese estado dispuesta a esperar, algo que dudo mucho. Pero no fueron mis cicatrices las que pusieron punto final a nuestra relación.

—¿Y entonces, qué?

—Cuando se supo que mi herencia había desaparecido, sus padres se apresuraron a llevar a Althea a Londres. Fue presentada en sociedad y muy pronto se comprometió con un joven acaudalado. Son felices, que yo sepa. Y lo que es más, yo también lo soy.

«Al menos por ahora», pensó.

59

Eudora tomó un bocado de puré de patatas y les lanzó una mirada elocuente a Trent y Calista.

—Mientras ustedes entrevistaban a la médium y al parecer disfrutaban de saludables ejercicios en este día tan estupendo —dijo—, yo he estado examinando la agenda de gastos de Kettering que abarcan los últimos seis meses.

Calista se concentró en tomar un trozo de salmón con el tenedor.

—Muy eficiente —dijo.

—No tenía nada mejor que hacer —dijo Eudora, sonriendo—. Les agradará saber que los gastos derivados de la compra de los objetos en la tienda de artículos de luto de la señora Fulton aún figuran, pero aparte de estos, las demás entradas son muy normales: la clase de gastos que uno esperaría, dado el estatus económico de Kettering. Cuentas de diversos sastres, etcétera.

Trent tomó un poco del pescado mientras reflexionaba sobre dicha información; comprobó que, después del trasiego de aquella tarde en la cama, tenía mucho apetito. A pesar de la peligrosa situación en la que todos estaban implicados, saboreaba cada bocado. Decidió que en parte se debía a que Calista estaba sentada en el otro extremo de la mesa. Resultaría fácil acostumbrarse a verla allí. Sus miradas se encontraron y Trent sonrió.

Ella se sonrojó y se concentró en el puré de patatas.

Andrew parecía ser el único que permanecía ajeno a las insinuaciones de Eudora respecto de las actividades de la tarde, estaba ocupado en acabar con su plato con gran entusiasmo.

Trent se centró en los comentarios de Eudora.

—Supongo que hubiera sido sorprendente hallar pagos a un asesino a sueldo entre las cuentas de su sastre y del pescadero —dijo el autor—. ¿Aparece algún gasto bajo el rubro de «varios»?

—No, ninguno —contestó Eudora—. Sin embargo, puedo informarles de que, pese a que era notablemente tacaño con sus criados, Kettering parece haber sido bastante generoso con su mujer. Su asignación trimestral era muy considerable.

Calista hizo una pausa con el tenedor a medio camino de su boca.

—Pues al fin y al cabo era su dinero, ¿no?

Andrew parecía pensativo.

—Ese pequeño detalle no necesariamente lo habría detenido si se le hubiese ocurrido ser menos generoso. Sabemos que, hasta cierto punto, el testamento de su padre protegía a la señora Kettering, pero eso no significa que ella controlara el dinero diariamente.

—Eso es verdad —dijo Trent.

—Por supuesto que no —dijo Eudora—. El segundo marido de mi madre se las arregló para acabar con su herencia en apenas unos pocos meses.

Calista reflexionó sobre sus palabras.

—¿Entonces qué nos dice la inesperada generosidad de Kettering con su mujer?

—¿Que quería mantenerla callada? —sugirió Andrew.

—Estoy de acuerdo —dijo Trent—. Sea por el motivo que sea, a lo mejor solo para no alterar la paz del hogar, estaba dispuesto a concederle una importante asignación a Anna Kettering.

Calista golpeó el plato con el tenedor con ademán distraído.

—Quizá tenía otros motivos. Se me ocurre que una importante asignación trimestral podría enmascarar una amplia variedad de gastos.

—Sí, así es. —Eudora dejó caer el tenedor en el plato y se oyó un tintineo—. ¿Y si Kettering utilizó el dinero de la asignación para ocultar los gastos del asesino a sueldo?

Trent soltó un gruñido y se quedó pensativo.

Andrew también parecía reflexionar.

—Pero ¿por qué tomarse la molestia de ocultar tales gastos?

—Porque supondrían pruebas ante un tribunal —dijo Trent—. Si lograran capturar al asesino a sueldo y él le revelara el nombre de quien lo contrató a la policía, un registro de una serie de pagos por parte de Kettering sería una evidencia concluyente.

—Así que ocultó los honorarios del asesino en la asignación trimestral de su mujer —dijo Eudora—. Esa es una teoría interesante.

—En este momento solo es una teoría —dijo su hermano.

Observó cómo Eudora se servía unas verduras y se dio cuenta de que últimamente su propio apetito no era lo único que había aumentado: ella también comía bastante más que de costumbre, era como si ambos hubieran estado hibernando durante un tiempo para finalmente emerger de su oscura cueva.

«Es bueno estar entre amigos —pensó—, tanto para el cuerpo como para el alma.»

—Solo había un gasto más que me llamó la atención —dijo Eudora—, Kettering compró una casa en Frampton Street, en el número seis. Es evidente que se trataba de una inversión, pero no hay registros de que un inquilino haya pagado un alquiler y tampoco de que fuera vendida.

Trent, Calista y Andrew la miraron. Eudora les lanzó una sonrisa de suficiencia.

—¿Te guardabas esa información para sorprendernos un poco? —preguntó su hermano.

—Lo siento —dijo ella—. No pude resistirme.

60

Trent y Andrew estaban sentados ante una mesa de un pequeño pub de barrio situado en un extremo de Frampton Street, vigilando la puerta del número seis. Eran los únicos clientes. El calvo propietario estaba dispuesto a charlar a condición de que le pagaran por su tiempo.

—Sí, hay un inquilino en el número seis —dijo—. Durante el día apenas sale, nunca pude verlo con claridad. De vez en cuando abandona la casa cuando se hace de noche, pero sale por la puerta trasera que da a un callejón. No obstante, es un buen vecino, nunca ha dado problemas.

—¿Alguna vez recibe visitas? —quiso saber Trent.

—No, que yo sepa —contestó el propietario, balanceándose hacia atrás sobre los pies—. Bueno, a excepción de una noche, a principios de la semana. Yo ya había cerrado el pub y me encontraba en la planta superior con mi esposa. Estábamos en la cama y oímos que un coche de punto se detenía en la calle. Mi mujer sentía curiosidad por saber cuál de nuestros vecinos regresaba a casa a tan altas horas de la noche y se acercó a la ventana y, cuando vio que el pasajero del coche entraba en el número seis, me llamó.

—¿Quién lo visitó, un hombre o una mujer? —preguntó Andrew.

—Un hombre. Llevaba un maletín negro, como esos que usan los médicos. Permaneció allí alrededor de media hora y cuando se marchó parecía tener bastante prisa. Supongo que no resulta sorprendente, dada la hora.

—Por casualidad, ¿sabe por qué el inquilino del número seis necesitaba un médico a esas horas de la noche? —preguntó Trent.

—No, ni idea —dijo el propietario y se balanceó unas cuantas veces más—. Supongo que sufrió un accidente o se vio afectado por una fiebre, pero le diré una cosa: los médicos no hacen visitas a las dos de la madrugada... no a menos que reciban un pago considerable por sus servicios.

—Gracias —dijo Trent.

Depositó unas monedas en la mesa, el propietario las hizo desaparecer y regresó a su puesto detrás de la barra.

Andrew miró a Trent con los ojos brillando de excitación.

—Es él, ¿verdad? —exclamó—. El hombre que lo atacó con un cuchillo. Debe de haber llamado al médico después de que usted le asestara un golpe en la cabeza con el soporte de coronas de laurel.

—Parece probable —dijo el autor—. Con un poco de suerte lograremos averiguarlo un poco más tarde esta noche.

—¿Lo seguiremos cuando abandone la casa?

—Usted lo seguirá a una distancia muy discreta y esperemos que muy segura. Nos enfrentamos a un asesino, Andrew, y nuestro objetivo es obtener pruebas que podamos darle a la policía, ¿queda claro?

—Sí, señor.

—Cuando usted me avise de que el número seis está desierto, iré a echar un vistazo.

Andrew asintió con la cabeza.

—Es un buen plan, exactamente como el que hubiese urdido Clive Stone.

—Una coincidencia asombrosa. —Trent hizo una pausa—. Escúcheme con atención, Andrew. Usted debe asegurarse de que el inquilino no lo vea, pero no deje de llevar su revólver consigo, por si acaso.

—Por supuesto. Estos días siempre lo llevo encima. —Andrew palmeó el bolsillo de su abrigo y después adoptó una expresión muy seria—. ¿Le importaría que le hiciera una pregunta, señor?

—Depende de la pregunta.

—¿Cree que esta clase de trabajo podría tener futuro?

—¿Qué clase de trabajo?

—El negocio de la investigación privada.

—¿Usted lo considera un negocio?

—Estoy pensando en convertirme en un detective... como Clive Stone.

Trent soltó el aire lentamente.

—Stone es un asesor. Y usted recordará que tiene ingresos gracias a unas inversiones un tanto vagas.

—Bienes inmuebles. Invierte en bienes inmuebles.

—Lo que intento decir es que dudo mucho de que usted fuera capaz de ganarse la vida como investigador privado.

—Se me ocurre que si obtengo trabajo mediante recomendaciones, como hace Calista, tal vez pueda atraer a clientes dispuestos a pagar muy bien por un servicio discreto.

—Una cosa es realizar averiguaciones discretas sobre los antecedentes de los clientes de su hermana —dijo Trent—, y otra muy distinta es verse involucrado en asuntos de personas desaparecidas o en situaciones como la de ahora mismo.

—Pero resulta que me gusta descubrir secretos.

—Sospecho que sería una profesión bastante peligrosa. Según mi experiencia, todo el mundo tiene secretos y algunos están dispuestos a tomar medidas extremas para protegerlos. Usted recordará que durante nuestras investigaciones nos hemos encontrado con varios cadáveres y en este preciso momento estamos sentados en un pub situado a escasos metros de un hombre que tal vez disfruta cortándoles el gaznate a las damas.

Andrew reflexionó unos instantes.

—Admito que me disgusta el hecho de que Calista esté en peligro, pero cuando este caso esté resuelto creo que consideraré la posibilidad de dedicarme a las investigaciones privadas. No carezco de experiencia.

Era evidente que la perspectiva del peligro no lo disuadiría. Trent consideró sus opciones: no eran muchas.

—Dudo de que su hermana apruebe sus planes profesionales —comentó.

—Estoy seguro de poder convencerla de que tendría éxito. Lo dicho: seré muy cuidadoso cuando llegue el momento de aceptar un cliente.

—Su futuro no me incumbe, Andrew, no obstante, me siento obligado a darle un consejo. Soy unos años mayor que usted y tengo cierta experiencia. Créame cuando le digo que...

—Dejemos de hablar de mi futuro. ¿Qué hay de su futuro con Calista? Creo que es hora de que le pregunte por sus planes.

—¿Qué? —exclamó Trent, mirándolo.

—Es evidente que ustedes dos mantienen una relación romántica, señor. Calista no tiene más familia que yo y ocuparme de lo que es mejor para ella es mi deber —dijo Andrew, enderezando los hombros y alzando el mentón—. Quiero saber cuáles son sus intenciones —añadió en tono duro y con mirada bastante acerada.

—Mis intenciones —repitió Trent.

—Sí.

—Una pregunta excelente —dijo el autor—. De momento, lo único que puedo decirle es que mis intenciones dependerán exclusivamente de las intenciones de Calista.

Andrew frunció el entrecejo.

—¿Qué diablos significa eso?

Trent se puso de pie.

—Significa que, si bien respeto su deseo de proteger a su hermana, al final ella tomará sus propias decisiones. Entretanto, debemos ocuparnos de otro asunto. Lo dejaré aquí para que vigile la casa del número seis. Si nuestro sospechoso sale, avíseme de inmediato. Será la señal para que cometa otro robo.

61

—El señor Tazewell manifestó interés en visitar mi invernadero —dijo Eudora—. Dijo que podría darme algunos consejos sobre el sistema de calefacción. Últimamente he tenido problemas con esto; las tuberías son viejas y también la caldera.

Calista bebió unos sorbos de té y echó un vistazo al reloj. Ella y Eudora se obligaban a mantener una conversación intrascendente, ninguna de las dos quería estar sola ni hablar de sus temores.

Andrew no había vuelto en toda la tarde y ya era de noche. Hacía poco había enviado un pilluelo a la puerta trasera de Cranleigh Hall, con un mensaje informando a Trent de que el asesino había salido del número seis de Frampton Street y que Andrew le seguía los pasos. Trent había abandonado la mansión de inmediato, con una ganzúa en el bolsillo.

—¿Y qué pasa con las dos hijas del señor Tazewell? —preguntó Calista.

—Tal como le comenté, Edward quiere que reciban una educación moderna —dijo Eudora—. Al parecer, cree que yo podría ser una buena influencia para las niñas. Se me ocurre que podría ser una muy buena maestra. De hecho, estoy considerando la posibilidad de inaugurar una pequeña escuela para niñas. ¿Qué le parece?

—Creo que es una idea estupenda —contestó Calista con una sonrisa.

62

El coche de punto que transportaba al criminal se detuvo en el extremo de una calle tranquila. El pasajero bajó y casi de inmediato desapareció entre las sombras.

Andrew abrió la trampilla de su propio coche de punto.

—¿En qué calle estamos, cochero?

—En Blanchford Street, señor.

Alarmado, Andrew pegó un respingo; había oído el nombre de esa calle en alguna parte... y entonces recordó dónde: Florence Tapp, la médium, vivía en Blanchford Street. Quizás el asesino pretendía asistir a una sesión de espiritismo, pero parecía bastante improbable. Era viernes por la noche, la noche en la que Anna Kettering había fijado su cita con la médium, la misma que, en sus prisas por desaparecer, había olvidado anular.

—¿Sabe si en esta calle vive una médium? —preguntó.

—Sí, señor. En el número doce, pero suele celebrar sesiones los miércoles por la noche, no los viernes.

El asesino no podía saber que Anna Kettering no tenía intención de asistir a la cita. Tal vez había acudido para matarla, y si la señora Kettering moría en Blanchford Street la culpa recaería sobre la médium.

No había modo de saber por qué el cuchillero querría asesinar a Anna Kettering, pero si era un desequilibrado mental, tal como todos parecían creer, un motivo lógico no resultaba relevante. Y también era imposible adivinar qué haría cuando descubriera que su víctima no había acudido a la cita.

—Tengo entendido que de vez en cuando la médium ofrece citas privadas —dijo Andrew al cochero.

—No sabría decírselo, señor.

—Regresaré dentro de unos minutos. Espéreme.

—Sí, señor.

Andrew le dio un dinero al cochero y se apeó del coche. El otro coche de punto, ya desocupado, se alejó calle abajo; era obvio que el asesino no le había dicho al cochero que lo esperara; no había manera de saber qué indicaba eso, pero parecía ser un mal presagio: el criminal evitaba posibles testigos.

Andrew metió la mano en el bolsillo del abrigo y agarró la culata del revólver.

Cuando se acercó al número doce, no encontró a nadie, pero un escalofrío le recorrió la espalda, el pulso le latía apresuradamente y se aceleró aún más cuando se dio cuenta de lo que había ocurrido: el asesino se había encaramado por encima de la verja que rodeaba la parte delantera de la casa y había bajado la escalera que daba a la puerta de la cocina.

Estaba entreabierta y los goznes todavía chirriaban. El asesino ya estaba en el interior.

Andrew se encaramó a la verja de hierro forjado procurando no hacer ruido y descendió la escalera. Sosteniendo el revólver en la mano derecha empujó la puerta de la cocina, que se abrió un poco más.

Nadie se abalanzó sobre él.

Avanzó cautelosamente a través de la oscura cocina; tenía los nervios de punta y notó que un sudor frío le empapaba las costillas.

El aplique de pared proporcionaba una iluminación muy tenue, pero le permitió distinguir la gran mesa de cocina en el centro de la habitación y la estrecha escalera que conducía a la planta baja.

Permaneció inmóvil, aguzando los oídos. Una tabla del suelo crujió por encima de su cabeza; el asesino estaba merodeando por la casa y para entonces debía de haberse dado cuenta de que Anna Kettering no se encontraba allí y sin embargo no había abandonado la vivienda.

Súbitamente, Andrew comprendió lo que ocurría: el cuchillero no había acudido allí para matar a Anna Kettering sino a la médium.

Como no se le ocurrió otra solución, Andrew subió la escalera hasta el vestíbulo y, a voz en cuello, gritó:

—Hay un asesino en la casa, señorita Tapp. Cierre la puerta con llave, ¡cierre la puerta con llave!

Hubo un instante de silencio y después el alarido de una mujer hendió la noche. En alguna parte una puerta se cerró de un portazo y pasos pesados resonaron en la primera planta.

Andrew se detuvo en el extremo de la escalera que daba a la cocina. Los apliques de pared iluminaban el estrecho pasillo que llegaba al vestíbulo y a la escalera principal.

El asesino descendió a toda velocidad, se volvió cuando alcanzó el pie de la escalera y se lanzó sobre Andrew. El cuchillo resplandecía en medio de la penumbra.

Andrew apretó el gatillo, sonó un disparo y el pesado revólver se agitó en su mano. Supo de inmediato que no había dado en el blanco, pero el efecto del tiro fue considerable. El asesino se detuvo abruptamente, presa de la consternación, y Andrew se preparó para volver a disparar. No podía darse el lujo de volver a errar, de lo contrario estaría perdido.

Pero el delincuente se volvió y echó a correr hacia la puerta principal, logró abrirla y desapareció calle abajo. Andrew se lanzó a perseguirlo, recorrió el vestíbulo a la carrera y se asomó a la puerta con mucha cautela, justo a tiempo para ver que el asesino corría hacia el único coche de punto que todavía permanecía en la calle.

El cochero, que al parecer había llegado a la conclusión que sería mejor buscar clientes en otro barrio, ya había azotado al caballo y, presa del pánico, el animal se alejó al galope de la escena.

Entonces apareció un agente de policía tocando el silbato y las ventanas de las casas se abrieron a lo largo de Blanchford Street. En la planta superior del número doce Florence se asomó a su ventana sin dejar de gritar.

Andrew recorrió la calle con la mirada, no había ni rastro del hombre del cuchillo.

63

Trent abrió la puerta que daba al callejón, cruzó el terreno baldío que debía de haber estado ocupado por un jardín y entró en la casa del asesino a través de la puerta de la cocina.

Se detuvo en el vestíbulo y alzó la farola que llevaba en la mano.

Era imposible saber de cuánto tiempo disponía, así que avanzó con rapidez. En la cocina descubrió un trozo de queso y de una hogaza de pan. A excepción de un hervidor no había otros utensilios, era evidente que el asesino compraba gran parte de la comida a los vendedores callejeros.

Subió a la primera planta y echó un vistazo a las tres pequeñas habitaciones. Todas carecían de muebles menos una, que contenía un catre que hacía las veces de cama.

Sin embargo, el ropero estaba sorprendentemente bien provisto de camisas limpias y ropa interior plegada y ordenada. También había pantalones caros y una chaqueta, todas las prendas eran de excelente calidad.

«¿Qué clase de hombre vive como un monje en una casa casi vacía mientras se dedica a cometer asesinatos ataviado con ropas elegantes?», se preguntó Trent.

Cuando estaba a punto de abandonar la habitación notó que el pie del catre recién tendido estaba un poco elevado, como si alguien hubiese metido algo por debajo de las patas.

Volvió a cruzar la habitación, levantó la punta del catre y

vio una caja pequeña y un librito forrado en cuero. Retiró la tapa de la caja y vio tres anillos de marcasita y cristal, cada uno albergaba un mechón de cabello.

El librito parecía una agenda.

Introdujo la caja con los anillos y la agenda en el bolsillo de su abrigo, abandonó la habitación y descendió la escalera. No esperaba hallar nada importante en la sala. Según el propietario del pub, el hombre jamás recibía visitas, aparte del médico que había ido a verlo una noche, muy tarde.

Cuando alcanzó la puerta comprobó que no era del todo así: no había muebles pero en un rincón se elevaba algo que parecía un pequeño altar. Sobre él había una vela apagada, pero lo que le causó un terror que le revolvió las entrañas fue la fotografía enmarcada de una hermosa dama.

Se había equivocado desde el principio y entonces ya podría ser demasiado tarde.

Trent echó a correr hacia la puerta.

64

—El té se ha enfriado —dijo Calista, echando un vistazo al reloj—. Parece que aún no nos iremos a dormir.

Era medianoche pasada y no tenían noticias de Trent ni de Andrew. Ella y Eudora se esforzaban por disimular su mutua y cada vez mayor ansiedad. «Pero la verdad es que no podemos seguir hablando eternamente de sistemas de archivo y de referencias cruzadas», pensó.

—Le pediré a la señora Sykes que nos traiga más té —dijo, se puso de pie y tiró del cordón de la campanilla—. Así se distraerá; ella y el señor Sykes están tan ansiosos como nosotras.

—¿Qué puede estar demorando a Trent y a Andrew? —preguntó Eudora.

Calista miró la campanilla del ataúd apoyada en el escritorio. La cadena de acero fijada al badajo estaba prolijamente enrollada. «Como una serpiente», pensó.

—Pienso que tal vez resulte difícil encontrar un coche de punto debido al tráfico —dijo.

Eudora le lanzó una mirada inquieta.

—Pero no cree que sea verdad, ¿no?

—No —contestó Calista y se obligó a apartar la mirada de la campanilla del ataúd—. Estoy bastante aterrada.

—Yo también —dijo Eudora—. Nunca debiésemos haber permitido que pusieran en práctica sus peligrosos planes.

—No creo que hubiéramos logrado disuadirlos.

—No, supongo que no —dijo Eudora—. Ambos son bastante tozudos, ¿verdad?

—Imagino que ellos dirían lo mismo de nosotras.

—Sí.

Eudora se levantó de la silla, se acercó a la chimenea, cogió el atizador y removió las brasas. Calista se colocó a su lado y le apoyó una mano en el hombro.

—Encontrarán algo que constituirá una prueba contra el asesino —dijo, tratando de convencerse a sí misma con desesperación—. A lo mejor se han demorado porque le están explicando la situación a la policía.

—Puede ser. —Eudora vaciló—. Me pregunto qué dirá el señor Tazewell cuando le cuente esta extraña aventura. Supongo que estará bastante consternado, espantado o incluso repugnado, tal vez.

—Sorprendido, sin duda, pero no espantado ni repugnado —dijo Calista.

—Seamos sinceras, Calista. Ambas sabemos que muy pocos caballeros aprobarían que una dama se viera envuelta en una investigación de asesinato. Es probable que Edward Tazewell crea que soy una mala influencia para sus hijas.

—Usted dijo que insiste en que sus hijas reciban una educación moderna.

Eudora logró soltar una risa débil.

—Dudo de que pensara en esta clase de educación.

—Cuando esto haya acabado no habrá necesidad de decirle nada sobre el asunto en el que estábamos metidas. Usted tiene derecho a tener secretos, Eudora.

—Eso es verdad, pero no quiero guardar secretos ante el hombre con el que me case. Quiero un auténtico compañero, uno que me acepte como soy.

—Comprendo.

—Sé que sí.

Ambas guardaron silencio durante unos momentos.

—Debido a mi profesión, entro en contacto con muchas

personas —dijo Calista después de un rato—, y a algunos los llamo amigos, pero en realidad solo son conocidos. Usted y Trent pertenecen a otra categoría, confío en ambos de un modo en que no he confiado en nadie durante mucho tiempo, a excepción de Andrew.

—Yo también valoro su amistad, Calista, pero creo que lo que siente por mi hermano es algo más. ¿Amor, tal vez?

—Sí, pero no estoy segura de que eso sea lo que él siente por mí.

—¿Cómo puede dudarlo?

—No deseo sacar el tema de la desdicha acaecida en su pasado —añadió Calista—, pero usted debe de ser consciente que durante años Trent se ha culpado a sí mismo por no haber salvado a su madre de ese hombre atroz con el que ella se casó y por casi fracasar en el intento de salvarlos a usted y a Harry.

Eudora cerró los ojos.

—Me lo temía. Nunca hablamos de ello, pero de algún modo lo sabía.

—Y usted se siente culpable porque cree que es el motivo de las cicatrices de Trent.

—Todo es muy complicado, ¿no?

—Ya hace bastante tiempo que ustedes tres han cargado con la culpa. Quizá deberían desembarazarse de ella y proseguir con sus vidas.

Eudora abrió los ojos.

—Usted teme que Trent haya desarrollado sentimientos afectuosos por usted porque la ve como a una dama que debe rescatar. Él se culpa por lo que ocurrió en el pasado y teme fracasar por segunda vez.

—Sí, por eso no puedo estar segura de sus auténticos sentimientos por mí. Al igual que usted, quiero saberme amada por mí misma, no porque Trent me vea como una dama que debe salvar.

—Cuando se trata del amor, usted y yo exigimos mucho.

Calista contempló las llamas de la chimenea.

—Puede que ese sea el motivo por el que ninguna de las dos se ha casado.

—Quizá.

—¿Alguna vez se detuvo a pensar que tal vez los motivos por los cuales su hermano nunca se casó podrían ser los mismos que los suyos?

Sorprendida, Eudora reflexionó sobre sus palabras mientras volvía a dejar el atizador en el soporte.

—Comprendo lo que quiere decir. Nunca se me ocurrió que los hombres también podían albergar sueños, como las mujeres. Una cree que lo que los impulsa son emociones más elementales: el deseo físico, lo práctico, asegurarse de recibir una herencia... esa clase de cosas.

—Estoy segura de que es así, pero creo que en el fondo Trent también es un hombre muy romántico.

—Muy curioso. —Eudora sonrió—. Tal vez ello explique el gran interés que Clive Stone siente por Wilhelmina Preston.

—Podemos especular cuanto queramos. Trent es el único que sabe lo que realmente siente. —Calista enderezó los hombros—. En cuanto a mí, siento necesidad de beber otra taza de té. Como no hay ni rastro de la señora Sykes creo que, después de todo, podemos deducir que ella y el señor Sykes se han ido a dormir. Iré a la cocina y pondré agua a calentar.

—Iré con usted. Esta noche no quiero estar sola.

—Yo tampoco.

Eudora se detuvo ante la mesa auxiliar y echó un vistazo a la agenda de Kettering donde figuraban las cuentas.

—Trent tenía razón respecto de una cosa. Resulta asombroso lo mucho que puedes descubrir sobre una persona a través del registro de sus gastos personales. Kettering no era nada tacaño cuando se trataba de gastar dinero en sastres.

—O en *memento mori* —añadió Calista en tono lúgubre—. Debe de haber estado tan loco como ese asesino que contrató. Es inquietante que haya sido capaz de ocultar su verdadera naturaleza.

—Supongo que por eso el mal es tan peligroso, porque resulta fácil disimularlo tras una fachada atractiva. —Eudora se acercó a la puerta—. Pero debo reconocer que Kettering llevaba sus cuentas de manera excelente y escribía con letra muy prolija.

Fue como si una mano gélida rozara la nuca de Calista. Se encontraba ante la puerta, a punto de abrirla y salir al vestíbulo.

En cambio, se detuvo y volvió a mirar la agenda de Kettering. Su intuición le susurraba ideas al oído.

—¿Dice que la letra de Kettering era muy prolija? —preguntó.

—Sí, ¿por qué lo pregunta?

Calista se volvió y se dirigió a la mesa auxiliar, clavó la mirada en la agenda, y por primera vez la abrió y examinó las páginas llenas de entradas.

—Porque no recuerdo que esta fuera su escritura —dijo en voz baja.

—¿Qué?

Calista llevó la agenda hasta el escritorio, la colocó encima y abrió un cajón con manos temblorosas.

—¿Qué está buscando? —preguntó Eudora.

—Al principio de todo este asunto, Nestor me envió dos ramos de flores antes de concertar una cita para reunirse conmigo.

—Intentaba seducirla. ¿Y qué?

—Le ordené a la señora Sykes que arrojara las flores a la basura pero conservé una de las tarjetas.

—¿Por qué?

—Sobre todo porque me enfurecían. Quería conservar algo que me recordara que nunca debería volver a confiar en él.

—Como si lo necesitara... —dijo Eudora—. Pero ¿por qué quiere ver la tarjeta ahora?

—Porque se me acaba de ocurrir algo muy extraño.

Se sentó ante el escritorio y revisó su correspondencia personal hasta que encontró la elegante tarjeta blanca que acompañaba el segundo ramo de flores, la extrajo del archivo y la dejó en el escritorio. Después abrió la agenda de cuentas del hogar que Trent se llevó de la residencia de los Kettering, clavó la mirada en la tarjeta y luego en la última página de la agenda... y una tremenda conmoción casi le destrozó los nervios.

—¡Dios mío! —susurró.

Eudora se inclinó por encima del escritorio y leyó lo que ponía en la tarjeta en voz alta.

Desde que nos separamos solo he conocido la soledad. Por favor, dime que aún sientes algo por mí. Juntos encontraremos la verdadera felicidad en un plano metafísico.

Tuyo,
N. KETTERING

Durante un instante Eudora se limitó a clavar la mirada en la breve nota, después ella también examinó la última página de la agenda, que observaba Calista sin osar pronunciar palabra por si había llegado a la conclusión errónea. Pero cuando Eudora alzó la vista, su rostro expresaba su consternación.

—La caligrafía no es la misma —susurró—. La tarjeta y la agenda fueron escritas por personas diferentes.

—Nestor Kettering escribió la nota que acompañaba el ramo, pero no es quien llevaba las cuentas en la agenda.

—¿Tal vez una secretaria? Muchas familias acaudaladas contratan a una asistenta.

—Andrew nunca mencionó una secretaria. Estoy segura de que lo hubiera hecho.

Eudora se llevó una mano a la garganta.

—Desde el principio hemos contemplado este asunto desde una perspectiva equivocada.

—Sí. —Calista se puso bruscamente de pie, rodeó el escritorio, se recogió las faldas y echó a correr hacia la puerta—.

Venga conmigo, hemos de despertar al señor y la señora Sykes.

Eudora la siguió a toda prisa.

—¿Qué haremos? ¿Llamar a la policía?

—Lo primero que debemos hacer es enviarle un mensaje a Trent, suponiendo que todavía se encuentre en la casa del asesino. A estas horas es imposible saber dónde está Andrew, no hay modo de advertirlo.

—Seguro que Andrew está sano y salvo —dijo Eudora—. Trent le dio instrucciones: que no se dejara ver por el criminal.

—Ruego que mi hermano haya tenido la sensatez de obedecer esas instrucciones —dijo Calista—. Solo espero que no sea demasiado tarde.

Recorrió el vestíbulo a toda prisa, entró en la cocina y se detuvo tan abruptamente que Eudora casi chocó contra ella.

—Lo siento —dijo Eudora y retrocedió.

Pero Calista no contestó. Se quedó paralizada de espanto al ver la horrorosa escena en torno a la mesa de la cocina.

El señor Sykes yacía en el suelo con un brazo estirado a un lado, como si hubiese hecho un esfuerzo desesperado por evitar el golpe. Junto a su mano había una taza de café, el líquido se había derramado. Era imposible saber si estaba vivo o muerto.

La señora Sykes se había desplomado en la mesa. No se movía.

Anna Kettering se inclinaba por encima de ella con un gran cuchillo de carnicero en una mano elegantemente enguantada. El afilado borde de la cuchilla estaba a escasos centímetros del cuello de la señora Sykes.

—De modo que ya están aquí —dijo Anna en el tono alegre y cordial de una dama dando la bienvenida a sus invitados a una fiesta en el jardín—. Hace unos instantes, cuando oí la campanilla llamando al servicio, pensé que en algún momento vendría a la cocina para ver por qué se demoraban su ama de llaves y su mayordomo. Hoy en día una no puede confiar en los criados, ¿verdad?

320

65

—Así que todo el tiempo era usted, ¿verdad? —dijo Calista.

Una extraña sensación de indiferencia se apoderó de ella y, dadas las circunstancias, el tono sereno de su voz le pareció asombroso, pero sabía que debía conservar el control y la calma porque ella y Eudora se enfrentaban a una loca. La más mínima chispa podría encender la mente febril de Anna.

—Sí, por supuesto que era yo —dijo Anna.

—Usted fue la que nos dio caza a todas: a las tres institutrices y a mí. ¿A cuántas otras mujeres atormentó con su jueguecito?

—Este año solo fueron ustedes cuatro —dijo Anna, y de repente la ira tensó su voz—. Y no era un juego. Castigué a las putas de mi marido, pues ellas lo sedujeron y lo apartaron de mí... porque al principio él me amaba, ¿comprende? Consideró que yo era hermosa, me deseaba —añadió, acentuando la última palabra—. Pero después de nuestra luna de miel se lio con la primera institutriz.

—Con Elizabeth Dunsforth —dijo Eudora.

—Ella no era nadie —dijo Anna—, nadie: solo una institutriz, pero hizo que Nestor la deseara y tuve que darle una lección.

—Usted le envió los *memento mori* de la tienda de la señora Fulton y cuando acabó por aterrarla mandó a alguien para que la asesinara —dijo Calista—. Y después pagó por un excelente ataúd de seguridad.

Anna soltó una risita.

—Sabía que jamás haría sonar la campanilla. Ninguna de ellas lo hizo. Era una pequeña broma, ¿entiende?

—Usted controlaba las cuentas del hogar —dijo Eudora—. Usted hizo todas las compras en la tienda de la señora Fulton.

—El dinero es mío. —Durante un momento la expresión de Anna se tornó feroz—. Papá me lo dejó a mí, pero da la casualidad que Nestor no tenía inconveniente en que yo me encargara de las cuentas del hogar. No quería tomarse la molestia de ocuparse de los detalles que supone administrar una fortuna: estaba satisfecho, a condición de obtener todo lo que deseaba.

—Así que pagó todos sus gastos —dijo Calista—, y entonces se dio cuenta de que Nestor gastaba una parte del dinero que usted le daba en otras mujeres.

—Realmente no entiendo cómo pretendía ocultármelo, pero de eso se trataba, de que mis sentimientos ni siquiera le importaban lo bastante como para ocultar sus aventuras: hacía alarde de ellas.

—He notado que usted se otorgaba una asignación bastante generosa —dijo Eudora.

Anna frunció el ceño.

—¿Cómo lo sabe? Bien, supongo que no tiene importancia. Sí, me otorgué una asignación.

—¿Por qué no se limitó a pagar sus propias cuentas? —preguntó Eudora—. Acaba de decir que Nestor nunca cuestionaba las del hogar.

Anna soltó otra risita.

—Temía que si él alguna vez examinara los registros mis gastos despertarían sus sospechas. No quería darle explicaciones, así que utilicé el dinero de mi asignación para pagarlos.

—Pero no para pagar la casa de Frampton Street —dijo Calista—. La compró al contado, ¿verdad?

—¿Así que también sabe eso? —exclamó Anna con expresión desconcertada—. Sí, la casa fue una adquisición importante, una que no podía pagar con mi asignación, pero Nestor ni siquiera se dio cuenta. Estaba obsesionado con sus otras mujeres.

—¿Obsesionado? —repitió Calista.

—Sí, me temo que Nestor adolecía de un carácter obsesivo. Intenté curarlo.

—Destruyendo a los sujetos de su obsesión —dijo Eudora—: las otras mujeres.

Anna le lanzó una sonrisa aprobatoria.

—Exactamente. Antes o después Nestor siempre se cansaba de sus putas... en general antes. Cuando había acabado con ellas, yo les enviaba los *memento mori*. Todas creían que quien se los mandaba era él, ¿comprende? Y se ponían muy nerviosas.

—Y finalmente enviaba a su asesino a sueldo para que las matara —dijo Calista—, pero yo lo rechacé. ¿Por qué perseguirme a mí?

—Porque la deseaba a usted antes de casarse conmigo —exclamó Anna y en su voz volvía a bullir la ira—. Y entonces, hace unas semanas, volvió a desearla. Le envió flores: flores que compró con mi dinero. Nunca me deseó como la deseaba a usted. Lo único que le importaba era mi herencia.

Una ominosa tensión flotaba en el ambiente de la cocina; Calista se esforzó por encontrar la manera de distraer a Anna; sabía que Eudora también intentaba ganar tiempo... tiempo para que Trent y Andrew regresaran.

—Usted parece estar muy bien informada acerca de las obsesiones y cómo curarlas —dijo Calista—. ¿A qué se debe?

—He estudiado la ciencia de la psicología desde que tenía doce años, señorita Langley. De hecho, soy una experta.

—Una materia poco usual para una dama —dijo Eudora.

—Tuve un excelente maestro —dijo Anna, sonriendo—. El doctor Morris Ashwell.

—¿Quién es? —quiso saber Calista.

—El médico que trató de curar mi obsesión por la muerte. Intenté explicarle a mi querido papá que las emociones relacionadas con la gran transición de este mundo al otro son las pasiones más intensas de todas. Papá no lo comprendió y cuando cumplí los trece me envió al doctor Ashwell.

—Es evidente que Ashwell no logró liberarla de su fijación —dijo Calista.

—Al contrario. —Anna rio—. Acabó por obsesionarse conmigo, ¿entiende? Pensándolo bien resulta divertido: el médico desarrolla una gran pasión por su paciente. En aquel entonces yo solo tenía trece años, pero era bastante bonita, si me permite decirlo.

—¿Qué edad tenía el doctor Ashwell? —preguntó Eudora.

Anna hizo una mueca.

—Podría haber sido mi abuelo. Confieso que su aspecto no era nada agradable. Detestaba el roce de su barba y su cuerpo gordo me asqueaba.

Eudora tomó aire, profundamente afectada.

—¿La violó? —preguntó Calista, estupefacta—. Pero si usted apenas era una niña.

Anna le lanzó una sonrisa serena.

—No es necesario que sienta lástima por mí, señorita Langley. Le aseguro que pronto me di cuenta de que su obsesión por mí me proporcionaba mucho poder sobre él. Y al final aproveché ese poder para escapar.

—¿De dónde? —dijo Eudora.

—De Brightstone Manor —contestó Anna en tono impaciente—. Aborrecía ese lugar. Me encerraban todas las noches. Nos encerraban a todos.

—El doctor Ashwell dirigía un manicomio privado —dijo Calista, que por fin lo había comprendido—. Su padre la internó.

—¡Durante casi tres años! —chilló Anna—. Ese cabrón de Ashwell realizaba experimentos con nosotros. Le dijo a papá que era necesario que permaneciera encerrada en Brightstone

Manor porque yo suponía un peligro para mí misma y para los demás. Pero Ashwell acudía a mi habitación todas las noches y yo fingía estar muerta. Al final se me daba bastante bien.

—¿Cómo logró escapar? —quiso saber Eudora.

Entonces una serenidad artificial se apoderó de Anna y apareció su sonrisa angelical.

—Mi valiente caballero de brillante armadura mató al monstruo y me rescató. Y después prendimos fuego a Brightstone Manor.

—El hombre del cuchillo que trató de asesinarnos a mí y al señor Hastings aquella noche, en la tienda de ataúdes de la señora Fulton —dijo Calista—. Él es su caballero, ¿verdad?

—Oliver siente devoción por mí. También está obsesionado conmigo, pero no como Ashwell. Oliver lleva una vida estrictamente célibe; se purifica a sí mismo sirviendo a su dama.

—A usted —dijo Calista.

—Sí, yo lo salvé. Hacía años que estaba encerrado en el manicomio del doctor Ashwell. Oliver es de origen aristocrático y fue educado como un caballero, pero su familia firmó los documentos necesarios para internarlo cuando él tenía diecisiete años.

—Dada su costumbre de cercenar gargantas eso no resulta muy sorprendente —dijo Calista—. Así que asesinó al doctor Ashwell por usted y ambos escaparon e incendiaron el manicomio.

—Sí.

—¿Y qué pasó con los demás reclusos del manicomio? —inquirió Eudora—. Debe de haber habido otros, además de usted y Oliver.

—Tal vez una docena. Lo he olvidado. ¿Por qué?

—Usted no rescató a los demás reclusos, ¿verdad? —dijo Calista—. Dejó que murieran en aquel infierno.

—Todos estaban completamente locos. Estoy segura de que sus familias se sintieron aliviadas por no tener que seguir pagando los honorarios de Ashwell.

—Usted le disparó a Nestor, ¿no? —preguntó Calista.

—Sí. Lo esperé en su vestidor. No me vio hasta que apoyé el arma contra su sien y para entonces ya era demasiado tarde, desde luego.

—Y después le dijo a Oliver que arrastrara su cuerpo hasta la habitación cerrada con llave —concluyó Eudora.

—No había planeado deshacerme de Nestor esa noche —dijo Anna—. Quería una muerte más adecuada para él, pero me vi obligada a actuar.

—¿A qué se refiere con una muerte más adecuada? —preguntó Calista.

—Quería que muriera mucho más lentamente. —Una llamarada peligrosa se asomó a la mirada de Anna—. Quería observar cómo Oliver cercenaba la garganta de Nestor, quería ver la sangre manando lenta pero segura de la herida. Deseaba que Nestor supiera que lo estaba observando, pero acababa de descubrir que tenía la intención de volver a hacerme internar. Tuve que actuar con rapidez.

—Hacerla internar hubiese infringido las condiciones del testamento de su padre —dijo Eudora.

—Nestor conspiraba con su amigo Dolan Birch. Querían que pareciera que me había marchado al campo durante una larga temporada y que había dejado a Nestor a cargo de mis finanzas. Nadie hubiese cuestionado los documentos, es normal que el marido se encargue de estos asuntos.

—Planeaban enviarla a un manicomio que simula ser un hotel y un balneario, situado en los alrededores de una aldea llamaba Seacliff —dijo Calista.

—Usted lo sabe todo, ¿verdad? No lo comprendo, pero supongo que a estas alturas carece de importancia.

—¿Cómo descubrió que Nestor y Birch conspiraban para volver a encerrarla? —preguntó Eudora.

—Se debió a un golpe de suerte —dijo Anna y se estremeció. La hoja de la cuchilla de carnicero se acercó al cuello de la señora Sykes—. Oliver seguía a Nestor a todas partes, pero

Nestor nunca le prestaba atención. Hace poco Oliver oyó cómo Nestor y Birch comentaban su plan de deshacerse de mí; estaban discutiendo: era evidente que Nestor aún no había cumplido con su parte del trato, al parecer, todavía estaba en deuda con Birch.

—¿Qué le debía? —preguntó Calista, pero estaba muy segura de saber la respuesta.

Anna soltó una carcajada.

—Nestor afirmó que podía proporcionarle a Birch el acceso a los archivos de los clientes de su agencia. Resulta divertido, ¿no? Piénselo: si no fuera por usted, a estas alturas yo ya podría estar encerrada en otro manicomio.

—¿Por qué su padre la casó con un cazafortunas? —preguntó Calista.

—Yo «escogí» a Nestor. —Anna remarcó la palabra en tono agudo y frágil—. Lo conocí cuando él estaba de visita en una mansión de campo cercana. Celebraban una fiesta y todos los aristócratas del lugar estaban invitados. Nestor bailó conmigo y me pareció el hombre más apuesto del mundo. Me enamoré de él esa misma noche. Me dijo que me amaba y yo le creí.

—Le mintió.

—Al principio realmente me amaba —insistió Anna—. Era muy apasionado. Pero en nuestra luna de miel desarrolló una profunda repugnancia por mi persona. Dijo que acostarse conmigo era como hacerle el amor a un cadáver. No lo comprendí. Al doctor Ashwell le gustaba cuando yo fingía estar muerta.

—¿Por qué ha venido aquí esta noche? —preguntó Calista—. Ahora está a salvo. Nestor ya no puede hacerle daño. Y lo que es más: usted tiene un control absoluto sobre su dinero.

—He venido aquí para castigarla, al igual que a sus otras putas. Usted era la que más deseaba.

—Le dije que lo rechacé —dijo Calista—. No hice nada para alentarlo.

—¡Eso no cambia nada! —chilló Anna—. A mí no me amaba, pero la deseaba a usted, una mujer que dirige un negocio que es casi un burdel.

Faltaba muy poco para acabar con las débiles fuerzas que aún sostenían a Anna.

—Dice que vino aquí para castigarme —dijo Calista y dio un paso adelante con la mano tendida—. Lo comprendo, pero por favor, no les haga daño a mi ama de llaves ni a mi mayordomo. Ellos no tienen nada que ver con todo este asunto.

—Deténgase o mataré al ama de llaves en el acto —la amenazó Anna.

Calista se detuvo, pero Anna temblaba de ira.

—Siento curiosidad por saber por qué esperó tanto tiempo antes de matar a Nestor —dijo Eudora en tono coloquial—. ¿Por qué aguardó hasta averiguar que planeaba internarla en un manicomio?

—Hasta ese momento estaba segura de que si lograba curar a Nestor de sus obsesiones, él se daría cuenta de cuán bella soy. Estaba convencida de que volvería a amarme, pero cuando descubrí su plan tuve que enfrentarme a la realidad.

«En otras circunstancias ese comentario casi hubiera resultado cómico», pensó Calista. Era muy improbable que Anna alguna vez hubiese comprendido lo que era la realidad.

—Antes de que haga lo que piensa hacer esta noche, sea lo que sea, tengo un mensaje de su padre para usted —dijo Calista.

Anna la miró fijamente.

—¿De papá? Eso es imposible, papá está muerto.

—Se encuentra en el mundo de los espíritus. Florence Tapp, la médium, logró convocarlo para que yo pudiese hablar con él.

—Miente. Florence Tapp es una farsante. Envié a Oliver a su casa para matarla porque intentó engañarme.

—No era una farsante —dijo Calista—. Vi a su padre. Llevaba un traje oscuro, una camisa blanca de cuello volcado y una corbata.

Ante esa información, Anna se quedó paralizada.

—Le regalé una corbata por su último cumpleaños.

—Dijo que la lleva todos los días porque la corbata le recuerda a usted.

—Usted está mintiendo —dijo Anna, pero la incerteza comenzaba a invadirla—. ¿Por qué se le aparecería a usted y no a mí?

—Su padre dijo que quería que usted lo viera, pero que su perturbado estado mental lo volvió difícil. Se me apareció a mí porque quería enviarle un mensaje.

—¿Qué mensaje?

—Me dijo que le dijera que la quería —dijo Calista, arriesgándose.

—Ahora estoy segura de que me está mintiendo. Papá nunca me quiso de verdad, solo fingió hacerlo. En realidad, me tenía miedo, por eso me mandó al manicomio del doctor Ashwell.

«Afirmar que su padre sentía amor por ella ha sido un grave error», pensó Calista y, desesperada, procuró ponerle remedio.

—No, dijo que usted no lo comprendía —añadió en tono suave—. Dijo que temía por usted, que temía lo que podría ocurrirle si no se curaba de su obsesión. Pero usted era su hija, por supuesto que la quería, pregúnteselo usted misma.

—¿De qué está hablando?

—Está aquí, detrás de la puerta de la despensa. Intenta conectarse con usted a través del velo, tiende la mano procurando alcanzarla.

—Sí —se apresuró a decir Eudora—. Yo también puedo verlo. Hace un gran esfuerzo por alcanzarla. Está justo dentro de la despensa.

Anna se volvió rápidamente hacia la puerta abierta de la despensa.

—¿Papá? —exclamó—. ¿De verdad estás ahí dentro? Te he echado de menos. ¿De verdad me querías?

«Es ahora o nunca», pensó Calista, miró a Eudora e indicó la larga mesa de madera. Una chispa de comprensión brilló en la mirada de Eudora, ambas corrieron hacia la mesa y cada una aferró un extremo. Entre las dos lograron derribarla y esta cayó con un tremendo estrépito.

La señora Sykes, todavía inconsciente, se deslizó de la silla y cayó al suelo, aterrizando junto a su marido.

Anna se volvió presa de la confusión y después la cólera enrojeció su bello rostro. Alzó el cuchillo de carnicero, pero su víctima estaba tendida en el suelo y se inclinó para cortarle la garganta a la señora Sykes.

—¡No! —gritó Calista, cogió un pesado cuenco y se lo arrojó a Anna, que instintivamente alzó una mano y trató de esquivarlo.

El cuenco golpeó contra su hombro y se hizo trizas en el suelo. Eudora cogió platos del aparador y los arrojó contra Anna uno tras otro.

Calista agarró una sartén colgada de un gancho y la lanzó por encima de la mesa derribada.

Enfrentada a una lluvia de diversos proyectiles: loza, ollas, latas de especias, de cacao en polvo y de harina de avena, Anna chilló y retrocedió a través de la puerta más próxima: la de la despensa. Aún se oía el eco apagado de sus pasos mientras remontaba la escalera trasera hasta la otra planta. Calista se apresuró a cerrar la puerta que daba al hueco de la escalera, cogió una silla de cocina de madera y la encajó debajo del picaporte.

—No podemos perseguirla a través de la casa —dijo Eudora, jadeando tras la frenética batalla—. Es demasiado grande; ella podría esperarnos detrás de cualquier puerta o en el interior de una de las habitaciones, ¿y qué haremos si la atrapamos? Aún tiene ese maldito cuchillo.

Calista procuró recuperar el aliento, el corazón le palpitaba con fuerza.

—Hemos de salir de aquí y llamar a un agente de policía, pero tengo miedo de dejar solos a la señora y al señor Sykes.

¿Y si la loca baja la escalera principal y regresa a la cocina?

—Tendremos que arrastrarlos fuera, al jardín, y después llamar a un agente de policía.

—Primero a la señora Sykes. —Calista la cogió de la muñeca—. La llevaremos fuera y después regresaremos a por él.

—De acuerdo —dijo Eudora y cogió la otra muñeca del ama de llaves.

La señora Sykes no era robusta, pero dado su estado de inconsciencia resultaba muy pesada; sin embargo, una vez que lograron arrastrarla hasta el pasillo sin alfombrar resultó más fácil deslizarla a lo largo del lustrado suelo de madera.

Casi habían alcanzado la puerta de la biblioteca con su carga cuando el estrépito de cristales rotos y madera astillada las sobresaltó y soltaron las muñecas de la señora Sykes.

—La biblioteca —dijo Calista—. Allí dentro hay alguien.

Oliver apareció en el umbral, el cuchillo brillaba en su mano y durante una fracción de segundo se detuvo y contempló la escena en el pasillo.

—¡Corre! —Calista le gritó a Eudora—. La puerta del jardín.

Pero sabía que, entorpecidas por sus faldas y sus enaguas, ninguna de las dos podría escapar del cuchillero, solo una de ellas tenía una oportunidad. Calista dio un paso adelante y se enfrentó al asesino.

—Escúchame, Oliver, Anna te necesita —dijo—. ¿Es que no la oyes? Tu dama te está llamando. Date prisa. Debes ir con ella, está en la primera planta. Escucha.

En ese momento otro golpe y un alarido de furia resonaron desde la primera planta. Aturdido, Oliver alzó la vista al cielorraso.

—Mi dama —susurró.

Después dirigió su mirada ardiente a Calista y alzó el cuchillo dispuesto a asestar un golpe mortal; ella trató de retroceder, pero tropezó con el cuerpo de la señora Sykes y cayó.

Eudora soltó un grito y trató de arrastrar a Calista fuera

del alcance del cuchillo. Oliver abandonó el umbral y entró en el pasillo.

Entonces Calista vio volar un objeto desde la biblioteca y el brillo del metal... y oyó un crujido desagradable cuando el proyectil golpeó contra la cabeza de Oliver.

Una siniestra campana repicó y sus notas oscuras resonaron por toda la casa. Un chorro de sangre brotó de la cabeza vendada de Oliver y manchó las faldas de Calista. Oliver se tambaleó bajo la violencia del golpe y cayó de rodillas ante Calista sin soltar el cuchillo.

—Mi dama —volvió a susurrar.

Calista vio la locura asomada a su mirada y entonces Eudora la ayudó a arrastrarse a un lado. Oliver se desplomó boca abajo y el suelo de madera tembló bajo el impacto. Su mano se abrió y soltó el cuchillo.

Alguien apareció en la puerta de la biblioteca. Calista alzó la vista.

—Trent —musitó.

—Gracias a Dios —dijo Eudora.

—Hemos de salir de aquí. —Trent apartó el cuchillo de una patada y ayudó a Calista a ponerse de pie—. ¿Dónde está el señor Sykes?

—Está en la cocina, inconsciente —dijo Calista—. Creo que aún está vivo.

—Iré a por él —dijo Trent y se alejó a lo largo del pasillo—. Vosotras dos, coged a la señora Sykes y salid por la puerta principal. Hay un agente de policía de camino hacia aquí.

—¡Anna Kettering aún está en la casa! —gritó Eudora a sus espaldas.

—Lo sé. —Trent desapareció en la cocina y un momento después emergió con el señor Sykes colgado de los hombros—. Le ha prendido fuego a la casa. ¿Es que no oléis el humo?

66

Había llegado justo a tiempo.

Una inmensa oleada de alivio envolvió a Trent y entonces siguió a Calista y a Eudora a través de la puerta principal; todos salieron al jardín.

Fue por los pelos, pero Calista y su hermana estaban ilesas y en ese momento eso era lo único importante.

A lo lejos sonó la campana de los bomberos y, justo cuando Calista y Eudora depositaron a la señora Sykes en los peldaños de la entrada, apareció el agente de policía, jadeando.

—Yo me encargaré de ella —dijo el joven agente.

Recogió al ama de llaves, descendió los peldaños y la llevó al jardín.

—Aléjense de la casa —dijo Trent.

Calista y Eudora se recogieron las faldas y cruzaron los oscuros jardines a toda prisa. Él las siguió y depositó a Sykes en la hierba. El agente de policía tendió a la señora Sykes a su lado y miró a Trent.

—Usted dijo algo sobre una loca y un hombre armado de un cuchillo, ¿verdad, señor?

—Ambos están en el interior de la casa —dijo Trent—. Estoy bastante seguro de que el hombre del cuchillo no está en condiciones de escapar, pero la mujer podría huir a través de la puerta trasera. Si escapa, quizás...

Entonces resonó un alarido agudo y angustioso en el que

se mezclaban la ira, el dolor y la locura. Trent alzó la vista, imitado por Calista, Eudora y el agente de policía.

Las llamas surgían de las ventanas de la primera planta. Anna apareció en uno de los pequeños balcones ornamentales; su vestido estaba en llamas.

Pareció flotar allí durante unos segundos. Trent estaba casi seguro de que se regodeaba de la destrucción que había causado.

Y entonces saltó.

Sus faldas en llamas se agitaron en torno a ella al caer, parecía una mariposa ardiente, desesperada y moribunda.

—Cielo santo —musitó Calista y le dio la espalda al siniestro espectáculo iluminado por el fuego.

Trent la rodeó con un brazo y la estrechó.

—¿Andrew? —preguntó ella, presa del pánico.

—No lo sé —dijo Trent.

—¿Crees que...? —pero no pudo acabar la pregunta.

Él se armó de valor para responder con sinceridad.

—No lo sé —repitió.

Un coche de punto enfiló el largo camino de entrada, el caballo galopaba.

—Allí está —dijo Eudora.

El coche se detuvo y Andrew se apeó de un brinco.

—¡Calista! —exclamó—. ¿Estás bien?

—Ahora sí —dijo ella—. Ahora todos estamos bien.

—No puedo decir lo mismo de su encantadora casa —comentó Eudora—. Me temo que mañana habrá desaparecido.

Andrew soltó el aliento y se volvió para contemplar el incendio.

—Ese lugar nunca me gustó, ¿sabes?

—A mí tampoco —admitió Calista—. Sin embargo, has de recordar que es, era, nuestro hogar. Por no hablar de mi empresa. ¡Ay, Dios mío, mis archivos...!

—No te preocupes —dijo Trent, estrechando aún más el brazo con el que le rodeaba los hombros—. Tienes amigos.

Eudora se acercó a Calista.

—Mi hermano tiene razón —dijo.

Calista sonrió. A la luz de las llamas Trent vio las lágrimas brillando en las mejillas de ella.

—Sí —dijo—. Tenemos amigos. Eso es todo lo que necesitamos.

67

A la tarde siguiente se reunieron para tomar el té en la casa de Trent y Eudora; también acudieron Harry y Rebecca Hastings. El ama de llaves de Eudora sirvió la infusión con destreza y eficacia profesional.

El señor y la señora Sykes se hospedaban en la casa de un sobrino, recuperándose del café envenenado. Calista y Trent los habían visitado esa mañana; los criados estaban pensando en retirarse a una aldea donde vivían su hijo y su nuera.

Calista deslizó la mirada por el pequeño grupo reunido en la biblioteca de Trent, consciente de que, a pesar de que la noche anterior casi acabó en desastre, experimentaba una desacostumbrada sensación de optimismo.

Todos estaban sentados a excepción de Trent, que se apoyaba contra su escritorio con los brazos cruzados, y de Andrew, que inspeccionaba la fuente de sándwiches y tartas.

—Usted salvó a Florence Tapp —dijo Trent, contemplando a Andrew con una aprobatoria mirada de hombre a hombre—. Si no fuese por su rápida intervención la médium estaría muerta.

—Un trabajo excelente —dijo Harry, asintiendo con la cabeza.

Calista podría haber jurado que Andrew se sonrojaba: era obvio que el elogio lo complacía. Devoró un pequeño sándwich y se quitó las migas de las manos.

—No me importa confesar que jamás había sentido tanto pánico en toda mi vida —dijo, masticando un bocado de sándwich que logró tragar con rapidez—. Porque resulta que erré el disparo y no estaba seguro de tener una segunda oportunidad. Al principio, cuando el villano huyó sentí alivio, pero luego empecé a inquietarme y me pregunté qué haría después y adónde se dirigiría. Fui a su casa, temiendo que usted se encontrara allí, señor. Cuando vi que se había marchado no supe qué pensar, pero al menos no había sangre.

—Siempre es una buena señal —dijo Trent.

—Sí, pero entonces pensé en Calista y en Eudora y me invadió una terrible premonición.

—Tenía razón al considerar que estábamos en peligro —dijo Eudora.

—Derribar la mesa de la cocina fue una idea genial —dijo Rebecca Hastings—. Ambas se enfrentaban a una demente; la distracción era su mejor estrategia.

—En ese momento fue lo único que se me ocurrió —dijo Calista, y el recuerdo la hizo estremecer—. Pero habría sido inútil si Trent no hubiese aparecido en ese momento y acabara con el hombre del cuchillo.

—Ahora ese hombre tiene un nombre. —Trent recogió el diario que había encontrado—. Se llamaba Oliver Saxby y estaba realmente loco. Asesinó a sus padres cuando solo tenía diecisiete años, con un cuchillo de cocina. Después el muchacho quedó a cargo de un tío que lo internó en un manicomio. Los asesinatos fueron encubiertos, desde luego.

—Nadie quiere que circulen rumores sobre una posible demencia en el linaje —dijo Harry, meneando la cabeza—. Eso puede destruir una familia, sobre todo una aristocrática.

—Sí —dijo Trent, hojeando algunas páginas del diario—. Según el diario, Saxby recibió libros para leer, porque lo mantenían tranquilo. Es evidente que adoraba las leyendas del rey Arturo y los Caballeros de la Mesa Redonda. En su locura, llegó a creer que habitaba un extraño mundo de ficción. Se consideraba a sí mismo como un caballero andante.

—Pero se suponía que los antiguos caballeros eran hombres honorables y rectos que mataban dragones y servían a sus nobles damas —señaló Eudora.

—Dudo de que Saxby matara a algún dragón, pero halló una dama a la cual servir —dijo su hermano.

Calista, que estaba a punto de beber un sorbo de té, hizo una pausa.

—Anna Kettering.

—Precisamente. —Trent dejó el diario en el escritorio—. Anna estaba tan loca como él, pero a su manera era una mujer muy brillante. Las anotaciones de Saxby dejan claro que ella lo manipuló para que actuara en beneficio de sus intereses. Lo convenció de que el motivo por el que lo encerraron era por haber cometido una grave infracción del código caballeresco.

Andrew dejó el sándwich a un lado.

—En otras palabras, que se había deshonrado a sí mismo —dijo.

—¿Así que Anna le brindó una manera de eliminar la mácula de su linaje? —preguntó Harry, intrigado—. Sí, eso podría haber funcionado, dados los delirios de Saxby.

—¿Le hizo creer que podía purificarse asesinando a mujeres inocentes? —preguntó Eudora—. Eso carece de sentido.

—Para su mente desquiciada ellas no eran inocentes —explicó Trent, golpeando el diario con el dedo—. Anna lo convenció de que las mujeres que él mataba eran malvadas hechiceras. El diario de Saxby incluye una respuesta a otra pregunta, dicho sea de paso.

—¿Cuál? —preguntó Andrew.

—Me he estado preguntando quién escribió las notas que acompañaban los *memento mori* y las campanillas de ataúd —dijo Trent—. La caligrafía es la misma que la del diario de Saxby.

—Anna lo enviaba para que asesinara a las personas que

ella quería matar —dijo Calista—. A esas tres institutrices y finalmente a mí: todas las mujeres que ella creía que habían seducido a su marido. Es evidente que Nestor Kettering tuvo aventuras con esas pobres institutrices, pero yo lo rechacé.

—Eso no tenía importancia —dijo Trent—. El problema era que por lo visto Nestor te deseaba a ti. Y por segunda vez.

—No cabe duda de que ella creía que su marido estaba más obsesionado con usted que con las otras, precisamente porque no podía poseerla —dijo Harry.

—Anna pasó tres años en un manicomio dirigido por un hombre que la violaba de manera regular —dijo Rebecca—. Es indudable que aprendió mucho acerca de la naturaleza de la obsesión.

—Se dijo a sí misma que podía curar las obsesiones de su marido por otras mujeres eliminándolas —dijo Calista—. Pero primero trató de satisfacer sus propias obsesiones castigando a las amantes de Nestor mediante los *memento mori*. Estaban destinados a amedrentarlas y, una vez concluido el ritual, enviaba a su caballero andante para que las asesinara.

—Y después lo celebraba brindándoles un caro funeral a sus víctimas —dijo Harry.

—Pero ¿por qué mató a su marido? —quiso saber Andrew—. Él era el objeto de su obsesión.

Harry reflexionó un momento.

—Esto es una especulación, porque no puedo hacerle preguntas a la paciente, pero sospecho que cuando Anna descubrió que su marido planeaba internarla, por fin se dio cuenta de que jamás obtendría su amor. Lo mató para evitar que la encerraran en un manicomio, pero creo que además había otro motivo. Al final, ella intentó curarse de su locura mediante la misma terapia empleada para curar a Nestor: destruyó el objeto de su obsesión.

Eudora miró a Calista.

—Quería preguntarle cómo se le ocurrió la astuta idea de celebrar una sesión de espiritismo en su propia cocina: fingir que convocaba al espíritu del padre de Anna fue una idea brillante.

—Recordé lo que dijo Trent sobre las sesiones de espiritismo: que eran como una obra de teatro, solo otra manera de narrar una historia —dijo Calista—. Puntualizó que, en el caso de una sesión de espiritismo, la médium tiene una gran ventaja.

—Más que nada, lo que el público quiere creer —dijo Trent.

68

—Escuchen esto —dijo Calista.

Apartó el plato de huevos y tostadas, cogió la edición matutina del *Flying Intelligencer* y les leyó la historia a los demás en voz alta.

Andrew escuchó con gran atención y también Eudora. Sin embargo, Trent siguió desayunando tranquilamente.

> *Hace dos noches hubo un gran incendio en una casa de Cranleigh Square. El fuego fue causado por un loco armado de un cuchillo. Irrumpió en el edificio con la evidente intención de ultrajar a las dos damas que en ese momento lo ocupaban. Ambas mujeres fueron rescatadas sanas y salvas por el señor Trent Hastings, el célebre autor de las novelas protagonizadas por Clive Stone, que llegó a tiempo para reducir al demente.*
>
> *Gracias a las heroicas acciones del señor Hastings, no solo se salvaron las dos damas sino también una pareja de viejos criados. Muchos de los presentes en la escena comentaron que el señor Hastings parecía una versión en la vida real de Clive Stone, su personaje de ficción.*
>
> *Por desgracia, una tercera persona —una dama recientemente enviudada que había acudido a Cranleigh Hall más temprano esa misma noche— se vio atrapada por las llamas en la primera planta, se arrojó de un balcón*

y murió. El incendio también acabó con la vida del in-truso.

Eudora resopló.

—Bueno, en parte la historia del corresponsal es correcta, porque de hecho hubo un gran incendio, pero el resto es un disparate. Saxby, el loco del cuchillo, no tenía intención de ultrajarnos: acudió para asesinar a Calista y la que causó el incendio fue Anna Kettering, la «dama recientemente enviudada».

Andrew dejó a un lado el periódico que había estado leyendo y gesticuló con su tenedor.

—También hay errores en los otros reportajes. Supongo que esperar que la prensa no tergiverse los hechos es pedir demasiado.

Calista sonrió.

—El reportero no se equivocó respecto de un dato: el señor Trent Hastings, el célebre autor de las novelas protagonizadas por Clive Stone, llegó en el momento más oportuno. Sospecho que los informes del incidente en la prensa aumentarán la venta de sus libros.

—Solo podemos confiar en que así sea —dijo Trent y se acercó al aparador para servirse más huevos—. Pero creo que todos ustedes están pasando por alto el aspecto más importante de los reportajes publicados en los periódicos.

—¿Cuál? —preguntó Calista.

Trent amontonó huevos en su plato y se volvió hacia la mesa.

—Ninguno de los artículos menciona tu agencia de presentaciones —dijo—. Eso significa que no has de preocuparte de que el público albergue opiniones desafortunadas sobre el carácter específico de tu empresa.

Eudora sonrió.

—Trent tiene razón. No habrá malentendidos, Calista. Puede relajarse.

—No lo creo —dijo Calista—. Por si no lo han notado, mi empresa fue pasto de las llamas.

Eudora suspiró.

—Sí, eso también es cierto.

Calista tamborileó los dedos en el mantel, reflexionando.

—Puedo reconstruir algunos de mis archivos —dijo por fin—, y supongo que cuando se enteren del desastre, muchos de mis clientes se pondrán en contacto conmigo para comprobar si pienso continuar con mis servicios.

Andrew la miró a los ojos.

—Yo puedo ayudarte. Recuerdo gran parte de las investigaciones que llevé a cabo para ti. Aún conservo mis apuntes más recientes sobre tus clientes. Están en el mismo cuaderno donde apuntaba la información sobre Kettering.

—Mi invernadero —dijo Eudora de pronto.

—¿Qué pasa con él? —preguntó Trent.

—Sería un lugar ideal para celebrar reuniones. Estaría encantada de que lo usara siempre que quisiera, Calista. Trent puede encerrarse en su estudio, ¿verdad, Trent?

—Por supuesto —dijo Trent, se sentó y comenzó a devorar sus huevos—. No tengo inconveniente, a condición de que ninguno de los invitados de Calista espere que yo demuestre interés por las detalladas críticas de mis novelas.

Andrew soltó una carcajada.

Los ojos de Calista se llenaron de lágrimas.

—No sé cómo agradecérselo a ambos —dijo.

—No es necesario que me lo agradezca —dijo Eudora—. Usted ha cambiado mi vida, Calista; la ha mejorado presentándome al señor Tazewell. Brindarle un lugar para celebrar sus reuniones es lo mínimo que puedo hacer, ¿verdad, Trent?

Trent miró a Calista.

—Absolutamente lo mínimo —dijo, asintiendo.

69

Las ruinas de la gran mansión aún ardían y humeaban bajo un cielo gris y una llovizna persistente. Las chimeneas todavía seguían en pie y también una parte de los muros exteriores, pero la estructura estaba irreparablemente dañada.

Calista contemplaba la escena desde debajo del paraguas que Trent sostenía. Andrew estaba de pie junto a ellos.

—Tratar de reconstruirla sería inútil —dijo Trent—. El mundo está cambiando y también el mercado de grandes casas como Cranleigh Hall. Contratar el personal necesario y mantenerlas en buen estado cuesta demasiado dinero.

—Estoy de acuerdo —dijo Calista—, pero he de reconocer que Cranleigh Hall cumplió con mis propósitos cuando se trataba de montar mi negocio. No podría haber creado mi agencia de presentaciones sin la casa.

—Tus clientes son el aspecto más importante de tu negocio —dijo Trent—. Aún los conservas.

—Y aún habrá más —añadió Andrew en tono alegre—. Hay muchas personas solitarias que desean conocer a otras para entablar una amistad, encontrar el amor y contraer matrimonio.

—Es verdad —dijo Calista—, pero debo recordarte que tú y yo somos los dueños de ese montón de escombros humeantes. ¿Qué diablos haremos con ellos?

—¿Puedo hacer una sugerencia? —preguntó Trent.

—Por supuesto —dijo Calista.

—El valor de la propiedad es considerable. Es grande y está bien situada en un buen barrio. Serviría para edificar unas cuantas excelentes residencias urbanas, cuya venta brindaría importantes beneficios.

El entusiasmo brilló en la mirada de Andrew.

—Una idea estupenda. Podríamos ganar una pequeña fortuna si edificamos elegantes residencias urbanas.

—Pero edificar casas requiere dinero —puntualizó Calista—. Tendríamos que convencer a alguien de que nos lo prestara. Creo que lo mejor sería venderle la propiedad directamente a un inversor.

Andrew hizo una mueca.

—Así no ganaríamos tanto dinero ni por asomo.

—Sí, pero una venta directa nos proporcionaría buenas ganancias y podremos invertir el dinero de otras maneras —dijo Calista.

Trent carraspeó.

—Me gustaría recordarles a ambos que lo de invertir se me da bastante bien.

—No puedo pedirte que tomes semejante compromiso —dijo Calista—. Tú y tu hermana ya habéis hecho mucho por nosotros. No sería correcto.

—Ten por seguro que considero que sería una excelente inversión, no solo un favor para ti y Andrew. Aquí se puede ganar dinero y no veo el motivo por el cual nosotros seis no nos hagamos con los beneficios.

—¿Nosotros seis? —preguntó Andrew.

—Eudora y Harry también querrán invertir en las residencias —dijo Trent—. Y después está el señor Pell. Estoy convencido de que todos saldremos muy favorecidos de este negocio.

Andrew sonrió.

—En ese caso debo rogarles a ambos que me dispensen. Tengo una cita con mi primer cliente.

Sorprendida, Calista lo miró.

—¿Tienes un cliente que requiere tus servicios como detective?

—Me lo envió Rebecca Hastings —dijo Andrew—. Se apellida Foster. Su ama de llaves ha desaparecido; todos afirman que la mujer se marchó para ocupar un puesto mejor pagado, pero la señora Foster está convencida de que ella no se hubiera marchado sin despedirse.

—Enhorabuena —dijo Trent—. Usted tiene talento para trabajar como detective.

—Ten cuidado, por el amor de Dios —dijo Calista.

—Lo tendré —prometió Andrew—. Y no te preocupes: siempre estaré disponible para investigar los antecedentes de tus posibles clientes.

—Me alegra saberlo.

Andrew se dirigió hacia un coche de punto que lo aguardaba y subió. Calista observó cómo el vehículo se alejaba calle abajo y una sensación nostálgica —una mezcla de tristeza, alegría y comprensión— la embargó y sonrió ligeramente.

—Es hora, ¿verdad?

—¿De que tu hermano encuentre su lugar en el mundo? —Trent vio cómo el coche de punto desaparecía tras una esquina—. Sí. Un joven debe pagarse su propio alojamiento, cometer algunos errores y hallar su equilibrio en la vida. Pero no temas: nunca estará solo porque tiene una hermana que ama y que lo ama a él.

—Lo sé. No es necesario que compartamos un hogar para ser una familia.

—Cierto.

—Sospecho que no seré la única que debe aprender a vivir sin un miembro de la familia bajo el mismo techo —dijo Calista—. Eudora y el señor Tazewell parecen estar desarrollando una relación bastante seria. No me sorprendería en absoluto si pronto anunciaran su boda.

—Ya era hora de que Eudora dispusiera de un hogar propio para administrar.

«Parece bastante complacido», pensó Calista.

—Por lo visto por fin hemos cumplido con nuestras responsabilidades respecto de nuestros hermanos —dijo ella—. Saberlo debería consolarnos a ambos.

Trent contempló las humeantes ruinas de la casa.

—En ese caso, creo que ahora podemos prestar atención a nuestra propia situación.

—¿Temes sentirte solo una vez que tu hermana abandone vuestra casa?

Trent se volvió hacia ella.

—No, si tú me haces el honor de aceptarme como marido.

De pronto, Calista se quedó sin aliento.

—¿Me estás pidiendo que me case contigo porque no quieres que ambos nos sintamos solos?

—No, quiero que te cases conmigo porque te amo.

—Trent...

De repente, una emoción embriagadora se adueñó de ella.

—Sé que no soy el marido ideal —prosiguió él—. No me considero una persona taciturna, pero Eudora tiene razón: cuando estoy escribiendo un libro tengo tendencia a recluirme en mi estudio durante períodos prolongados, lo cual ocurre con frecuencia. Mis horarios son extraños, sobre todo cuando estoy poniendo punto final a un manuscrito. No tiendo a ser sociable, especialmente cuando estoy escribiendo y, tal como destacó mi hermana, algunos de mis amigos no pertenecen a esa clase de personas que invitas a tomar el té. Pero si crees que podrás soportar mis excentricidades, seré el hombre más feliz del mundo.

—Te amo, Trent. En retrospectiva, estoy muy segura de que me enamoré de ti aquella primera tarde cuando te confundí con un cliente en potencia. Estaré encantada de soportar tus excentricidades porque has demostrado que tú tolerarás las mías. Claro que me casaré contigo.

La mirada de Trent era ardiente.

—Calista —dijo—, te prometo que te amaré hasta...

Ella lo acalló apoyando un dedo enguantado en los labios de él.

—Chitón —dijo—. Me casaré contigo, pero por favor no digas que me amarás hasta que la muerte nos separe. Eres un escritor. Encuentra otras palabras adecuadas para la ocasión.

Una lenta sonrisa recorrió el rostro de Trent, la cogió de la mano y la estrechó entre sus brazos.

—Iba a decir que te amaré hasta el fin de los tiempos. Siempre y eternamente.

—Siempre y eternamente. —Una maravillosa sensación de certeza la atravesó como un chisporroteo—. Sí, creo que eso me gusta.

70

Del último capítulo de *Clive Stone y el asunto de la novia desaparecida...*

Clive Stone apoyó los talones en el escabel y contempló las llamas al tiempo que saboreaba su brandy.

—Por lo visto juntos logramos resolver exitosamente este caso curioso, señorita Preston.

—Así es, señor Stone. —Wilhelmina bebió un sorbo del brandy que le había servido la señora Buttons—. La joven dama vuelve a estar en casa sana y salva, casada con su nuevo marido y todo está perfectamente.

—Gracias a su análisis científico de la droga que Charlotte Bliss le estaba administrando para mantener a la pobre mujer en trance. Fue usted quien dedujo que Bliss requería cierta clase de hierba para preparar el veneno.

—Lo cual permitió que usted identificara al boticario que le vendió la hierba a Bliss.

Stone bebió un poco más de brandy.

—Considero que tal vez podríamos volver a trabajar juntos en otro caso. La investigación criminal está entrando en una nueva época en la que la ciencia jugará un papel importante. Su destreza y sus conocimientos resultarían inestimables.

—Me gustaría volver a asesorarlo, señor Stone. Sus investigaciones me resultan fascinantes.

—Y usted me resulta fascinante a mí, señorita Preston.

Wilhelmina sonrió.

Entonces Stone pensó que antes del asunto de la novia desaparecida había corrido el peligro de sumirse en el tedio. Eso ya no era así: ahora su futuro prometía ser muy interesante.

—Un excelente final —dijo Calista, arrojó el ejemplar del *Flying Intelligencer* en la mesilla de noche y observó cómo Trent se acercaba a la cama—. Has preparado el camino para que se genere una intrigante relación entre Clive Stone y Wilhelmina Preston.

—Por desgracia no todos mis lectores estarán de acuerdo contigo.

—Siempre habrá críticos, desde luego, pero tú no les harás caso.

Él se detuvo junto a la cama y la contempló con una sonrisa.

—¿Tú crees?

—Por supuesto. Piensa en todos los lectores que disfrutarán con ese final.

—Trataré de recordarlo cuando el editor me reenvíe las quejas que, sin duda, llegarán a su oficina.

Ella le tendió los brazos.

—No temas, yo te consolaré.

Él se quitó la bata, apartó las mantas y se metió en la cama.

—Exactamente, ¿cómo lo hará, señora Hastings? —preguntó.

—Así, señor Hastings.

—Sí —dijo él después de un momento—. Eso me gusta.